Amor y otros experimentos mentales

Sophie Ward

AMOR Y OTROS EXPERIMENTOS MENTALES

Traducido del inglés
por Teresa Lanero Ladrón de Guevara

AdN Alianza de Novelas

Título original: *Love and Other Thought Experiments*

Diseño de colección: Estudio Pep Carrió

PAPEL DE FIBRA
CERTIFICADO

Copyright © 2020 by Sophie Ward
© de la traducción: Teresa Lanero Ladrón de
Guevara, 2021
© AdN Alianza de Novelas (Alianza Editorial, S. A.)
Madrid, 2021
Calle Juan Ignacio Luca de Tena, 15
28027 Madrid
www.AdNovelas.com

ISBN: 978-84-1362-476-1
Depósito legal: M. 16.708-2021
Printed in Spain

Para Rena

La imaginación no es un estado: es la existencia humana en sí misma.

WILLIAM BLAKE, *Milton, A Poem in Two Books*

He soñado sueños en mi vida que han quedado dentro de mí desde entonces, y han cambiado mis ideas, y se han infiltrado en mí como el vino en el agua, y mudado el color de mi espíritu.

EMILY BRONTË, *Cumbres borrascosas*

Si queremos seguir progresando en la inteligencia artificial, tendremos que renunciar a nuestro asombro por los seres vivos.

DANIEL DENNETT, *Speaking Minds: Interviews with Twenty Eminent Cognitive Scientists*

Rachel cogió la revista que Eliza había dejado en la cocina. La portada era el dibujo de un árbol con las raíces hundidas en la cabeza de un hombre que llevaba una corona enmarañada de ramas frondosas arqueadas hacia el sol. No era la típica imagen de las lecturas de Eliza. Rachel pasó la página.

«Los experimentos mentales son mecanismos de la imaginación utilizados para investigar la naturaleza de las cosas.»

Madre mía, pensó Rachel. Pero sonaba bien. Le divertía pensar que los científicos se sirvieran de los cuentos. Yo podría ser un experimento mental, algo que Eliza hubiera inventado para poner a prueba su rígido razonamiento.

—Si yo fuera un experimento mental —le preguntó esa noche a Eliza cuando se acostaron—, ¿cuál sería?

—No estoy muy segura de que pudieras ser un experimento mental —dijo ella—. Se supone que los experimentos mentales sirven para pensar en un problema.

—Bueno, solo hay que imaginarlo para que sea posible.

—Esa es una teoría.

—Bueno. —Rachel apartó el libro que Eliza sostenía y la miró—. Pues imagíname.

Su novia sonrió y sacudió la cabeza.

—Esto es lo que pasa cuando lo imaginario se topa con lo fáctico.

—No sé yo quién es quién aquí. Deja de darme largas. —Rachel le dio un codazo a Eliza en la axila.

—¡Vale! ¿Quieres ser un experimento mental? ¡Puedes ser un zombi! No, no, ya sé. Podrías ser… sí, el matiz de azul de Hume. Un color que él nunca ha visto, aunque es capaz de imaginarlo. ¿Contenta?

El tono de azul de Hume, pensó Rachel mientras apoyaba la cabeza en la almohada. Sí. Podría ser.

—Cuéntame más.

1
Una hormiga

―――――

La apuesta de Pascal

El matemático del siglo XVII Blaise Pascal sostenía que, dado que Dios puede existir o no existir y que todos debemos decidir sobre su existencia, estamos obligados a apostar. Si le entregas tu vida a Dios, tienes la posibilidad de obtener una felicidad infinita (en el más allá infinito) a cambio de una apuesta finita (tu vida mortal). Si no le entregas tu vida a Dios, tal vez estés apostando tu vida finita a cambio de una infinita infelicidad en el infierno. Según esta lógica, la cantidad infinita de posible ganancia supera con creces la pérdida finita.

> Y aquí hay una infinidad de vida feliz que ganar, un azar de ganancia contra un número finito de azares de pérdida, y lo que hagáis es finito.
>
> BLAISE PASCAL, *Pensamientos*, 272

—Las hormigas se han mudado aquí. —Rachel sacudió el cuerpo diminuto y le dio la vuelta a la almohada. Eliza levantó la vista del libro—. Las hormigas. Las del salón. Nos han seguido hasta aquí —aclaró Rachel.

—¿Estás segura?

—Acabo de ver una.

—No, digo que si estás segura de que era una hormiga. Con lo pequeñas que son, no entiendo cómo lo sabes. —Eliza volvió al volumen de tapa dura que tenía sobre el pecho.

—No necesito gafas.

—De momento.

Rachel le dio un empujón.

—¿Las hormigas pican?

—Tengo que terminar esto para mañana.

—Y claro que son hormigas. Las mismas que estaban en el sofá el verano pasado. Se metieron por el hueco de la ventana y ahora han llegado hasta aquí. En una habitación con hormigas no se puede dejar a un bebé. Oye, Eliza.

—Qué.

—¿Las viste cuando dormías en este lado?

—No.

—De todos modos, no te habrías dado cuenta.

—A lo mejor vi alguna.

—¿Por eso cambiaste de sitio?

A Eliza se le cayó el libro de la mano.

—¿Cómo?

—Nada.

—No, dime. ¿Crees que te he dejado ese lado de la cama porque está infestado de hormigas?

—Da igual. Lee. —Rachel miró a su novia—. Ya lo sé. Perdona.

Eliza no leyó más, pero se quedó con la luz encendida mientras Rachel se dormía. Se preguntó si sería mejor acudir al experto en control de plagas del final de la calle para que le echara un vistazo al piso. El señor Kargin. También trabajaba reparando y vendiendo televisores viejos. Un día entraron en su taller para comprar una antena que le sirviera a la tele en blanco y negro de Rachel. El hombre se pasó un buen rato registrando en cajas de cartón sin dejar de despotricar sobre los equipos obsoletos.

Eliza se fijó en que Rachel intentaba no prestar atención a los carteles de la pared, que mostraban imágenes de cucarachas y ratas junto a sus respectivos métodos de exterminio. Había muchísimas criaturas diferentes, pero todas las fotos eran del mismo tamaño, de manera que las termitas eran tan grandes como las ardillas. El señor Kargin las miró fijamente.

—Me miraba a mí —dijo Rachel cuando salieron del local—. Contigo no le pasaba nada.

El hombre no encontró la antena y se puso de mal humor, a pesar de que la idea de hurgar en las cajas había sido suya. Eliza supuso que las reparaciones de teles no le darían mucho dinero, pero el negocio de exterminación podía ser una forma de expresarse, así como una fuente de ingresos. Le prometió a Rachel que no volverían nunca a ese sitio.

Rachel, tumbada junto a ella, respiraba con pesadez. Lo de cambiar de lado había sido una ocurrencia de Eliza, porque tenía un escritorio nuevo que no cabía en el hueco que quedaba junto a su parte de la cama. Fue una decisión práctica que incluso a Rachel le pareció lógica. El piso estaba lleno de muebles y el escritorio haría las veces de mesita de noche, aunque tal vez molestaba a algún nido o simplemente era la época del año en que las hormigas entran en las casas. Eliza no le había cambiado el sitio Rachel por los insectos, pero ahora tendría que demostrar que el problema le importaba tanto como para solucionarlo. Desde que habían hablado de tener un bebé, Rachel no dejaba de medir el alcance del amor de Eliza.

Eliza se preguntó cuántas de sus decisiones eran en realidad cuestiones de honor. En su vida, en su trabajo, en la universidad, con la bici y el vegetarianismo, hasta su corte de pelo parecía escogido como reacción a las opiniones de un público invisible. Se había convertido en el tipo de persona que ella misma aprobaba, aunque no estaba segura de haber elegido lo que de verdad quería. Comprobó la almohada por última vez y apagó la luz de la cabecera. Ya se ocuparía de las hormigas por la mañana.

programa

Al día siguiente, de camino al trabajo, Eliza pasó en bici por delante del taller de televisores. Por dentro del escaparate, bajo unas pilas inestables de teles rotas, había versiones en miniatura de los carteles de las paredes. Pensó en todos los productos químicos que el cascarrabias de Kargin utilizaría en el piso. Parecía irradiar veneno. Ni siquiera las hormigas se merecían un asesino como ese.

En el desayuno habían hablado del tema y Eliza había buscado en Google «eliminar hormigas».

—Pero todas estas hormigas parecen de tamaño normal. No encuentro fotos de hormigas enanas.

Rachel no quiso leer nada sobre huevos y hormigueros.

—A mí que haya una sola hormiga me da igual. Pero no en la cama y menos si son cientos. Ahora no dejo de pensar en esa canción que hablaba de grandes expectativas y de lo que hacía una vieja hormiguita… «Just what makes that little old ant…»

—Aceite de menta. —Eliza apartó la mirada de la pantalla y vio que Rachel cantaba mientras metía los platos en el lavavajillas—. Aquí dice que no les gusta el aceite de menta. Bueno, eso es fácil. Luego lo compraré. —Cerró la página y volvió al correo electrónico.

—Me gusta la idea del aceite de menta, pero no sé si eso será efectivo a largo plazo... —Rachel pasó un trapo por la encimera de la cocina, se acercó a la silla de Eliza y apoyó una mano húmeda en su hombro—. Estas son muy pequeñas, pero, por más que el aceite les impregne los pies o las garras o lo que tengan las hormigas al final de las patas, no acabará con ellas.

—Es que no les gusta el olor.

—Demasiadas expectativas, como en la canción.

Holamundo;

Eliza llegó a casa con un botecito de aceite de menta de la farmacia.

—Me parecía horrible comprarlo en el supermercado, como si fuéramos a darles de comer.

Rachel sacó el bote y soltó la bolsa en la mesa.

—Te he traído otra cosa. —Eliza señaló la bolsa con la cabeza.

Rachel leyó la etiqueta del aceite de menta como si pudiera contener algo más que aceite de menta. Al cabo de un momento, Eliza se dio la vuelta y se sirvió un vaso de vino blanco en la encimera de la cocina. Al salir del trabajo no tenía intención de comprar un test de ovulación, pero cuando paró en la farmacia de camino a casa se le ocurrió buscar un regalo para animar a Rachel. Así es como se toman las decisiones en la vida, pensó, eliges una prueba de fertilidad en vez de un baño de espuma. Miró la bolsa de papel que estaba sobre la mesa. La caja rosa estaba fuera y Rachel estaba reclinada en la silla con una cara de expectación que Eliza sintió que no podía satisfacer.

—Gracias.

Eliza frunció el ceño.

—Es un comienzo.

—Sí.

Estaban demasiado cansadas para extender el aceite de menta por el rodapié. Rachel se metió en la cama y miró el suelo. Al levantar la vista, se cruzó con la mirada de Eliza.

—No hay nada. —Rachel sonrió.

Eliza diagnosticó ese gesto como una sonrisa no-Duchenne: uno de sus pasatiempos favoritos. No le llegaba a los ojos. Sin embargo, Eliza sabía que la intención era buena.

Rachel tiró de la almohada.

—Es cuando me empiezo a dormir. Pienso que trepan por todas partes.

—Normal. Como cuando pensamos en piojos y nos pica la cabeza.

—¿Piojos? —Rachel tosió—. ¿Quién tiene piojos hoy en día?

—Los niños tienen piojos. Si tuviéramos un hijo, pillaríamos piojos. —Eliza acarició en la mano a Rachel, que ya se estaba rascando el cogote—. ¡Ahora no tienes piojos!

—Pero tenemos hormigas, Els. No me las estoy inventando.

Eliza se llevó la mano de Rachel a los labios.

—Lo sé, amor mío. —Besó uno a uno los dedos regordetes de Rachel justo debajo de las uñas y le mordisqueó la punta del pulgar.

—No todo lo de los bebés es malo.

—¿Hmmm? —Eliza se detuvo.

—Nada. No pares. Es una tontería. —Rachel le puso a su novia una mano en la mejilla y se apoyó en las almohadas—. No pares.

Eliza se inclinó sobre ella.

—Oye, que te he comprado el test, ¿eh? Y me leí el libro. Ahora cierra los ojos y deja que te bese hasta que te duermas.

```
usa crt;
```

Eliza se incorporó aterrorizada. Estaba en la cama, a oscuras. Rachel, a su lado, tiraba de las almohadas.

—¿Rachel? ¿Qué pasa? ¿Qué te ha pasado?

—Me ha picado algo. En el sueño, estábamos en un campo, el sol brillaba y había hierba. Tú dijiste: «Quédate quieta» y lo intenté, pero… —Rachel levantó la almohada—. Me picó.

Eliza buscó a tientas el interruptor de la luz. Los gritos de Rachel la habían sacado de su sueño.

—¿La hierba te picó?

—En el ojo.

Las dos mujeres entrecerraron los ojos cuando se encendió la luz tenue de la lámpara.

—A ver.

Rachel contuvo la respiración.

—Eras tú. Tú me clavabas la hierba.

Eliza sintió que el sudor se le enfriaba sobre la piel y se arropó con las sábanas.

—Rachel, estabas dormida.

—Una hormiga. —Rachel salió a toda prisa hacia el espejo de cuerpo entero que estaba colgado detrás de la puerta.

—Has tenido una pesadilla.

—Me ha entrado en el ojo.

Eliza se sentó y bostezó.

—Ven, déjame ver.

Rachel se apoyó en la cama y levantó la cara hacia Eliza. En la esquina del ojo tenía una marca de color rojo intenso.

—Te has arañado. Mi niña… —Eliza abrazó a su temblorosa novia.

Rachel no podía quedarse quieta.

—No creo que sea eso.

Rodeó la cama y apartó las sábanas. Ambas se quedaron mirando la superficie húmeda y arrugada del colchón. No había ninguna hormiga.

—Ahí no hay nada —dijo Eliza—. ¿Quieres un poco de antiséptico? ¿Rachel?

Rachel estaba a cuatro patas en el suelo. La madera del entarimado era antigua y estaba recubierta con una fina capa de barniz. Eliza y Rachel habían tardado tres días en lijarla con una máquina alquilada hasta que se quedó lo bastante pulida como para caminar sobre ella, pero seguía desnivelada y agujereada; algunos de los huecos eran tan grandes que cabía una aspirina. Como Rachel bien sabía.

—Es noche cerrada. Tengo que estar en el laboratorio a las ocho. Por favor, Rach. Lo miramos por la mañana.

—No voy a dormir.

Rachel se sentó en la madera fría y miró a Eliza. Su pelo ondulado formaba unos rizos apretados junto a las sienes y unas lágrimas le cayeron del ojo escarlata.

—Ay, cielo. Oye... Oye. —Eliza se acercó a Rachel y se acuclilló junto a ella—. Ohhh. Ya está...

Rachel se inclinó hacia delante y sollozó junto al cuello de Eliza.

—No. No está. Me duele el ojo y se me ha metido una hormiga en la cabeza y tú crees... tú crees que no puedo cuidar de un bebé.

Eliza apartó a su novia lo suficiente como para mirarla a la cara.

—¿De dónde te has sacado eso?

—Sabes que es verdad. Cada vez que sale el tema dices que quieres seguir adelante y que Hal es estupendo. Tu óvulo, mi útero, su esperma, como una receta o como un poema. Pero nunca pasa nada y luego nos ponemos con otra cosa y tú cambias por completo, te pones muy negativa, como si fuera un horror tener un bebé. Como anoche... —Rachel se adelantó a la pregunta que Eliza ya tenía en la punta de la lengua—. Anoche, cuando empezaste a hablar de los piojos.

—Madre mía... Los niños cogen piojos, no es ninguna excusa, es así.

—Pero no lo dijiste por eso. Lo dijiste porque piensas que soy incapaz de ocuparme de algo, que no sé nada del mundo real, de la vida real. Y a lo mejor es verdad. —Rachel se sentó y se echó a llorar. Sacudía los hombros y su respiración se convirtió en un trémulo hipido.

Eliza la observó durante un momento. Vio desde la distancia a la mujer triste y asustada que tenía delante, como si en vez de estar en el suelo con Rachel en su cómodo apartamento a las tres de la mañana estuviera mirando por la ventana de camino hacia algún lugar en su ajetreadísima vida. En los cuatro años que llevaban juntas se había sentido así a veces, presente y ausente a la vez, conectada a pesar de mantener una parte de ella separada para casos de emergencia. Y Rachel había permitido que esa disponibilidad fuera suficiente. En eso se basaba el problema con el bebé. No en Rachel, que era un poco despistada y perdía cosas y no era precisamente una mujer de carrera. Todo eso daba igual. Ella amaba a Rachel, pero el bebé consumiría las cuotas de emergencia de Eliza.

—No.

Rachel soltó un suspiro.

—¿No qué?

—Que no creo que vayas a ser una mala madre.

—¿De verdad?

Eliza sacudió la cabeza.

—Se te dará muy bien. Serás estupenda. Soy yo quien me preocupa.

Rachel se echó a reír y se secó la humedad de alrededor de la nariz y la boca.

—¡Tú! Tú puedes hacer cualquier cosa. Gobernarías el mundo si quisieras. Con esas piernas.

Ambas miraron las piernas largas que Eliza había plegado para sentarse sobre los talones. Rachel tenía las piernas cortas y la piel suave. Algunas noches, a Eliza le gustaba dibujar mensajes en los muslos de Rachel. «Comunicación no verbal», escribió. Y «Placer sensorial».

Se cogieron de la mano mientras seguían arrodilladas una frente a otra.

—Parece que nos estuviéramos casando mediante alguna ceremonia antigua —dijo Rachel con la voz tomada por el llanto.

—Sí.

—Vamos a casarnos, ¿no? Vamos a casarnos y a tener un bebé. No tiene que ser en ese orden. —Los pliegues de su rostro brillaban con la luz de la lámpara.

—Sí, mi amor.

Se acercaron y unieron las frentes.

—Y así es como se cogen los piojos. —Eliza le dio un ligero cabezazo.

—¿No es así? —Rachel empujó a Eliza, pero perdió el equilibrio y se cayó sobre ella.

—¡Oye!

Se quedaron tumbadas en el suelo un momento. Esto es vida, pensó Eliza, esta es mi vida.

—Me duele el ojo.

A Eliza le pasó por delante una visión de futuro. Rachel y el bebé se acurrucaban en el suelo entre llantos y nadie los cuidaba, solo ella. Toda la responsabilidad de dos seres completamente irracionales. ¿Estaba siendo injusta? Era imposible que Rachel pensara que una hormiga le había entrado en el ojo. Pero entonces ¿por qué insistía tanto? Eliza inspiró hondo en busca de la poca paciencia que le quedaba.

—Ven, déjame ver.

Rachel era hija única. Si al final tenían hijos, lo mejor sería que al menos fueran dos. A Eliza le habría lanzado su hermana la enciclopedia paterna a la cabeza si la hubiera despertado en mitad de la noche con cuentos absurdos sobre insectos. De pie, Eliza le agarró la cara a Rachel y volvió a mirarle el ojo.

—Está irritado. A lo mejor deberías ir al médico mañana. —Rachel hipó—. Duermo yo en tu lado esta noche —concluyó Eliza.

Se metieron en la cama y Eliza apagó la luz. Sintió los pies fríos de Rachel en las pantorrillas.

—Gracias —dijo Rachel.

—De nada. ¿Gracias por qué?

—Por creerme. Lo de la hormiga.

```
(*Aquí empieza el bloque de programa
principal*)
```

Para cenar, Eliza puso la mesa alrededor de la caja de la farmacia, que seguía en el mismo sitio donde Rachel la dejó el día anterior.

—Bueno, ¿qué te ha dicho la médica del ojo?

—No escucha nada de lo que le digo. Quien le gusta eres tú.

—Solo la he visto una vez.

—Será por eso. Cree que soy una tía rara. Como el tipo ese de las teles y la exterminación. Me miraba fijamente. —Rachel observó a Eliza con los ojos muy abiertos y robó una hoja de lechuga del cuenco—. Me ha mandado unas gotas y me ha dicho que vuelva si me sigue doliendo, aunque le dije que ya no me dolía.

—El de las plagas.

—Sí, ese.

—Pero ¿te ha echado un vistazo?

—Sí, por encima. A lo mejor debería ir a un especialista.

—¿A un oculista?

—No lo sé. A alguien que se ocupe de los ojos. O al hospital ese de enfermedades tropicales. —Rachel pareció bastante satisfecha con esa idea—. A lo mejor es un tipo de hormiga que no conocemos aquí.

Eliza soltó la olla de espaguetis en la mesa y se sentó. Por la cabeza le pasaban imágenes de la noche anterior. Le había prometido matrimonio e hijos a Rachel, pero veía su vida en común como un espejismo: siempre por delante de ellas, inalcanzable.

—No creo que haya un médico que sepa de esto.

—Para eso están los especialistas, ¿no? —dijo Rachel—. Para investigar.

—¿Aunque tengas bien el ojo?

—Tengo bien el ojo ahora. Pero después de lo que me pasó...

—¿Qué te pasó?

—Tú estabas delante.

El futuro resplandecía al otro lado de la mesa. Todo un mundo de posibilidades si Eliza creía en ellas.

—Come, anda. —Eliza sirvió la pasta y llenó los vasos—. Vamos a abrir ese test y a empezar con la diversión.

—Quiero hacerlo. Tengo muchas ganas, es lo que siempre he querido. Pero necesito que estés conmigo.

Eliza frunció el ceño.

—Estoy contigo. Estoy nerviosa. Ya te dije...

—No es eso. Necesito que sepas lo que yo sé. Que tengas fe en mí.

—¿A qué te refieres?

A Eliza le ardían los dedos por la adrenalina. Rachel no iba a dejar el tema.

—Se me ha metido una hormiga en el ojo. Y se me ha quedado ahí dentro.

—¿De verdad?

Rachel miró a su novia.

—Sí.

—Pero eso fue una pesadilla.

—Conozco la diferencia entre estar despierta y dormida. Sentí cómo me entraba la hormiga en el ojo.

—¿Pero eso es posible?

—Tiene que serlo.

Estaba convencidísima. Eliza miró a Rachel, que se frotaba el ojo por la línea de las pestañas con un roce delicado, como para no molestar a la visitante.

—¿Y la médica no quiso derivar tu caso?

—Como cuando fuimos a hablar sobre quedarme embarazada. No me escuchó.

—¿Y el especialista?

—En realidad no sé si quiero ir a uno. A ver, es que está ahí dentro. —Rachel se apartó la mano de la cara—. No quiero que me abran la cabeza.

—No te van a abrir la cabeza.

—Si no pueden hacer nada, no tiene sentido ir.

—Eso sí.

Rachel estiró el brazo por encima de la mesa.

—Siempre que tú me creas.

El espejismo de su vida juntas apareció enfocado.

—Si me quieres, confiarás en mí —insistió Rachel—. ¿No?

Un gesto pequeño. Si decía que sí, pasarían a una nueva relación en la que Eliza aceptaba a Rachel por completo. Un gesto pequeño y grande en una sola palabra.

—Sí. —La creía. Creía en Rachel y en todo lo que viniera con la claudicación. Un futuro. No tenía que entender lo de la hormiga, solo aceptar que era parte de la historia de Rachel. El picor del peligro en la punta de los dedos disminuyó. No había nada que temer. Ya había elegido.

Rachel parpadeó. Se estiró para agarrar la bolsa con el test de ovulación.

—Voy a hacerlo ahora mismo. Termínate la pasta. —Señaló con un gesto el plato de Eliza—. Vuelvo en dos minutos.

inicio

Eso fue más de un año antes de que Arthur naciera, pero para Rachel y Eliza él empezó aquella noche, la del viernes 24 de octubre de 2003.

—Fue la noche en que lo concebimos, de verdad.

—Rachel se dio un golpecito en la cabeza—. En el buen sentido. El resto fue como ir de compras a Homebase: sabes que quieres hacer una manualidad, pero antes tienes que comprar los materiales.

En aquel momento, los amigos de Rachel se echaron a reír. Estaba mucho más relajada desde que tenía el bebé, dijeron. Ser madre había sacado lo mejor de ella.

Cuando se lo decían a Rachel, ella sonreía, se ponía colorada, pero no mencionaba lo de la hormiga. Durante todo el proceso de concepción (al final optaron por la inseminación artificial), cambio de casa (por razones de espacio, acordaron) y matrimonio civil (en el Registro Civil de Westminster con veinte invitados y una Rachel embarazadísima), apenas hablaron de los acontecimientos que habían propiciado sus nuevas circunstancias. Y, cuando lo hicieron, Eliza cambió de tema lo antes posible.

Aun así, hacia su segundo cumpleaños, los orígenes de Arthur ya estaban vinculados inextricablemente a aquel día en la mente de ambas madres, y Eliza veía florecer a Arthur y a Rachel convencida de que casi los había perdido. Percibía la época anterior a su hijo como un pasado confuso y distante. No se explicaba por qué le había costado tanto creer la historia de Rachel, pero desde entonces habían pasado tantas cosas extraordinarias que aceptar la posible existencia de una sola hormiga parecía casi sensato y, aunque nunca admitiría que la hormiga las había salvado, reconocía que había sido el comienzo. Ahora ella habitaba su vida. Esa era la diferencia, pensó, entre sentarse junto a la piscina y bañarse en ella.

—¿Lavas los platos o bañas a Arthur? —Mientras cruzaba el salón, Rachel recogía platos de cartón y serpentinas—. Me parece increíble que Hal haya traído lanzadores de confeti. Hay papelitos por todas partes.

—Creo que lo hace para asustar a Greg. Daba un brinco cada vez que explotaba uno.

—Greg al menos ha venido. No era precisamente lo que él tenía en mente —Rachel sonrió.

Las dos mujeres se detuvieron unos instantes para estudiar la devastación causada por un salón lleno de niños. La casa nueva estaba enmoquetada para que Arthur no se hiciera daño en las rodillas, aunque bajo la marea de papel de regalo y globos apenas se veía algún retazo de lana verde claro. Eliza intentó no preocuparse por la tarta y los vasitos de zumo que había visto chorrear por los puños diminutos.

—Menuda fiesta. —Rachel sacudió la cabeza en dirección a la cocina, donde Arthur apilaba vasos de plástico usados—. Parecía encantado.

Eliza colocó la palma de la mano sobre la mejilla de Rachel. Su piel era suave y un poco más fina que antes de tener a Arthur y llevaba el pelo más corto; había claudicado ante los rizos.

—Ha sido una fiesta estupenda. Gracias.

Rachel había organizado la fiesta del modo en que ahora lo organizaba todo: sola y sin aspavientos. Ya no llamaba a Eliza al trabajo porque la lavadora no desaguaba o porque su madre había sido grosera con ella.

—Dos años ya. —Rachel puso la mano que tenía libre sobre la de Eliza y la presionó contra la sien—. Una locura de viaje.

Eliza agarró los platos que sostenía su mujer y empezó a recoger los demás.

—Báñate con Arthur. Yo limpio esto.

Rachel se llevó los dedos a la frente.

—A veces la siento. Como si siguiera ahí.

La preocupación de que Rachel percibiera ese día como el aniversario de algo más que su hijo siempre estaba ahí. Las ocasiones en las que casi hablaban de la hormiga, Eliza recordaba que, para Rachel, la hormiga era real. No una metáfora que Eliza pudiera apartar con un gesto imaginativo. Recogió unas bolsas de patatas del suelo con la esperanza de que Rachel dejara el tema.

—Sin embargo, no puede ser. No puede vivir dentro de mí, en mi cabeza. Pero la noto —dijo Rachel. Eliza sintió que la sangre le subía a la cara—. Sé que no te gusta hablar de esto —continuó Rachel—, pero creo que deberíamos. En días como este.

Como si la conversación no las acompañara siempre, como si no corriera siempre paralela a su vida en común como una cinta de papel.

—¿Qué? ¿De qué quieres hablar? ¿De una hormiga? —Entre los pies de Eliza había serpentinas y patatas fritas esparcidas—. Lo hice todo, Rachel. Te creí. Lo cambié todo por ti. Tenemos una vida. Si sigues con la historia de la hormiga... la gente va a pensar que estás loca.

—¿Mamá? —Arthur entró corriendo con las piernas desnudas llenas de restos de bebida de los vasos usados.

Eliza lo levantó del suelo y lo abrazó fuerte.

—Ya vamos, mi niño.

—¿Eso van a pensar? —preguntó Rachel—. Eliza, por favor. Quédate y lo hablamos.

—Necesita un baño.

Eliza se llevó a su hijo pegajoso escaleras arriba. Rachel observó cómo lo metía en la bañera con unos pocos centímetros de agua tibia y espuma.

El niño se parecía mucho a su novia, con el pelo oscuro y la piel aceitunada, y tenía algo más, algo ajeno a la familia de ella y a la de Hal, una disposición arcaica y remota de los ojos y la frente, como si hubiera librado una batalla mítica con los dioses y lo hubieran condenado a llevar la vida de un niño humano. Eliza no creía en esas cosas, pero tener un hijo había pulido las aristas de su cinismo. Era imposible negar la importancia de la imaginación cuando tu hijo te demandaba que investigaras los poderes de esta a diario. Y, durante todo ese tiempo, Rachel había colocado su propia fantasía en el centro de su familia. De la familia de ambas. Frotó las piernas rollizas de Arthur con una toalla. Muy bien. Si Rachel estaba preocupada, si necesitaba hablar, Eliza estaba en disposición de ayudarla.

salidadedatos

La puerta principal de la doctora Marshall estaba en un lateral de la casa, apartada de la calle. Un camino de grava conducía desde la verja hasta un cuidado porche donde había un par de timbres marcados como «Casa» y «Dra. Marshall».

—La de pacientes que habrán tenido la tentación de pulsar el otro timbre. —Rachel rozó los dos pulsadores con los dedos.

—Incluida tú.

—Me gustaría saber qué pasaría.

La puerta se abrió y una mujer mayor con un vestido cruzado con estampado de cachemir salió a recibirlas y extendió el brazo hacia el pasillo. La doctora Marshall no daba la mano para saludar.

Habían tardado seis meses en encontrar una terapeuta que les gustara a las dos y, al final, fue un amigo de Hal quien les recomendó a Sondra Marshall. Su historial académico contentó a Eliza, que le daba importancia a los títulos, y su enfoque moderno impresionó a Rachel, que no quería un análisis freudiano. Además, era estadounidense, lo cual agradó a ambas, ya que eso las apartaría de su sistema de referencia inmediato. Como si la mente de la terapeuta fuera un territorio neutral donde poder encontrarse.

Era su primera visita, aunque ya habían hablado con la doctora Marshall por teléfono. Cuando pasaron a la sala de consulta, Eliza buscó pistas que la informaran sobre la personalidad de la profesional en la que había depositado su confianza. Miró las estanterías de libros y los títulos enmarcados de las paredes y se fijó en que la terapeuta se acercaba a la mejor butaca y esperaba a que sus pacientes tomaran asiento delante de ella. Eliza tuvo la sensación de que había entrado en un templo que no era su sitio.

La doctora Marshall se sentó y se estiró el vestido estampado sobre las piernas desnudas. El pelo alisado le llegaba por debajo de la mandíbula y el pronunciado cuello de pico dejaba ver un escote suave. Unos sesenta años bien llevados, pensó Eliza; Rachel envejecerá así mientras yo me convierto en un saco de huesos. Se le pasó por la cabeza la imagen de ellas de mayores, la calidez de la carne suave de Rachel junto a la suya.

—Ya hablamos por teléfono sobre un punto de inflexión en vuestra relación. —La doctora Marshall las miró—. ¿Habéis pensado en alguna otra cosa?

Rachel contestó primero.

—Ahora es diferente, desde que nació Arthur.

—¿Arthur es tu hijo?

—Nuestro hijo. Pero yo fui quien quiso tenerlo.

La doctora Marshall asintió.

—¿Y tú, Eliza? ¿Cómo te sentiste?

—Yo la apoyé. Y quiero a Arthur. Pero tiene razón: no fue idea mía, me preocupaba que fuera demasiado.

—¿Demasiado?

—Para Rachel.

Rachel se recostó en la butaca y cruzó los brazos.

—¿Por qué pensabas eso? —El tono de la doctora Marshall era neutro.

—Es ella quien lo cuida. Yo trabajo durante toda la semana y no puedo dejar mi puesto —dijo Eliza.

—Muchas familias se las arreglan con uno de los miembros de la pareja en el trabajo y el otro en casa.

—Claro. Y ahora ella está más segura de sí misma. Las dos lo estamos.

—Entonces, ¿tus miedos eran infundados?

—En ese sentido, sí. —Eliza miró a Rachel.

—Ya estamos —dijo Rachel.

—Vamos a tener que hablar de eso.

—Eso ya te lo dije.

La doctora Marshall bajó el cuaderno.

—En este momento tenéis que hablar de lo que consideréis importante.

Eliza dijo:

—¿Por qué no empiezas? Es algo tuyo.

—No, de eso nada. —Rachel se puso de pie—. Es de las dos. Tuyo y mío. Me lo prometiste y ahora has cambiado de opinión.

—No puedo más. Sinceramente, no sé qué va a ser lo siguiente.

—Rachel, ¿te sientas con nosotras? —intervino la doctora.

—¿Es culpa mía? —Rachel se acercó al ventanal que daba al jardín—. ¿Y si te hubiera pasado a ti? Te habría escuchado y lo sabes.

La doctora Marshall miró a Eliza.

—Te estamos escuchando, Rachel —dijo la terapeuta.

Rachel apoyó la sien en el cristal.

—Tengo algo vivo dentro de la cabeza. Lleva ahí casi tres años. He intentado no prestarle atención, pero no se va. Está ahí cuando me levanto, está ahí cuando me acuesto. —Se volvió hacia Eliza—. Tú me creíste.

Eliza observó la silueta de su mujer contra la ventana. La vio inalcanzable, sin Arthur, totalmente sola. Tendría que haberme ocupado de este asunto aquella noche, pensó, hace tres años. Le habría dicho que es imposible que una hormiga te entre en el ojo. O mejor, tendría que haberle hecho caso y haber llamado al de las plagas, con su mal genio y su veneno; si lo hubiera hecho, nada de esto estaría pasando.

—¿Te has sentido así durante todo este tiempo? —preguntó Eliza.

—Casi siempre.

—¿Y por qué no lo has dicho?

—¿Cómo iba a decirlo? —Rachel dio un paso al frente—. Ese era el trato.

La doctora Marshall carraspeó.

—Parece que tenemos muchas cosas de las que hablar.

—Me pediste que te creyera y lo hice —contestó Eliza.

—Pero en realidad no me creías, ¿a que no?

Eliza no pudo contestar. Había aceptado la historia de Rachel como una parte de la mujer a la que amaba, una versión de los hechos que no era objetiva, sino más bien una metáfora. ¿Podría explicarle a Rachel eso ahora?

—¿Por qué hemos venido? —Rachel miró directamente a Eliza—. Tienes que decidir. No podemos huir, mudarnos a una casa nueva, volver a empezar. Tienes que decidir.

—Rachel. —La doctora Marshall volvió a señalar la butaca—. Por favor, siéntate.

Rachel se acercó al brazo de la butaca sin dejar de mirar a Eliza.

—Las dos habéis afrontado muchos cambios —continuó la terapeuta—. Para una pareja, tener un hijo a veces significa renegociar la relación y los papeles de cada uno en la familia.

—Teníamos un trato. —La voz de Rachel era plana—. Yo cumplí con mi parte.

—Pensaba que eras feliz. Hasta el cumpleaños de Arthur. Eras feliz.

La mirada de la doctora Marshall pasó de Eliza a Rachel.

—¿Qué pasó en el cumpleaños de Arthur? —aventuró.

—Que dije la verdad —dijo Rachel—. Eso pasó.

—¿Sobre lo que tienes dentro de la cabeza?

Rachel asintió.

—¿Eso es lo que oíste, Eliza?

—Creía que habíamos terminado con esa historia.

—Rachel te había contado que tenía algo vivo dentro de la cabeza y durante un tiempo estuviste de acuerdo con esa creencia. —La doctora Marshall apuntó algo en su cuaderno y volvió a mirar a las dos mujeres—. ¿Qué ha cambiado?

Eliza miró a la terapeuta. La pregunta era para Rachel, Eliza no había cambiado.

—Ya no hay confianza —dijo Rachel.

—Yo confío en ti, Rachel. No se trata de eso.

—Me has traído aquí para intentar convencerme. Para curarme. ¿Cómo puedo quererte si te gustaría que yo fuera otra persona?

Al escuchar a Rachel, una sensación de pánico se apoderó de Eliza. Trató de contestar, pero las palabras se esfumaron de sus labios. Era Rachel quien no confiaba en ella. Era Rachel quien podría apartarse como un animal que retrocede al ver una trampa. Eliza notó que la terapeuta las observaba. La consulta no era un templo, sino todo lo contrario: era un lugar donde renunciar a la fe.

—Pensé que querías ayuda —dijo Eliza.

Rachel se llevó las manos a la cabeza.

—Para nosotras, para nuestra familia.

La doctora Marshall se inclinó hacia delante.

—Rachel, ¿estás bien?

—No pasa nada —dijo Rachel—. Música de hormigas.

```
('¡Hola, mundo!');
```

El hospital confirmó por correo el diagnóstico. Un glioma supratentorial.

—Ahora lo llaman así —comentó Rachel—. Un glioma.

—Gli-o-ma —repitió Arthur.

Eliza le dio un trozo de plátano.

—¿Cuándo es la próxima cita?

—Mañana. —Rachel miró el papel de cerca.

—¿Tan pronto?

—No los he llamado por teléfono, ¿eh? —contestó como respuesta a la siguiente pregunta—. No tengo prisa.

Eliza se centró en Arthur, que daba buena cuenta del plátano. Estaba aprendiendo a no reaccionar con exageración ante la calma premeditada de Rachel. Desde que recibieron el diagnóstico, estaban sumidas en la aceptación fatalista de Rachel y la animación entusiasta de Eliza. Algo que las dejaba exhaustas. Eliza había hablado con la doctora Marshall sobre cambiar de rutina, pero modificar el instinto propio llevaba su tiempo.

—Iré contigo. Hal puede ocuparse de Arthur.

—Papi —dijo Arthur.

—Qué de pruebas. Es como el colisionador espacial. Te meten en un tubo, te examinan y aun así no encuentran lo que buscan.

—Ya... —Eliza asintió—. ¿Cómo te encuentras?

Rachel levantó a Arthur de la silla.

—Estoy bien. —Acercó la punta de la nariz a la de su hijo—. ¿No?

El niño miró a su madre.

—Hormiga —dijo Arthur.

interceptar;

Eliza visitó a Sondra Marshall por su cuenta en otras ocasiones. Una vez a la semana, dejaba a Rachel y Arthur acurrucados en el sofá y cogía la bici hasta la casa con la puerta lateral. Cada vez que esperaba a que la terapeuta abriera, miraba el timbre con el letrero de «Casa» y pensaba en Rachel.

—¿Qué tal? —La doctora Marshall se acomodó en la butaca.

—La quimio de Rachel terminó el lunes. Está muy apagada, pero ya no se encuentra mal.

—¿Y tú?

—La echo de menos.

—¿Por qué?

—Se está muriendo.

Eliza miró hacia el ventanal del fondo de la consulta. Recordó que Rachel se apoyó en él la primera vez que fueron a esa casa. Que apretó la frente contra el cristal.

—¿Y eso cambia tus sentimientos hacia ella?

—Todo lo que hacemos juntas pertenece al pasado —contestó Eliza.

—¿En qué sentido?

—No le queda mucho. Puede que un año. Cada día que pasa es el último.

—¿Y la vida no es siempre así? —La doctora Marshall inclinó la cabeza.

—Pero nosotras no contamos con el lujo de la negación.

—¿Crees que sería mejor si no lo supierais?

Eliza se encogió de hombros.

—No hay otra Rachel que no se haya hecho las pruebas o que no tenga un tumor.

La terapeuta se alisó el vestido cruzado. Todas las semanas llevaba el mismo tipo de atuendo en diferentes colores, pero el estampado de cachemir no se lo había vuelto a poner desde la primera visita. Eliza se preguntó si tendría un método establecido.

—¿Es eso lo que quieres? ¿Una Rachel distinta?

—Lo que me gustaría es que nada de esto hubiera sucedido.

—¿Por dónde empezarías a borrar el pasado?

Eliza apartó la mirada. Era una pregunta trampa, pero sabía la respuesta. En el momento en que Rachel mencionó las hormigas, tendría que haber ido al local y pagarle al de las plagas para que acabara con ellas. Eliza era científica, no creía que una hormiga le hubiera causado el cáncer a Rachel, pero sin la hormiga ahora serían libres.

—¿Eliza?

¿Qué habría sido de ellas entonces? ¿Se enfrentaría ahora ella sola al futuro? Por supuesto que no, Arthur también habría nacido sin la picadura imaginaria de un insecto. Sacudió la cabeza, como si la idea de la hormiga dentro de Rachel la hubiera afectado de algún modo. Tal vez así fuera. No a la parte física de la cabeza, sino a la otra. A la parte que se preguntaba cómo estaban conectados todos esos elementos.

—Da igual —repuso—. Tengo un niño en quien pensar. Un hijo a quien criar sin su madre.

—Será duro —dijo la doctora Marshall—, pero Arthur te tiene a ti. Y tú tienes a Rachel para que te ayude a prepararlo todo. Es algo que podéis hacer juntas, preparar un futuro para él, el futuro que ambas queréis.

—Pero yo no quiero vivir con un fantasma —replicó Eliza—. Quiero a Rachel.

La doctora Marshall no titubeó.

—Rachel está aquí ahora. ¿Y tú?

Presente y ausente, pensó Eliza.

```
fin.
```

Esa noche, eran poco más de las nueve cuando Eliza volvió a casa; Rachel y Arthur estaban ya dormidos. Le tapó las piernas a su hijo con las sábanas y cruzó el pasillo. La puerta del dormitorio estaba abierta y la luz de la lámpara de noche de Rachel se derramaba por la alfombra. Eliza se quedó en el umbral y observó la delgada caja torácica de su mujer, que subía y bajaba. Los kilos que Rachel había cogido durante el embarazo habían desaparecido tan rápido como su pelo: daños colaterales, aunque las pérdidas no se lamentaran por igual.

Eliza estudió las mejillas hundidas y la piel pálida del rostro de Rachel debajo del gorro de lana. La quimioterapia no había funcionado, pero disfrutarían de un periodo de remisión antes de que el cáncer contraatacara. Rachel se sentiría mejor durante una temporada. Un «tiempo para ponerlo todo en orden», según dijo el especialista. Pero ¿qué orden podía existir en morir antes que tus padres, en morir antes de que tu hijo se hiciera mayor?

A Rachel no le había contado nada de eso. La oía hacer planes: colegios para Arthur, ocasiones especiales... Rachel quería formar parte del futuro. Ella está aquí ahora, le había dicho la doctora Marshall, ¿y tú?

Se apoyó en el marco de la puerta mientras su mujer se rascaba por debajo del gorro. ¿Estaría la hormiga dando vueltas por sus sueños? La idea le hizo contener la respiración. Desde el diagnóstico, Eliza no podía mirar a su mujer sin ver también a la hormiga. El insecto formaba parte de la vida de ambas, una fuerza dentro de su relación, la razón de ser de su familia. Si me quieres, tienes que confiar en mí, le había dicho Rachel, y Eliza confió. Después de todo ese tiempo, creía en la hormiga.

¡Hola, mundo!

Para el tercer cumpleaños de Arthur, fueron a Disneyland.

Hal y Greg se quedaron en casa.

—Tendrían que haber venido —dijo Rachel—. A Arthur le habría encantado obligar a Greg a montarse en la montaña rusa.

—Es un misterio —respondió Eliza.

Ambas vigilaban a Arthur, que miraba el parque a través del cristal del ascensor del hotel.

—¿Te fijaste en la cara que puso Arthur cuando llegamos y el perro le dio la bolsa de chucherías? —comentó Eliza.

—Pluto.

—Eso, Pluto.

—Arthur y yo hemos repasado la lección.

—Los beneficios de educar en casa. —Eliza le agarró la mano a su mujer—. Si te cansas, dilo.

—Es imposible cansarse en el lugar más feliz del planeta. —Rachel sonrió.

Los tres recorrieron el parque bajo el sol de finales de noviembre.

—Deberíamos venir siempre a Francia por su cumpleaños —propuso Eliza.

—Siempre.

Cuando llegaron a la atracción de las tazas, Rachel se sentó en un banco cercano y Eliza guardó cola con Arthur. Era mitad de semana y la mayoría de los niños estaban en el colegio, pero aun así había que esperar. La cinta separadora serpenteaba varias veces, de manera que los mismos grupos de gente se encontraban cada cinco minutos o así.

—¿Dónde está mami? —Arthur retorció la mano dentro de la de Eliza para intentar ver a Rachel entre la multitud.

—Allí nos espera. —Señaló hacia la silueta de Rachel, apenas visible bajo el toldo del café.

Eliza subió a su hijo a caballito, dio la vuelta de la cola y, al pasar, le rozó el brazo a un hombre que caminaba en la dirección opuesta y que se apartó con brusquedad.

—*Excusez-moi* —dijo Eliza.

Miró al hombre y vio que ponía cara de enfado mientras continuaba. Bronceado, con barbita canosa y el pelo lustroso y ralo. Lo reconoció, recordó su mal genio, pero él no volvió la vista atrás. El hombre del taller de televisores. Recordaba su nombre: Kargin. ¿Qué hacía Kargin, el exterminador de plagas de Green Lanes, en Disneyland?

—¡Mamá! —Arthur golpeó los costados de Eliza para que avanzara.

Las teteras se habían detenido y la cola se movía deprisa. Arthur le sonrió a la mujer de detrás de la barrera. Mientras pasaban, Eliza buscó a Kargin, pero la gente corría hacia las tazas en tropel y Arthur quiso bajarse de sus hombros para apresurarse hacia la más lejana.

—¡La taza azul! —Salió pitando hasta que llegó a ella.

La familia que tenían delante viró hacia la siguiente taza al ver que Arthur corría y Eliza iba tras él.

—*Merci!* —les gritó Eliza, aunque parecían más de Peoria que de París.

Cerraron la portezuela y se acomodaron en el asiento.

—Mira, Arthur, puedes girar el volante para que demos vueltas.

Por los altavoces sonaron los anuncios previos y comenzó la música. La taza se movía formando un gran arco con una velocidad creciente. Arthur miró el mundo, que daba vueltas a su alrededor.

—Mami.

—Ahora vendrá para vernos. Gira el volante, Arthur, eso es.

El niño movió el volante muy despacio y, cuando se dio cuenta de que la taza respondía a sus órdenes, redobló los esfuerzos y dejó caer todo el peso de su cuerpo en la dirección del giro. Eliza vislumbró en él su propio gesto de determinación a medida que aumentaba la velocidad.

—Qué bien lo haces, Arthur. Mira, ahí está mami.

La taza viró hacia la valla y Eliza y Arthur saludaron con la mano a Rachel, que los observaba sonriente desde la barandilla.

—Qué rápido vamos. —Eliza observó que Arthur volvía a concentrarse en el volante mientras se alejaban de Rachel dando vueltas.

Miró la siguiente taza y vio a un único pasajero dentro, el hombre de las plagas. No iba acompañado de ningún niño. No había indicios de que alguien lo estuviera esperando fuera de la atracción.

—Espera un segundo, Arthur. —Intentó que la taza dejara de dar vueltas, pero seguían girando y avanzando en círculos. Entonces vio que Rachel se alejaba de la barandilla.

—Más —dijo Arthur—. Rápido, rápido.

Ni rastro del hombre ni de Rachel. Eliza se recostó y pensó en lo que acababa de ver. Al señor Kargin, de su antiguo barrio. El hombre cuyo mal genio las había disuadido de utilizar veneno estaba de vacaciones con ellas. ¿Qué significaba aquello? Eliza se agarró del borde de la taza azul gigante con sensación de mareo. No significaba nada. ¿Por qué estaba pensando así? Las coincidencias no querían decir nada, a menos que fueras la madre de Rachel con sus análisis manidos. Sin embargo, la saliva le subió por la garganta y comenzó a temblar pese al calor del otoño parisino. Habían pasado más de cuatro años desde lo de la hormiga y ahí estaban, celebrando el cumpleaños de Arthur como consecuencia de aquella noche.

Observó a Arthur, que agarraba el volante con todas sus fuerzas. ¿Le debía la vida a una hormiga?, pensó. Miró sus manitas, rosas por el esfuerzo de hacer girar la taza. Arthur y la hormiga estaban vinculados para siempre. Eliza cerró los ojos y la imagen de la hormiga apareció bajo sus párpados. La hormiga no estaba solo en la cabeza de Rachel; también estaba en la suya. Y en la de cualquiera que supiera de su existencia, pensó. Solo tengo que contar esta historia y la hormiga estará siempre en la cabeza de quien la oiga.

La atracción comenzó a reducir la velocidad y Arthur gritó.

—¡Otra vez!

—Más tarde a lo mejor. —Eliza empujó la puertecita e intentó mantener el equilibrio al salir—. Estoy mareada, ¿y tú?

—Hemos dado vueltas. —Arthur caminaba en zigzag mientras se acercaban a la salida—. Vueltas y vueltas y…

—Arthur, para, anda. —Se volvió para mirar las tazas que se vaciaban, pero ni rastro de Kargin.

—¿Dónde está mami?

Eliza hizo un gesto hacia el banco donde la habían dejado. Rachel estaba doblada sobre las rodillas con una mano en la cabeza. Arthur se zafó de Eliza y corrió hacia ella.

—Mami, he empujado la taza para que dé vueltas.

—Ya te he visto. —Rachel estiró los brazos para abrazar al niño—. Qué listo eres.

El niño escapó de su regazo y, absorto con la vida del parque, se puso de pie en el banco. Rachel respiró hondo, se colocó el pelo recién crecido detrás de la oreja y le sonrió a Eliza.

—Hola.

—Hola, hola. —Eliza le agarró la cara a su mujer con las dos manos para que levantara la barbilla y poder mirarla a los ojos. La marca roja de cuatro años antes resultaba visible junto a la córnea. Ahí, en el blanco del ojo, percibió una sombra pequeña y veloz. Eliza parpadeó y la sombra desapareció.

Mantuvo las manos en el rostro de Rachel y las dos permanecieron así durante un rato, en el banco, bajo las nubes que cambiaban en el cielo, con su hijo al lado.

—No duele —dijo Rachel—. No duele nada.

2
Punto de inflexión

El dilema del prisionero

Este dilema consiste en que hay dos prisioneros en celdas separadas y reciben diferentes tratos según si confiesan o si delatan al otro. Se ha demostrado que, mientras a corto plazo el individuo actúa mejor si traiciona al otro prisionero, a largo plazo, cuando saben que tendrán que negociar entre ellos, los prisioneros actúan mejor si cooperan.

> Si la gente no cree que las matemáticas son simples es porque no se dan cuenta de lo complicada que es la vida.
> JOHN VON NEUMANN en la Asociación
> de Maquinaria Computacional, 1947

I. Cooperación

Todo el mundo lo llamaba Al. A sus padres no les importaba, era un chico popular y veían que se llevaba bien con todo el mundo, jóvenes y viejos, niños y niñas, griegos, turcos y hasta con los británicos. El único que no estaba de acuerdo era su abuelo. Pero Ali no le hacía caso. *Baabanne* tenía muy malas pulgas.

—Tiene muy malas pulgas —le decía a Ali su madre—. Tú ni caso.

Para Ali, su abuelo era como una de las cabras que tenía que cuidar: con amor y mejor desde lejos. Sus padres eran los propietarios de una pequeña pensión en el norte de Lárnaca y las cabras formaban parte de la vida diaria de los niños. Antes y después del colegio, Ali y su hermana las sacaban a pastar y las recogían cuando tocaba. En verano también había trabajo para los críos en los naranjales o en el encalado de los numerosos muros exteriores. Cuando no trabajaba fuera, Ali perseguía a Kostas el manitas por toda la finca. Kostas arreglaba cosas: hornos y coches, luces y aspiradoras, no había nada que no pudiera reparar. Ali veía que, con un trocito de cable o un poco de barniz, los objetos revivían.

Durante todo el verano, después de las tareas, Ali se iba a la playa con sus amigos. En cuanto acababa con el trabajo, se ponía una camiseta y un pantalón corto encima del bañador, cogía un poco de *börek* frío de la cocina y corría hacia a la puerta antes de que su hermana lo alcanzara.

—Llévate a tu hermana. —La madre de Ali tenía un misterioso sentido de la ubicación de sus hijos a cualquier hora del día—. Hanife, vete con tu hermano.

Entonces Ali tenía que esperar hasta que Hanife preparaba la mochila.

—No necesitas llevar mochila —le decía él.

—Eso ya lo veremos.

Ali siempre se prometía que no le pediría nada a su hermana. Si ella no llevara mochila, pensaba Ali mientras se dirigían hacia las dunas por el camino de grava, él no necesitaría nada de su contenido. Pero, por más que se lo juraba, al final se comía sus palabras. Su hermana tenía razón: antes de que acabara día, había algo en la mochila que podía con él.

El sol estaba ya alto cuando los niños treparon por las piedras que obstruían el camino. Ali se aferraba con los pies descalzos a los bordes más lisos de las rocas y prestaba atención a los herbosos. Sabía que los lugares donde cantaban las cigarras estaban a salvo de las serpientes. Cuando la grava del camino comenzaba a transformarse en arena, Hanife se quitaba los zapatos. El lugar exacto variaba de un día para otro. Ali esperaba el momento con impaciencia y trataba de anticipar el punto preciso donde su hermana decidiría que había demasiada arena y que prefería desabrocharse las sandalias de cuero. No entendía por qué no iba descalza a la playa desde el principio, pero discutir con ella carecía de sentido y solo servía para retrasar más la llegada. Si él se adelantaba, Hanife se lo contaría a su padre y Ali se metería en un lío. Daba igual que tuvieran la misma edad con cinco minutos de diferencia a favor de ella: Ali tenía que esperarla.

—Deja de saltar, Al. Tú sigue, no me esperes.

Ali no sabía muy bien por qué tenía tan poca paciencia. Si se paraba a pensarlo, le entraba por dentro una especie de quemazón que lo obligaba a salir corriendo para no explotar. En el colegio, la maestra le ataba un pañuelo en las piernas para que dejara de retorcerse.

—Es simbólico —le explicó a la madre de Ali cuando esta fue a quejarse—. Para que no se le olvide.

Ali pensaba que los símbolos eran anotaciones, como los jeroglíficos, y no le habría importado que la maestra hubiera dibujado un pañuelo. En cualquier caso, la madre de Ali pensaba que la maestra estaba equivocada. Cuando el niño le preguntó por qué, ella le explicó que porque él era demasiado listo para estar en esa clase, pero Ali sabía que la razón era otra. Estaba oculta en las palabras, como todo lo que decían los adultos.

Costaba bastante hablar tres lenguas y tener que adivinar lo que sus padres querían decir en realidad.

Y ahora que él y Hanife habían cumplido nueve años, también tenía que interpretar a su hermana.

—Sigue, vete con tus amigos.

Ali no quería dejarla sola. Le gustaba estar con ella en casa, hacer tartas de barro en el jardín y montarse en el burro que vivía en el campo de atrás. Deseaba que su hermana fuera como antes de que aparecieran la mochila y las sandalias, deseaba que corriera a su lado. Entonces era tan rápida como él.

—Venga, *abla,* date prisa. Te echo una carrera.

El día en que Hanife echó a correr, Ali la acusó de salir con ventaja. Llegó a la playa segundos después que su hermana y ambos se cayeron en los profundos surcos de arena del otro lado de las dunas.

—Vamos, Ali *eşek.* —La risa de Hanife salía a borbotones mientras recuperaba el aliento—. Corre, borrico, corre.

Ya había decenas de chicos y chicas congregados a lo largo de la amplia medialuna de agua cristalina que llamaban *kalos;* allí se estaba muy bien, sobre todo a principios de verano, antes de que llegaran los turistas y ocuparan toda la cala. Los amigos de Ali destacaban sobre la orilla, donde le daban patadas a un balón en la rompiente. Ali vio a un chico, un *siska,* flacucho, llamado Damon que intentaba parar el juego. La pelota era suya.

—Venga, *eşek.* Vete a incordiar a Damon.

Hanife se incorporó y se sacudió la arena del pelo. De pronto parecía lejana, pensó Ali, como si él no pudiera alcanzarla por más que estirara el brazo.

Él se sacó un poco de *börek* del bolsillo y lo partió en dos.

Sin mirar la empanada, Hanife sacó un pañuelo blanco de algodón de la mochila y se lo pasó a su hermano.

—Límpiala. No debería crujir, Al.

Ali sacudió la empanada con la ayuda del pañuelo y se comió su mitad en tres bocados. Estaba arenosa, pero ya se había acostumbrado a esa textura. En verano casi siempre tenía la boca llena de arena. Le sonrió a Hanife antes de tragar.

—*Iğğ!* Eres asqueroso. —Hanife lo apartó de un empujón.

Él se encogió de hombros y se comió la otra mitad mientras se ponía de pie. Más abajo, junto al agua, sus amigos lo llamaban y le hacían señas. Se volvió hacia su hermana.

—Estaré por allí con Celena. —Hanife señaló con la barbilla hacia la otra parte de la cala—. Te veo luego.

La zona más apartada era donde se ponían las chicas, que entraban y salían del agua para refrescarse. En el lado más cercano de la bahía, los chicos mayores que todavía no tenían que ir a trabajar fumaban, se bronceaban y de vez en cuando se daban una vuelta sobre la arena mojada para que las chicas vieran su cuerpo recién desarrollado. El territorio intermedio era propiedad de la pandilla de Ali.

Le sacó la lengua a su hermana y echó a correr; con cada zancada, el deber y las preocupaciones se alejaban un poco más.

—¡Al! ¡Al! ¡Al! —Oyó a los chicos gritar mientras le daban patadas al balón para que Damon no lo alcanzara—. ¡Ponte en la portería!

La portería que tenían en mente era la playa entera y Damon luchaba por sacar la pelota del agua. En ese momento, Ali deseó que su amigo de la escuela no se la hubiera llevado si tan preocupado estaba por ella. Cuanto más protector era Damon, más lo chinchaban los demás. La mayoría de las veces, los niños aprovechaban la colección de pelotas que se quedaban abandonadas en la playa o fabricaban una con algo de ropa y una cuerda. Aquella maravilla de dieciocho paneles de cuero sin pinchar que a Damon le había regalado su padre por su décimo cumpleaños podría haber sido objeto de disfrute de toda la pandilla si el muchacho no hubiera sido tan acaparador. Pero a los chicos les resultaba más divertido evitar que recuperara el balón que jugar con su dueño, a su fútbol y con sus reglas.

De una patada, Ali mandó el balón de nuevo al mar, hacia donde estaba Damon, y se despojó de la camiseta y el pantalón corto.

—Eh, Stella, no seas mala.

Un chico fornido y más joven llamado Andras se abrazó a sí mismo por los hombros e interpretó con mímica el beso de una película. Ese verano, Melina Mercouri era la actriz griega de moda y la isla entera estaba cubierta con su foto en el papel de la desdichada Stella. Ninguno de los niños había visto la película, pero sabían que Stella se había casado con un futbolista.

Antes de que Damon reaccionara, Nicolai sacó un pie del agua y envió el balón mar adentro. Ali entró en el mar mientras el resto del grupo se abalanzaba sobre la pelota para lanzarla aún más lejos.

—Se aburrirán enseguida. —Ali le dio un golpecito con el puño a su amigo en el hombro—. Déjalos jugar.

Damon sacudió la cabeza.

—Mira —dijo. Ambos vieron que más allá de los chicos, que no paraban de moverse, el balón empapado y marrón se sacudía en el mar—. Mi padre me va a matar.

Varias semanas antes, Damon lloró cuando se le enganchó el pantalón corto en una rama mientras trepaba por un árbol y se negó a cortar la trabilla del cinturón con su navaja. Ali tuvo que romper la rama para liberar al niño, que no paraba de sollozar. Los demás se rieron de Damon y durante varios días intentaron darle de lado cuando salían juntos para pasar el día.

—Es un niño pequeño, tendría que jugar con los *nepioi* —dijo Andras.

—Sus padres son muy estrictos.

Ali no estaba seguro de que eso fuera cierto, pero parecía encajar. Si no, ¿por qué le iba a importar tanto lo que ellos pensaran? Los padres de Ali estaban siempre demasiado atareados como para preocuparse de la ropa y los juguetes de su hijo. Le daban un bofetón si era maleducado, le gritaban para que terminara las tareas y para que ayudara a su hermana, pero en lo demás lo dejaban tranquilo. Ali pensaba que los padres griegos eran iguales que los turcos: ni más ni menos terribles. Todos parecían tener unas costumbres bastante desconcertantes. Aun así, Damon era uno de esos amigos a los que había que cuidar.

—Dadle otra oportunidad.

La pandilla lo perdonó y, como el cumpleaños de Damon significaba una nueva pelota para el grupo, dejaron de cantarle *klápse moró* cuando se hartaban de él. Ali le pidió a Damon que dejara el balón en casa, porque presentía que sería un problema, pero el saborcillo del poder era irresistible para un chico tan poco popular.

—Por favor, Al. Diles que paren.

Con una mirada al escuálido Damon, que ahora temblaba frente al reflujo de la marea, Ali se zambulló en el agua y fue hacia la pelota. Aunque era el mejor nadador del grupo, se suponía que debían permanecer siempre donde hicieran pie. Dos veranos atrás, un huésped de la pensión se ahogó al intentar salir del mar. No había socorristas y el único adulto de la playa era un anciano del pueblo que había salido a dar su paseo diario. Cuando alguien vio en el horizonte que el hombre estaba en apuros, ya era demasiado tarde para socorrerlo. Nunca encontraron el cuerpo. De cara a la galería, le echaron la culpa del accidente a la ignorancia del bañista respecto a las marejadas locales, pero tanto en la escuela como en las casas aleccionaron a los niños para que no olvidaran que el peligro estaba cerca.

La corriente era más fuerte después del primer tramo, donde las aguas se hacían más profundas y pasaban de un azul celeste claro al tono añil desvaído de la chaqueta de su abuelo. Ali nadó por encima de varias olas grandes y sintió la fuerza del mar, que lo empujaba hacia atrás y hacia abajo. Una vez pasada la rompiente, la superficie parecía mansa y solo el bamboleo de la pelota de cuero delataba la resaca. Entornó los ojos bajo la luz del sol para intentar calcular la distancia. Detrás de él, los gritos de los chicos crecían y decrecían con el sonido de las olas. Ahora estaba lejos del grupo, cada vez más cerca del borde exterior de la bahía, mientras el balón flotaba en aguas abiertas del Mediterráneo y Ali reducía el espacio que lo separaba de él. Según sus cálculos, podría bucear para sobrepasarlo y que su propio impulso al nadar no lo empujara aún más lejos.

Bajo la superficie del mar lo único que se veía eran sus manos abriéndose paso. Le picaban los ojos y le ardía la garganta por el agua salada que le llenaba los senos nasales. Llegó a la altura de la pelota, aunque varias brazadas a la derecha, y decidió emplear la energía que le quedaba en lanzarse a por ella desde allí. Dio una bocanada de aire y sacudió las piernas por debajo del agua para saltar. Rozó el cuero áspero con la punta de los dedos, pero el balón se alejó flotando. Entonces Ali se curvó bajo el agua y lo alcanzó con los pies mientras formaba con los brazos una pequeña piscina para retenerlo. Sin aliento, lo agarró y permaneció un momento sobre su tesoro flotante.

La pelota subía y bajaba debajo de su tripa. Se acordó de la vez que fue en coche a los baños de

Nicosia para pasar el día con su tío. Como estaba más acostumbrado al lomo huesudo del burro Gri que a la comodidad tapizada del Mercedes, Ali se quedó dormido y se perdió el recorrido que había organizado su tío para ver la isla por la noche.

—No es precisamente un perro guardián —dijo su *amca*—. Esperemos que nunca lo llamen a filas.

Aquellas palabras le causaron una honda impresión a Ali, que las consideró tan injustas como hirientes, como si su tío conociera alguna verdad oculta. A Ali no le apetecía en absoluto ser soldado, pero sí quería ser valiente y leal. Sabía que podía ser útil. Cuando ayudaba a Kostas con las tareas de la casa, sentía la satisfacción del trabajo y Kostas lo felicitaba por las cosas bien hechas. Pero ¿habría visto su tío algún horrible defecto en su carácter? Hubo una época en que se escondía de Apollo, que estaba un curso por encima, para que no le robara el almuerzo. Eso duró una semana, hasta que se hartó de comer solo y tuvo que entregarle su pastel de carne favorito. Cuando se enteró de que Apollo odiaba la verdura, le pidió a su madre que no le preparara más que *börek* de coliflor. A Ali tampoco es que le volviera loco la coliflor, pero desde entonces nadie lo molestó a la hora de la comida y todos sus amigos adoptaron una dieta vegetariana en la escuela. ¿Había sido un acto de cobardía?

Ali seguía con los ojos cerrados y el agua se balanceaba por debajo de él. Sabía que la corriente lo había alejado, pero, si se concentraba lo suficiente, encontraría una solución, al igual que la encontró para el problema de Apollo. Su tío se equivocaba, podía ser un buen soldado. Él no sabía que de noche hacía pis por la ventana del cuarto con tal de no salir a la letrina, ya que una vez vio allí un escorpión. Pero eso era lógico. ¿Quién quiere que le pique un escorpión o una araña? Aunque era consciente de que parecía que lo hacía por miedo. Ser valiente significaba asumir riesgos, por eso Ali decidió ser intrépido.

Desde arriba, le llegó el zumbido de un aeroplano militar que se dirigía a Nicosia. Antes, los niños solían levantar el puño cuando pasaba el avión británico, pero después, tras la adquisición de los nuevos helicópteros, ya eran demasiados aparatos de los que preocuparse. Ali miró para comprobar qué hacían sus amigos. Desde ese lado de la escollera solo se distinguía a Andras; los demás eran muñecos de palo en la playa. Ali examinó la superficie del agua.

Estaba bastante apartado de la bahía, el litoral rocoso se extendía ambos lados de su apreciada playa. Más allá, a la izquierda, un barco de pasajeros se aproximaba a lo que él creía que sería el puerto de Lárnaca. Nunca había estado tan lejos de la orilla. Una vez nadó hasta una de las cuevas de la parte sur por el desafío de recoger una estrella de mar. Pero la cornisa, que parecía fácil de escalar desde el hueco de la montaña, resultó ser demasiado alta y escarpada. El trayecto de vuelta a nado sin descanso fue duro.

—La próxima vez lo intentaré desde el otro lado. O cuando la marea esté más alta —dijo al reunirse de nuevo con el grupo.

Pero no volvió a intentarlo. No quería sentirse nunca más como lo hizo aquel día: un pánico mareante lo invadió mientras nadaba y nadaba sin destino aparente. Lo importante fue que sus amigos lo vieron y creyeron que no le tenía miedo a nada. Por eso ahora todos lo miraban desde la playa sin dar la voz de alarma. Ali era el único que nadaba bien.

Por supuesto, conocía bien las corrientes. «Las suaves corrientes del Mediterráneo», como había leído en la escuela. El mar no era tan metódico y predecible como un libro de texto. Cada pequeña ensenada tenía su propia naturaleza, cada playa presentaba sus propios problemas. La playa *kalos* no era diferente. Sacudió las piernas para emprender el camino de vuelta y los músculos de las pantorrillas empezaron a dolerle por el esfuerzo. Ante él, el agua se ondulaba arriba y abajo con la luz del atardecer. No tendría que haberse adentrado tanto a esa hora del día. Durante el tiempo que había estado parado, se había alejado aún más.

Con el balón en los brazos, solo contaba con las piernas para propulsarse. Pataleó más fuerte y apoyó el cuerpo en el balón para ayudarse con los brazos. Si se inclinaba demasiado, perdía el control, pero si no lo hacía solo conseguía sumergir las manos. Cambió de posición, se colocó la pelota en una de las axilas para empujarse con el otro brazo. Sin ella en el pecho, respiraba mejor, pero perdía equilibrio y velocidad. La lanzó hacia delante y nadó hasta ella varias veces, pero a partir de la cuarta vez los brazos le pesaban tanto que la distancia de lanzamiento se redujo a una brazada o dos. Y cada vez que paraba, la corriente lo arrastraba hacia atrás.

Tenía los ojos llenos de sal y la piel le ardía, pero siguió dando patadas. Ahora había más cuerpos verticales en la orilla. Los veía como a través de un cristal: su mundo acuático a un lado y la tierra y el aire al otro. Los necesitaba, necesitaba que alguien lo ayudara. ¿Era posible que lo vieran y lo oyeran? ¿Quién acudiría? Seguro que los chicos mayores no, con su arrogancia y su aceite para el pelo. Tampoco las chicas, que hacían caso de las advertencias de sus padres, aunque tal vez fueran a buscar ayuda. ¿Cuál de sus amigos se arriesgaría? Reconoció la sensación de malestar en la boca del estómago y supo que el tiempo se agotaba. Si seguía aferrado a su trofeo, no llegaría a tierra.

Con la pelota contra la cabeza, siguió avanzando. Tenía que alcanzar una zona más protegida, pero no le quedaban fuerzas para nadar a crol. Le vino a la mente la imagen de sí mismo dormido sobre el balón. Un sueñecito lo reanimaría, pensó, aunque sabía que no era una buena idea. Como estaba demasiado cansado para empujar la pelota con la cabeza, se dio la vuelta y se la encajó debajo de la barbilla. El cambio de posición le proporcionó un momento de energía renovada hasta que empezó a dolerle el cuello. El balón se le escurrió y tuvo que estirarse para agarrarlo. Debía soltarlo. Sin él, aún había posibilidades de alcanzar la orilla. Volvió la cabeza para ver si llegaba ayuda, pero veía borroso y la luz reflejada en el agua lo deslumbraba. Pese a todo, no podía deshacerse de la pelota. La vergüenza de que lo rescataran por nada, el fracaso de su misión, la decepción de Damon y las bromas de sus amigos lo obligaban a continuar aferrado a ella. Él era Ali el valiente. Su tío se equivocaba.

Se puso de nuevo bocabajo y sujetó la pelota sin dejar de pedalear con los ojos cerrados para evitar el escozor de la sal. Intentó respirar por la nariz. Tenía sed y le dolía la garganta. Se sentía roto. Pensó en Hanife, que estaría en la playa con sus amigas. ¿Se habría dado cuenta de que estaba metido en un lío? Su madre seguro que lo sabía; dondequiera que estuviese, ella notaría que estaba en peligro. ¿Y si gritaba? ¿Y si gesticulaba con los brazos? Quien nadara hasta él ahora corría el riesgo de ahogarse. Pero, si nadie acudía en su ayuda, se arriesgaban a ver ahogarse a Ali. Estaba demasiado cansado para mover algo que no fueran las piernas, así que pedaleaba y pedaleaba mientras resolvía el problema de volver.

Con la pelota en los brazos no podía nadar con fuerza, pero tampoco quería soltarla. Si hubiera llevado una cuerda, la habría atado a la pelota, aunque en ese caso la fricción del agua lo hubiera ralentizado. Necesitaba desinflarla, pero ¿cómo?

Los infladores de fútbol servían para meter y sacar aire. Él tenía uno de bicicleta que funcionaba igual. Estaba en el cobertizo de detrás de la casa, en un cubo, con las llaves grandes y otras herramientas de Kostas. Si Kostas el manitas hubiera estado allí, habría encontrado la manera de desinflar la pelota sin necesidad de una aguja. Él lo había visto unir cables eléctricos, cubrir muros con pasta de harina, forrar tejas con paja. En una ocasión, vio que abría en canal a una cabra preñada, sacaba a las crías y cosía a la madre con un trozo de tripa de oveja a modo de hilo. La cabra se puso de pie una hora más tarde. Después de aquello, Ali creía que todo era posible. Intentó recordar esa sensación. Pensó en líneas de meta y podios, pensó en soldados y coroneles. Era un Kargin. Podía conseguir todo lo que quisiera, podía ser todo lo que imaginara.

Un cuerpo blando que parecía una mano le rozó el pie. Encogió las piernas con brusquedad. Era un pez. Solo un pez, repitió para su adentros. ¿Dónde estaba? Se había quedado dormido durante un segundo. La orilla había retrocedido y se encontraba de nuevo por detrás de la línea de la bahía. La pelota iba a matarlo. Tenía que nadar para salvarse antes de que fuera demasiado tarde. Ali soltó su prisión flotante y se hundió bajo la superficie. Había recuperado el aliento, pero ya no flotaba. Sentía la tracción del agua por debajo y se esforzaba en vano por sacar la cara para tomar aire. Tenía la pierna atrapada y un brazo lo rodeó por el cuello. Con un esfuerzo enorme, arremetió contra el fantasma.

—¡Eh! ¡Al, para! Soy yo. Quédate quieto o nos hundiremos los dos.

Ali tenía los oídos llenos de agua. No oía por encima de su propia agitación, de su propio chapoteo, pero sí veía. A su lado, con un brazo alrededor de la pelota y con el otro estirado hacia Ali en un gesto entre la defensa y la súplica, nadaba Damon.

Por un momento, Ali no lo comprendió. Ese no era el medio de Damon. Era como ver a la maestra en un bar o a su madre subida a un árbol. Pensó que a lo mejor seguía dormido. O que estaba muerto. Dejó de forcejear y permitió que Damon le sujetara la cabeza por encima del agua. El chico tenía la navaja cerca del hombro de Ali.

—Hay medusas —dijo su amigo—. Respira, ya volvemos.

No había ninguna barca. ¿Cómo había llegado Damon hasta allí? ¿Cómo iban a alcanzar la playa? Las piernas de Ali estaban tan débiles como las de un recién nacido. Apenas era capaz de mover los brazos. Y Damon llevaba la pelota. Se iban a ahogar.

—Tienes que relajarte, Al. Déjame nadar.

Con el brazo alrededor del torso de Ali, Damon comenzó a tirar de su amigo hacia la orilla con la pelota en el brazo libre. Casi no avanzaban.

—La pelota. —Ali intentó agarrarla y, al instante, volvió a sumergirse en el agua. Se apoyó en ella mientras tosía y se aferró de nuevo a Damon—. Tenemos que... Suéltala.

Los dos niños miraron la playa. Varias cabezas se dirigían hacia ellos, pero aún se encontraban demasiado lejos. Ali apenas se mantenía a flote y Damon no era capaz de sujetarlo con la pelota que se le resbalaba por debajo.

—¡Vamos!

Ali soltó el balón, que salió disparado a ras del agua, y se agarró a Damon. Los dos se quedaron mirando el objeto que los había alejado tanto y que casi los había obligado a quedarse allí.

—Espera. —Damon se agarró a Ali con fuerza y sacó del agua el brazo libre con la navaja en la mano. Con un solo movimiento, Damon redujo la distancia que los separaba de la pelota, la agarró y hundió la hoja de la navaja en el cuero—. Toma. —Se la pasó a Ali. Ahora tenía forma de medialuna—. Llévala tú.

Con lentitud, los dos niños emprendieron el camino de vuelta.

*

Para su discurso como padrino, Damon eligió las palabras con cuidado. No era cierto, dijo, que le salvara la vida a Ali, hacía ya muchos años, en una playa de su tierra natal. La verdad era que Ali se la había salvado a él. Estaba seguro de que Ali se las habría apañado para volver pese al contratiempo de las medusas, que Damon reconocía que había sido peliagudo.

—Al sabía solucionar problemas y escapar de todos los líos. Y, por si no había quedado bastante claro, me lo demostró muchas veces durante el *schisma*. —Los invitados, tanto los amigos turcos de Ali como los amigos griegos de Celena, asintieron al oír la referencia a la división de la isla—. Si Al no me hubiera enseñado a ser valiente cuando éramos *paidiá,* no habría llegado hasta aquí. —Damon señaló la calle y, con un amplio movimiento del brazo, el aparcamiento y la enorme área del norte de Londres—. Me defendió cuando los demás me dieron la espalda. Escaló árboles para rescatarme cuando me resbalé. Al es la primera persona a quien recurro y la última a la que quiero dejar. Querida Celena —Damon levantó una copa—, has elegido bien, has elegido con sabiduría. Que vuestra vida juntos sea larga y fascinante. Y que nunca sepáis lo difícil que es escoger entre tu mejor amigo y una pelota de fútbol. *Sağlığınıza!*

II. Deserción

Ali se fue a la deriva con el balón debajo. Se imaginó a Hanife en la playa. Todas las mañanas era demasiado impaciente con ella y la dejaba atrás a la menor ocasión. El cosquilleo de las piernas había desaparecido. Cómo deseaba estar junto a su hermana de nuevo con la arena entre los pies y esperarla durante todo el tiempo del mundo hasta que se desabrochara las sandalias.

No le quedaba mucho tiempo en mar abierto. Miró hacia la costa. En la playa había un pequeño grupo de gente, un montón de líneas en la distancia que permanecían juntas. Pero ni rastro de nadie a ese lado de la rompiente.

Soltó la pelota y se hundió un poco; tenía los músculos demasiado cansados para mantenerse a flote. Una cuerda de agua apareció delante de su cara, no, agua no, un tentáculo, tan transparente como si saliera de un grifo. Se apartó mientras la medusa se marchaba y el balón le pasaba por encima del hombro. Dejó que se alejara. Una medusa significaba que habría más. Si le picaban, se hundiría hasta el fondo del mar tan rápido como Damon se cayó del árbol aquel día en que el cinturón se le quedó enganchado en una rama. En vez de cortar la trabilla, el niño *siska* se revolvió y perdió el equilibrio. Damon no era un soldado, pero sus huesos rotos no habían sido nada en comparación con lo que le esperaba a Ali.

Ese era el momento al que se refería su tío. Lo habían llamado a filas en ese mismo instante, en las profundidades del Mediterráneo. Podía esforzarse al máximo por nadar hasta la orilla. O podía rendirse. Su familia nunca lo encontraría, aunque su madre siempre sabría dónde yacía. Se lo imaginaría bajo el mar durante el resto de sus días. Y Hanife sería para siempre una melliza sin su hermano.

Ali nunca se había enfrentado a un momento como ese. Tenía nueve años. Lo más cerca que había estado de la muerte fue al nacer. Recordaba otras veces en las que había pasado miedo, pero ¿temer por su vida? Las criaturas que acechaban en la letrina eran sus principales enemigos, pero nunca lo matarían. Ni tampoco Apollo y sus secuaces. Sin embargo, allí, en el agua, cabía la posibilidad de que muriera sin que nadie acudiera a rescatarlo, al igual que nadie rescató al hombre de la barca pese a que lo vieron ahogarse.

Levantó la cara hacia el cielo deslumbrante, inspiró hondo y se obligó a mover los brazos y las piernas.

*

—Parecía que no iba a llegar nunca —dijo Ali en su inglés perfecto—, como si el mundo entero se hubiera detenido. Llegué a la playa agotado, como un recién nacido.

—Tus amigos se llevarían un buen susto. —La joven lo miró con gesto serio. Ella todavía opinaba bien de la gente.

—Pss... Lo único que les importaba era la pelota. Así que... —Miró hacia el mar mientras recordaba por qué había empezado a contar esa desagradable historia—. Por favor, ten cuidado con las corrientes. Esta playa *kalos* parece tranquila, pero, créeme, te puede jugar malas pasadas.

Ambos miraron las suaves olas que arrastraban la arena bajo sus pies y se los inundaban. La bahía estaba casi vacía, los niños seguían en la escuela y los adultos en el trabajo. Ali no solía llevar huéspedes a esa playa, a su playa.

—Parece más una piscina que un mar colérico —dijo ella—. Pero gracias. Por la advertencia.

La chica le sonrió y Ali interpretó ese gesto como una señal para marcharse. La pensión acababa de inaugurar la temporada y Celena y Kostas pronto servirían el almuerzo.

—Eres Ali, ¿verdad? —Ella extendió la mano—. Yo soy Elizabeth. ¿Tienes que volver ya?

No era mucho mayor que él. Tal vez varios años. Había llegado sola dos días antes, pero hasta esa mañana no había salido de la habitación. A la hora del desayuno, apareció con una pamela en la pequeña terraza de la pensión para preguntar cómo se llegaba a la playa.

—Hable con Ali —le contestó Celena—. Él es el nadador.

Aunque hubiera escapado con vida para surcar las estrellas, nunca dejarían que se olvidara de aquel infortunio. Ali miró a Celena y se encogió de hombros, pero se ofreció a acompañar a la inglesa si esperaba un par de horas. Las agencias de viajes a menudo hablaban de «toque personal» y de «satisfacción del cliente», pero Ali solo era servicial con quien le apetecía. La mujer accedió a esperarlo y, aunque nunca lo habría admitido, Ali trabajó un poco más rápido ese día.

Aquel verano en la pensión solo trabajaban unos cuantos: Celena y Kostas, Ali y su padre y una chica que acudía para hacer la colada. Hanife se había ido a Londres a trabajar para un periódico turco cerca de un lugar llamado Finsbury Park. Se marchó de la isla en cuanto pudo porque, según dijo, aquel sitio había matado a su madre y ahora la estaba matando a ella. Su madre había muerto de un tumor cerebral y, aunque Ali no entendía la relación entre su enfermedad y donde vivían, Hanife insistió.

—No quiero que me invadan —dijo—. Quiero ser yo la invasora.

De manera que se fue a Inglaterra para tomarse la revancha. Ali no le preguntaba si se sentía como si hubiera conquistado a los británicos, pero le iba bastante bien en su rincón del norte de Londres. Había dejado a Ali y a su padre al mando de la pensión, que ahora parecía más un hotel, y le había pedido a su hermano que pensara en su futuro. Volvía a la isla una vez al año, además de para la boda de Celena y Kostas. En la celebración, le agarró la cara a Ali con ambas manos y le dijo:

—No te atormentes, Ali *eşek*. Déjalos aquí y empieza una nueva vida.

Ali vio que Celena le juraba amor a otro hombre y no dijo nada. No pensaba que le quedara mucha vida dentro.

Sin embargo, dedicó todas sus energías a arreglar la casa, a instalar nuevas cañerías y a desterrar arañas, escorpiones y serpientes, filas de hormigas de la cocina y focos de pececillos de plata de los fregaderos. Descubrió que se le daba bien deshacerse de las plagas y de los parásitos que molestaban en establecimientos menos escrupulosos. El hotelito era perfecto para los nuevos turistas que pululaban por Europa en busca de experiencias en una isla «auténtica» y no en una versión organizada. Esa autenticidad, según descubrió Ali, consistía en tener baño privado con agua caliente y desayuno servido bajo una parra por la mitad de lo que pedían los grandes hoteles. Los visitantes se habrían quedado de piedra al descubrir el auténtico interior rural. A Ali le daban ganas de sugerirle esa excursión al próximo jipi con ropa desteñida que se quejara de la lista de vinos.

La inglesa, Elizabeth, no tenía pinta de jipi ni de ser de las que se quejaban. Caminaron hacia las dunas, más protegidas, donde ella había dejado la toalla y la mochila, y se tumbó bocabajo con un sencillo bikini negro y un libro en la mano. De camino a la playa, habían hablado del paisaje y de la historia de la isla. A Ali le resultó tan fácil conversar con ella que su advertencia de seguridad se había convertido más en una confesión personal que en una gentileza profesional. Ahora la miraba de reojo. Era atractiva, de piel tersa, voluptuosa, con la melena ondulada y oscura hasta los hombros. Se preguntó cómo sería trazar la línea de su columna con el dedo.

—¿Te quedas un rato? —Ella se tapó el sol con una mano para mirarlo—. ¿O tendré que pasarme toda la tarde leyendo?

—¿No te gusta el libro?

—No, el libro está bien. Lo decía por la compañía.

Ali se tomó su tiempo para sentarse en la arena junto a ella y pensar en lo que había querido decir.

—¿No te gusta estar sola?

Ella frunció el ceño.

—No mucho. Pero sé que debería estar sola, es una de las razones por las que he venido, para mejorar en ese aspecto.

—¿Estás planeando una vida en... soledad? —Le vino a la cabeza la imagen de las monjas griegas de Agios Minas.

—¡Oh! —Se echó a reír—. No, creo que más bien lo contrario. Pero mi madre está obsesionada con ser independiente y, bueno, yo no lo he sido mucho, así que es hora de aprender.

—Tu madre parece muy moderna.

—Es muy moderna, supongo. Aunque no predica con el ejemplo. Está a punto de casarse con su tercer marido. Perdón. —Elizabeth se llevó una mano a la boca—. ¿Eres muy religioso?

—Para nada. Mi madre también era moderna; no tanto como la tuya, pero no crecimos en un hogar religioso.

—Ah, creía que todo el mundo era religioso por aquí. Hay muchísimas iglesias bonitas.

—Sí, pero yo no soy griego, soy turco.

—Ah, entiendo.

Ali asintió. Era obvio que no lo entendía, pero ¿cómo explicárselo? ¿Empezaba por el día en que les preguntó a sus padres por qué tenía que ir a la escuela dominical y ellos le dijeron que no levantara la voz? ¿O por cuando pensaba que todos eran sus amigos hasta que se pusieron de parte de Damon y la pandilla lo abandonó? Lo culparon de dejar que el griego canijo se cayera de un árbol y de robarle la pelota para lanzarla al mar. A partir de entonces fue Ali, no Al, y comprendió lo que su madre quiso decir cuando la maestra le ató las piernas a la mesa. Él era diferente. No, no era religioso, pero tampoco era griego.

—No pasa nada —le dijo a Elizabeth—. Esta isla es complicada. Pero pronto cambiará.

Ella lo miró con expresión sincera. Por primera vez desde que asumió que Celena no lo quería, sintió la esperanza de sentirse deseado.

—Y tú —prosiguió Ali—, ¿vas a ser una mujer independiente, como tu madre?

Elizabeth suspiró.

—Sí, casi clavada a ella —contestó—. Solo que con un único marido, espero. —Levantó la mano izquierda, donde una línea clara le rodeaba el dedo anular—. Es artista. Nos casamos el mes que viene.

La esperanza desapareció tan rápido como había llegado.

—Ya estás morena —dijo él—. Estas no son tus primeras vacaciones.

—¿Eh? Ah, sí. —Pareció sorprendida—. He tenido que huir de ellos. Ya sabes, de mi madre, de su prometido, de mi prometido. Estábamos en el hotel de Francia donde mi madre siempre reservaba cuando yo era joven. Más joven. —Levantó las cejas—. Elegantísimo, con tumbonas y cócteles en la piscina. Todo era así, ineludible, como si nada hubiera cambiado, como si nada fuera a cambiar o pudiera hacerlo algún día. Quería estar segura de... en fin, de elegir.

Miraron hacia el mar, que centelleaba delante de ellos.

—¿De elegir? ¿No de elegir lo mejor? —preguntó él.

—Eso sería un extra, claro. —Sacó dos refrescos de naranja de la mochila y le pasó uno a Ali—. Supongo que es un buen negocio. —Tiró del tapón metálico de la botella y se apretó el pulgar dentro del puño para aliviar el manifiesto dolor—. Es decir, Nicholas y yo nos casamos, nos abrimos camino en la vida, tenemos hijos, un niño y una niña estaría bien, y el mundo continúa. Es lo que nos toca.

—Pero...

—Exacto. Pero.

Ali le dio un sorbo al refresco y observó que Elizabeth hundía la mano en la arena fina y blanca.

—Y tú vas, te quitas el anillo y sales corriendo. Si fueras mi futura esposa, estaría preocupado.

Elizabeth sonrió.

—Él no es de los que se preocupan. Solo le preocupan sus cuadros. Y mucho, además.

Ali sintió un destello de ira. ¿Quién era ese hombre tan engreído? Al volver a beber se golpeó los dientes contra el cristal.

—*Bok!* —maldijo en voz baja.

—Uy. Cuidado. —Elizabeth se estiró para sostenerle la botella—. Tienes sangre en el labio.

Estaba tan cerca que Ali apreciaba la luz al descender por su rostro. No llevaba maquillaje y el pelo oscuro le enmarcaba la cara, sin artificio alguno, con ondas y rizos. Puso las manos sobre las de ella en la botella y cubrió el anillo ausente.

—Tú eres más valiosa que cualquier cosa hecha por el hombre —dijo y la besó.

—Oh. —Ella suspiró. Ali sintió el latido del corazón en la sienes de Elizabeth.

—¿Es lo que quieres? —preguntó Ali mientras se limpiaba la sangre del labio inferior.

Cuando ella lo miró, Ali se vio reflejado en sus ojos claros. Se vio conectado a ella durante un breve momento en la historia del mundo, y vio un futuro, no con ella, sino cerca de ella, algo capturado de ese instante en la playa, en su playa *kalos,* que resonaría en el interior de esa mujer para siempre.

—Sí —dijo ella—. Es lo que elijo.

III. Derrota

El balón de fútbol que quería rescatar flotaba en aguas abiertas lejos de la bahía. Ali lo observaba moverse fuera de su alcance. No quería que se alejara, había nadado para demostrar que podía recuperarlo, pero sus viejos amigos no le prestaban atención. En la distancia, los chicos jugaban donde se hacía pie, se empujaban unos a otros y se lanzaban una pelota de playa abandonada por algún turista. Solo el canijo de Damon lo observaba.

Se había adentrado demasiado en el mar. Ahora estaba bocarriba para recuperar el aliento, pero necesitaba volver pronto a la orilla. Se acordó entonces de la vez que llegó hasta el borde rocoso de la bahía donde se encontraba la cueva secreta que había atraído a la pandilla durante todo el verano. Solo Ali fue lo bastante valiente como para llegar tan lejos y las palabras de su tío resonaron en sus oídos. Cuando se trataba de avergonzar a Ali, su tío era aún peor que su abuelo. Después del viaje en coche a Nicosia, lo había tachado de débil y perezoso.

—Nunca será soldado —dijo—. No podemos contar con él.

Ali quiso demostrarle que sí. Pero, cuando llegó a la pared del acantilado, que desde la playa parecía tan misteriosa y tentadora, resultó que la cueva era un simple hueco y que no había ningún lugar por donde escalar para investigar. Permaneció agarrado a la roca afilada hasta que las manos le sangraron y no tuvo más remedio que darse la vuelta para volver a nado con los brazos doloridos y casi sin aliento. Cuando llegó junto a sus amigos, hizo todo lo posible por no llorar. Damon lo hizo cuando se cayó del árbol, pero los chicos culparon a Ali de no ayudarlo y desde entonces nada había sido igual.

Oyó que pasaba un avión hacia la base británica. Soldados. Quiso hacerles señas, venid a por mí. Pero, por más que gritara, nadie lo iba a oír, ni siquiera desde la playa.

Se estaba hundiendo. Se enderezó y trató de pedalear, pero tenía las piernas inmóviles. Recordó la sensación al volver a la orilla desde la cueva. El esfuerzo, el momento en que pensó que tal vez no lo conseguiría. Incluso si llegaba a la rompiente, uno podía ahogarse por falta de empuje al nadar entre las olas. Eso fue lo que le pasó al turista que se quedó dormido en la barca. Perdió los remos y saltó por la borda para volver a nado, pero solo consiguió llegar hasta la rompiente. La gente del lugar lo vio. Vieron al inglés. La corriente arrastró su cuerpo mar adentro. Un terrible accidente.

Oía el sonido del agua, su rugido, sentía la fuerza del oleaje mientras llenaba los pulmones solo para volverse a hundir. Ahora gritaba entre gemidos y sollozos.

—*Yardim! Yardim et!*

El tiempo se detuvo. No veía a sus amigos, a los demás niños, no veía si se acercaba alguien para ayudarlo. ¿Lo estaría esperando su hermana? ¿Sentiría ella la pérdida que se avecinaba? Cómo deseaba volver a tumbarse a sus pies en las dunas, rogarle que le diera una bebida o una toalla, algo de la mochila que siempre llevaba consigo, cualquier cosa por lo que sentirse agradecido y fiel.

Tenía los ojos llenos de sal, el cuerpo empapado como las viejas esponjas de las termas de cuando era pequeño; estaba tan lleno y pesado como las mujeres embarazadas que enjabonaban allí a sus hijos. Pensó en su madre, que había cargado con dos niños a la vez, en lo gorda e incómoda que tuvo que estar. ¿Sería entonces cuando empezaron sus dolores de cabeza? Ali siempre se había preguntado si el cansancio constante de su madre sería culpa suya, pensaba que algún día la ayudaría a sentirse mejor, la repararía como Kostas reparaba las luces eléctricas. Pero ese día ya no iba a llegar.

¿Qué diría su tío? ¿Había sido valiente? Había nadado hasta el mar profundo y no había vuelto. Había fracasado en su misión y nadie había acudido en su ayuda. La profesora que le ataba las piernas a la silla en clase tenía razón: él era diferente. Ya no era Al, uno más de la pandilla. Estaba en el exterior y miraba hacia dentro. Se empujó una vez más hacia la superficie, pero solo consiguió elevar la mano por encima del agua. Estaba en el exterior, siempre estaría en el exterior. Formaba parte del agua. Yacería en el lecho marino todos los días y todas las noches. ¿Tendría frío? No, cuando estás muerto no sientes nada. Hace frío, te hundes, te llenas y caes, despacio, en silencio, hacia el fondo del mar. Todavía no estás muerto. No estás muerto. No.

3
Tumbona

Ser un murciélago

Thomas Nagel dijo que, si aceptamos que un murciélago tiene su propia experiencia consciente, entonces hay algo parecido a ser un murciélago, pero no podemos imaginarlo porque queda muy lejos de nuestra propia experiencia. Lo mismo sucede con cualquier organismo consciente, incluidos los demás seres humanos. Existe el conocimiento físico de la otra persona, pero ¿puede existir el entendimiento de lo que supone tener sus experiencias?

Quiero saber cómo es para un murciélago ser un murciélago.

THOMAS NAGEL, *Ensayos sobre la vida humana*

Elizabeth Pryce se volvió hacia su marido en el momento exacto en que él cerró los ojos.

—¿Te duermes?

Nicholas se sobresaltó y agarró el brazo de la silla de mimbre donde había elegido recostarse mientras caía la tarde sobre el Atlántico, aunque todavía faltaba un poco para que anocheciera.

—¿Qué?

—Te estás quedando dormido. No son ni las seis de la tarde y tenemos que estar en casa de los Oliver a las siete. De verdad —Elizabeth cogió el vaso de cristal que Nicholas tenía en la mano y se puso de pie—, todavía no estamos muertos, Nicky.

Soltó los vasos en el fregadero y se fue a la habitación para arreglarse. De camino, encendió el televisor y subió el volumen del maratón vespertino de telenovelas. No le importaba que Nicholas se echara una siesta, él siempre había sido lo bastante tranquilo como para dormirse en un segundo, pero Elizabeth había empezado a medir el tiempo que pasaba despierta y sola a lo largo del día y le parecía terrible.

En el tocador, se aplicó un poco de colorete en crema con los dedos y se miró en el espejo para extenderlo bien. Desde que dejaron Inglaterra, contaba con muy poca gente con quien hablar a diario de manera informal. Seguía ocupada, por supuesto, con las clases y la casa, además de que tenía que cuidar de Nicky. ¿Y cuántas mujeres de cincuenta y muchos años podían presumir de estar tan en forma y de ser tan atractivas como ella, que estudiaba capoeira con los maestros? Pero se pasaba gran parte del día sola o acompañada de su marido y le resultaba difícil no sentir, de cuando en cuando y sobre todo por la noche, que se desteñía como la mancha intensa de una sábana que se aclaraba cada vez más con los lavados hasta que te olvidabas de que una vez existió.

Yo sí existo. Pensó y enfatizó esa idea con un golpe de rímel a lo largo de las pestañas, que ya empezaban a escasear. No soy una heroína sosa de Anita Brookner que se marchita en Maida Vale entre muebles de caoba. Aún soy un buen partido.

—¿Tan aburrida me encuentras? —Elizabeth miró el reflejo de su marido, que había entrado en la habitación y ahora buscaba sus calcetines por la cama con un aire bastante apesadumbrado—. ¿Tan aburrida que no puedes estar despierto ni siquiera unos minutos para que mantengamos una conversación?

Así era, recordó, y se giró en la banqueta para dirigirse mejor a él. Como si ella fuera la señal para dormirse, para dejar de concentrarse, para amodorrarse. Nicholas no se dormía mientras trabajaba: creaba obras de arte. Lienzos grandes y bonitos llenos de color y calor. No se dormía —y Elizabeth se sorprendió al pensarlo— con sus óleos como había hecho más de una vez durante la cena.

Nicholas Pryce se quedó quieto un instante y esperó a que su mujer terminara de hablar.

—Lo siento muchísimo, cariño. ¿Has visto mis calcetines? Estoy seguro de que los dejé en la cama.

Su tono era totalmente comedido.

—Espero que se hayan ido a buscar tu chaqueta de punto para recordar viejos tiempos. En la calle hace veintisiete grados.

—¿Ah, sí? —Nicholas le dio un beso en la coronilla a su mujer y caminó despacio hacia el baño—. Si me cuidara tanto como tú, mi amor, creo que no sería tan friolero.

Cerró la puerta. Elizabeth sacó el vestido del armario y se lo puso por la cabeza. Nicholas siempre había preferido la atención negativa. Padre ausente, madre reprimida, pensó mientras se alisaba sobre las caderas el satén cortado al bies. La madre de Elizabeth había sido terapeuta. Freudiana. En aquella época era atrevido que una mujer practicara la psicoterapia analítica freudiana. Elizabeth creció con el rechazo impertinente hacia los amigos de su madre, a los que calificaba como egoístas, edípicos y neuróticos. Qué fácil resultaba categorizar la psique humana como si fuera el resultado de un patrón de ganchillo. Todo tan terriblemente masculino y vehemente como una mezcla de tejidos de *tweed*.

¿Haría Nicholas algún comentario sobre su figura? Se dio la vuelta para comprobar si la mirarían por detrás. Había engordado un poco, era cierto, durante el último año; lo notaba en que la ropa la apretaba más y en el pliegue que se le formaba al darse la vuelta en la cama. Cambios hormonales. Ya la habían avisado de estas diferencias en el metabolismo. Lo había hablado con otras mujeres expatriadas mientras tomaban el té en el único hotel que había junto a la playa en sesenta kilómetros.

—El médico de Fortaleza te ayudará cuando llegue el momento. Con hierbas medicinales, *bien sûr*.

—La cocaína es una hierba medicinal, Beatrice —replicó Elizabeth.

Beatrice sonrió e inspiró con exageración.

—Claro, ¿y no es también maravillosa?

Elizabeth se negaba en redondo a tomar aspirina cuando le dolía la cabeza, pero apuntó el nombre del médico. Ahora que llevaba seis meses sin el periodo, se alegraba de haber finalizado el proceso relativamente ilesa. No recordaba que su madre se hubiera quejado de la menopausia y ella sí que conservó la figura. Murió con unos elegantes tobillos.

Desde el salón llegaron las voces apasionadas de los actores brasileños que entraban y salían del amor y del decorado de cartón con el mismo fervor. Entre las muchas razones por las que los Pryce se habían mudado a Canoa Quebrada, la única que aún pesaba, al menos para Elizabeth, era su afinidad por la lengua. Su madre la educó para que creyera en sus fabulosos antepasados, cuya fortuna se había fraguado en Oporto. Cada vez que salía cierto anuncio en televisión, exclamaba:

—Ese es tu tataratío. Desciendes de una larga estirpe de piratas.

Elizabeth nunca estuvo segura de la conexión entre los vinos generosos y el robo en alta mar, pero, como el tipo aquel no aparecía más que en aquella intermitente representación en forma de silueta envuelta en una capa durante la programación nocturna, se quedó con la sensación de que su tío era una figura imaginaria de la infancia. Pero, a medida que creció, la influencia de su linaje mediterráneo se hizo patente en su fácil bronceado y en su mal genio, en el hueso de la nariz y en el cabello rizado y rebelde que en su hija sería aún más salvaje.

Al pensar en Rachel, Elizabeth puso cara de disgusto.

—Tengo hambre —dijo Nicholas al salir del baño—. ¿Cuándo nos vamos? —Se detuvo ante la particular expresión del rostro de su mujer. Con el paso de los años, había aprendido a identificar ese gesto como algo relacionado con su hija, algo que corría el riesgo de quedarse grabado en la frente de Elizabeth con la forma de un mapa físico de sufrimiento—. En Inglaterra es la hora del té. Estoy seguro de que si te apetece puedes llamarla.

—No digas tonterías, Nicholas. Me acabo de vestir.

Su marido se encogió de hombros y miró hacia los pies de la cama una vez más antes de salir de la habitación. Tras treinta y cinco años de matrimonio, estaba convencido de que los calcetines, como el sexo y el buen humor, eran propensos a aparecer sin previo aviso. Solo había que mantener la calma.

La pasión de las estrellas de las telenovelas brasileñas se aplacó cuando se cerró la puerta. Elizabeth vertió el contenido del bolso de día en su bolsito de mano de noche e intentó concentrarse en la velada que tenía por delante. No quería pensar en Rachel. Si la vida interior de su marido solo estaba disponible para ella como una serie de sonidos, como un código morse del alma, la mente de su hija era inescrutable, incluso como señales semafóricas. Una conversación telefónica, en especial si era una conferencia, requería preparación si Elizabeth no quería llorar.

Guardó el teléfono móvil en el bolso y se concentró en arreglarse el pelo frente al espejo. Unas mechas rubias cubrían las vetas grises, pero el resultado era más de mantenimiento que de juventud. Los rizos, liberados por la humedad cuando llegaron a Brasil, se habían domado con el tinte y ya no rebotaban cuando caminaba, sino que caían sin gracia sobre los hombros de los vestidos de punto que Elizabeth solía llevar a diario. Ahora su reflejo, iluminado solo por la lámpara auxiliar, le devolvía la mirada como desde debajo del agua. Elizabeth miró más de cerca. Sigues ahí, dijo sin convicción. La cara de su hija la escudriñó desde las profundidades. Elizabeth apretó la frente contra el espejo frío y cerró los ojos.

Era una bebé tan tranquila... La mayoría de las veces costaba saber si respiraba. Caminas de puntillas hasta su moisés y tiras del dobladillo de su vestidito. El pelo negro como hilos de seda sudados alrededor de la cara delicada. La tomas en brazos y la estrechas entre ellos. Sientes lo mucho que te quiere. Lo mucho que te necesita. Lo tiene todo por delante. Todas las aventuras que han de venir.

Su hija fue una niña complaciente que no causó ningún problema durante la adolescencia aparte de los escarceos normales con el arte corporal y la droga, tan leves que Elizabeth no pudo por menos que sorprenderse. Ella había crecido en la época de Ronnie Laing.

—A ver, si quieres marcarte el cuerpo y colocarte seguramente habrá cosas más interesantes que el cannabis y los tatuajes de mariposas, ¿no te parece?

Ese era el tipo de madre que había sido: relajada y divertida. Manejó con soltura las pequeñas rebeliones infantiles. Solo cuando Rachel se fue de casa y dio muestras de una personalidad independiente, Elizabeth se dio cuenta de que no comprendía lo más mínimo a su hija.

Su secretismo, ese era el problema. Elizabeth nunca había entendido la necesidad de los secretos y consideraba que la gente que insistía en la privacidad era poco fiable desde un punto de vista moral. Ella misma carecía de secretos. O al menos los secretos que recordaba los mantenía en beneficio de las personas a las que amaba. El mejor instinto humano era el de comunicar y compartir. ¿Acaso los mejores trabajos artísticos, poéticos, científicos no habían nacido a partir del deseo de darlos a conocer? Elizabeth quería saber todo lo posible acerca de las personas que conocía y, a cambio, siempre trataba de dar algo de sí misma. «Solo conecta», como decía Forster, aunque su hija, la persona a la que había dado a luz, estaba decidida a desconectar. Al menos eso parecía.

Un año después de que Rachel se mudara a una casa compartida en una zona poco atractiva del norte de Londres, Elizabeth se enteró de que su hija era lesbiana. No a través de la propia Rachel, que podría habérselo contado en cualquier momento y no habría recibido más que apoyo, sino a través de Helen, una amiga cuyo hijo había conocido a Rachel una noche de fiesta. Elizabeth le dijo a Helen que su hijo se confundía, que ella tenía constancia de que su hija había salido con un hombre mayor que la hizo sufrir. Pero más tarde, cuando Helen ya no estaba y Elizabeth se quedó en el húmedo salón de Devon mientras esperaba a que Nicky trajera leña de fuera, pensó en aquel supuesto novio y cayó en la cuenta de que su hija no había llegado a presentárselo. De hecho, Elizabeth solo lo había visto de lejos una vez, durante un fin de semana que fue a visitar a su hija a Londres, cuando aquel hombre mayor acercó en coche a Rachel hasta aquella casa espantosa. Después, Rachel lloró mucho y Elizabeth, con la intención de ser cariñosa, le agarró la mano, le dijo que el amor era complicado y que todos los hombres eran unos cabrones y le preparó un café con ron para paliar el disgusto.

Cuando Elizabeth le contó a su marido lo que Helen le había dicho sobre Rachel, él se enfadó bastante, como si hubieran conspirado para molestarlo. Elizabeth le explicó que ella no se lo creía, le habló del hombre que vio desde la ventana en Londres y, sin mencionar lo de que todos eran unos cabrones, le contó que ella consoló a Rachel aquel día. Nicholas se puso pálido y frunció la boca; aquella noche durmió sin cambiarse de ropa en una esquina de la cama para que Elizabeth no lo rozara. Ella, por su parte, se quedó despierta toda la noche hasta que la leve luz de la mañana comenzó a entrar por los bordes de las cortinas de terciopelo.

Se pasó varios días sin saber cómo hablar con Rachel. No era algo que se pudiera tratar por teléfono como si nada: «Por cierto, Helen me ha dicho que eres lesbiana». Por fin, cuando decidió sacar el tema con mucho tacto, resultó que el hijo de Helen ya le había contado a Rachel que Elizabeth estaba «en pie de guerra».

—Pues claro que no. —Elizabeth tuvo que ponerse a la defensiva y decidió que nunca volvería a confiar en Helen, sobre todo porque su amiga había empezado a darse unos aires de comprensiva que no venían a cuento, ¡como si su marido no la hubiera dejado por una africana que llevaba turbante!—. Estoy preocupada por ti.

Rachel se echó a reír.

—Sabía que te pondrías así.

Elizabeth esperaba que su hija se pusiera recelosa y esquiva, pero no pudo evitar tomarse su comentario de manera personal. Lo único que quería era que Rachel fuera todo lo feliz que pudiera y, aunque lo de ser gay no tuviera nada de malo, ese tipo de personas nunca podían estar satisfechas del todo.

—Eso es un callejón sin salida, cariño. —Elizabeth había oído esa expresión durante el programa *Any Answers* de Radio 4 en boca de una mujer y le había tocado la fibra sensible.

Se oyó un suspiro desde el otro lado.

—¿Qué significa eso? ¿Te refieres a los niños? Porque te has pasado los últimos cinco años diciéndome que no me quedara embarazada.

Rachel siempre elegía el camino más obvio entre dos puntos. Para su hija no había matices ni flexibilidad imaginativa.

Desplomada contra el espejo de la habitación, Elizabeth se permitió un pequeño recuerdo. El bello chico turco, ¿o era griego?, que una vez le desabrochó con destreza la parte de arriba del bikini. A él no le faltaba imaginación. Volvió a colocar aquella imagen en el lugar donde debía estar, enterrada bajo una vida de comportamiento intachable. Rachel no se parecía a ese chico, porque nunca lo conoció y no sabía nada de él. Era hija de Nicholas y se parecía a su padre. La madre de Elizabeth no creía en la personalidad genética y Elizabeth tampoco. «Somos más que la suma de las partes», decía siempre que alguien opinaba sobre la biología evolutiva y, a veces, incluso, cuando nadie opinaba.

Una fuerte vibración del bolso sobre la mesa de madera la ayudó a apartar la mente de aquel amorío chipriota. Con dificultad, sacó el móvil del bolsito, que ahora estaba lleno, limpió la mancha de pintalabios de la funda y leyó el mensaje:

> Tenemos que irnos antes de que me coma el asiento del coche.

A Nicholas le había dado por escribirle desde distintos lugares de la casa, a veces con la intención de demandar la presencia de Elizabeth y, de vez en cuando, con muestras de algo que ella decidió calificar de amor. En cualquier caso, ella entendía que la broma de su marido hacía referencia a su puntualidad. Cuando se quejaba de su nueva costumbre, él contestaba: «Siempre has respondido mejor a la literatura que a la vida», lo cual tenía que admitir que era cierto.

—¿Se puede saber qué haces? —preguntó Elizabeth cuando salió a los pocos minutos.

La bruma y la luz púrpura de la puesta de sol en el océano bañaban el fondo del jardín. Nicholas estaba detrás del volante del *jeep* con un libro abierto en las manos y una linterna entre los dientes.

—Pues lo mismo de siempre. Oye, cielo —añadió Nicholas y se sacó linterna de la boca. Elizabeth notó que se le agitaba la respiración—, ya sabes que no tenemos por qué ir. —Un nuevo suspiro—. Si estás preocupada…

—También es tu hija.

Nicholas puso el coche en marcha y se alejaron por el camino de acceso.

Al llegar a la parte más alta del monte, Elizabeth miró hacia su casa. La piscina era un rectángulo azul cristalino iluminado desde abajo. De lejos, las tumbonas eran muebles de muñecas colocados en fila, como si un grupo de turistas diminutos estuviera a punto de llegar. Elizabeth observó el jardín hasta que el automóvil tomó la curva. Lo de las tumbonas había sido idea suya, el recuerdo de unas vacaciones en el sur de Francia cuando era adolescente. En Tiverton no hacían falta. Ni en la costa de Brasil, como ya había comprobado. Aun así, ella las quiso poner y quedaban muy bien junto a la piscina, pese a que el calor fuera excesivo para tumbarse allí al sol. Ahí estaba la gracia, le dijo a Nicholas cuando él no quiso acompañarla para comprar cojines que ablandaran los nuevos muebles. Las tumbonas eran decorativas, la promesa de algo. «Melanoma», fue lo que dijo su marido, y ella no tuvo más remedio que coger un taxi hasta Fortaleza.

En cualquier caso, nadie iba a utilizar las tumbonas, no eran más que una fantasía suya forjada durante aquel verano de la adolescencia. Ella desarrolló su propia teoría de la atracción el día que se sentó en una tumbona con su práctico bañador de una pieza y la bolsa de su madre trabada con una tira de plástico en el asiento. Un despliegue de bebidas, cigarrillos, lecturas y coqueteo se desarrollaba mientras los bañistas desfilaban, se sumergían o posaban con la piel firme dorada por el sol y los ojos centelleantes por el brillo del agua. Días enteros de allá para acá, del bar a la piscina y a las tumbonas. Estas eran, de por sí, una fuente de actividad, los hogares donde la gente bronceada se retiraba a descansar, donde guardaban los cigarrillos, la crema solar, el sombrero, un libro. Eran un destello del alma de sus ocupantes y Elizabeth anhelaba un futuro donde tuviera esos objetos perfectos que representarían su verdadero ser. Cuando tal cosa sucediera, el hombre adecuado pasaría por delante de su tumbona y se enamoraría de ella solo por su buen gusto. Ni siquiera haría falta que ella estuviera presente.

Los días que conseguía liberarse de sus padres y bajar a la piscina para reservar su propio espacio en la fiesta, examinaba las tumbonas vacías y pensaba en la vida de los ocupantes ausentes. Empezó a concederse puntos cuando acertaba. Tres puntos por la edad, dos por la elegancia o la belleza, para las cuales había elaborado una lista de criterios, y un punto por el género, que era lo más fácil de adivinar, aunque en varias ocasiones se sorprendió con algún hombre que recogía su bolsito de mano y con alguna mujer que había dejado sus pantalones doblados en el respaldo. El carácter mediterráneo era distinto, según percibió; muchas de las mujeres ni siquiera se afeitaban.

Quizá de ahí le viniera a Rachel lo suyo: un salto atrás hasta el hombre de la capa. En la familia no había ningún gay y, si lo había, no lo iba proclamando por ahí. Era una lata tener que explicarles a la familia política, a los del club de lectura y hasta al cartero —que preguntaba mucho por Rachel— que su hija era lesbiana. Aunque ella no usaba esa palabra tan fea, con sus connotaciones de mujeres corpulentas con andares despatarrados. ¿Qué tenía eso que ver con su preciosa hija, que era dulce y voluptuosa y casi nunca elevaba la voz? Pese a que la palabra era una etiqueta, Rachel insistía en utilizarla en cuanto se presentaba la ocasión.

—Vamos, mamá, dile que soy lesbiana —contestó cuando Elizabeth le contó que la peluquera había preguntado por qué su hija ya no pasaba por allí y no había sabido qué contestar.

—¿Y eso qué tiene que ver? —preguntó Elizabeth—. ¿Y por qué quieres que el mundo entero se entere de algo que solo te concierne a ti?

—¿Te molesta decirle a la gente que eres hetero? Pues tu hija es lesbiana —dijo Rachel—. Sé que te cuesta decirlo. Intenta decírtelo a ti misma de vez en cuando. O dilo mentalmente. —Respiró hondo—. Intenta… imaginar que lo dices.

Elizabeth se quedó en silencio. Era imposible razonar con Rachel cuando se ponía así.

—Qué graciosa eres, cariño.

Nadie se rio.

—Alegra esa cara, tortolita. —Nicholas tomó la carretera principal con el *jeep* y viró con brusquedad para evitar los baches—. Los del viejo Bath sí que saben montar fiestas.

Elizabeth tuvo una visión de lo que sería la noche. La idea inexorable de que un determinado tipo de ingleses, en vez de pudrirse en Hampstead o Lyme

Regis, se hubieran mudado a la costa noreste de Brasil era algo que la asombraba. A las pocas semanas de su llegada, la vida burguesa con la que había intentado cortar de raíz comenzó a brotar por doquier. Ella no sabía que la escena artística alternativa se albergaba entre las dunas, pero Nicholas tuvo que oír hablar de los pintores y novelistas que se habían trasladado allí. Elizabeth pensó que su mudanza era completamente original. Para ser sincera, enfrentarse a esa multitud desesperada de bohemios de clase media y mediana edad en busca de una última aventura de juventud irritó a Elizabeth sobremanera y, aunque a ella no le gustaba juzgar, las casas deterioradas y las cenas estridentes demostraban que eran una tribu moribunda.

Aquellos incapaces de olvidar el pasado estaban condenados a repetirse, pensó cuando se acercaron al cruce de los Oliver y se encontraron con una hilera de parejas con sobrepeso y sandalias en dirección a la casa. Había que ser imaginativo y buscar nuevos intereses o al final tú también te rendías.

—Pégame un tiro cuando tenga el culo tan gordo como esa —le dijo Elizabeth a su marido cuando adelantaron a Dorcas Knowles—. Puedes llevar el coche hasta la puerta principal.

Al final de la calle, la casa de los Oliver se inclinaba sobre el Atlántico Norte. Las paredes de yeso desconchadas se iluminaban con los faroles desperdigados por el denso follaje que se elevaba desde el acantilado abrupto al fondo del jardín. El efecto era de desorden tropical; daba la impresión de que el paisaje iba a retomar la casa y de que toda la finca estaba encaminada, de manera inevitable, a derrumbarse sobre el mar.

Elizabeth sintió vértigo y se aferró al bastón que había tenido a bien llevar. Por supuesto, apenas lo necesitaba. Se trataba más bien de un accesorio que le aseguraba uno de los pocos asientos cómodos que tenían los Oliver, una consideración que compensaba la pequeña molestia de llevarlo. Lo del bastón había sido idea de Nick. Un día, cuando terminaron de comer en Arcati, el único restaurante italiano a una hora en coche, Elizabeth le pidió a Nick que acercara el coche desde la calle donde habían aparcado. Tenía un ligerísimo dolor en la rodilla y exageró una pizca, porque Nicholas se ponía como una fiera cuando ella le pedía algo. Él apareció media hora más tarde con el coche y un enorme artilugio con ruedas para minusválidos «para ayudarla a desplazarse».

—Muy gracioso. —Elizabeth no supo si reír o llorar.

—Siempre pienso en ti, mi cielo.

—Bueno, pues ya puedes devolverlo.

Y lo devolvieron. Pero, cuando estaban en la tienda, a Elizabeth le llamó la atención aquel bonito bastón con la empuñadura tan elegante. Nicky se lo compró con un gesto triunfal y un beso, y la obligó a prometer que nunca le pegaría con él.

—Te lo puedes llevar a las clases de baile. Estoy seguro de que a alguno de tus *latin lovers* le vendrían bien un par de bastonazos.

—Es capoeira. Y sí. —Sonrisa enigmática—. Es posible.

Ella alentaba los celos de su marido y, como él nunca había ido a verla al estudio, no podía saber, ni falta que le hacía, que los pocos hombres que frecuentaban las clases eran algo mayores que el propio Nicholas. Ni que el único hombre más joven que ella ahora se llamaba Sofia y tenía pechos.

El *jeep* se detuvo con brusquedad delante de la puerta de los Oliver y sobresaltó a una mujer que llevaba una bandeja con bebidas.

—¿Así de cerca está bien?

—Más o menos. —Elizabeth sacudió la cabeza al bajar del coche.

A Nicholas le encantaba llamar la atención a toda costa. Por culpa de aquel frenazo, se vio obligado a salir del coche, a pedirle disculpas a la camarera, a ir a buscar otro aparcamiento más apropiado y a volver a pie hasta la casa con Dorcas Knowles, que con mucho gusto le dio a conocer a un nuevo escultor que solo trabajaba con secreciones humanas.

—Es un verdadero artista de la Fruta Caída.

—O sea, un mariposón.

—Nuevas sustancias, Nicholas. Un artesano del alma.

Elizabeth ya estaba sentada en un banco del vestíbulo con dos copas de vino tinto en las manos.

—¿Me disculpas? Mi mujer necesita ayuda.

Elizabeth advirtió que su marido se zafaba de la notable presencia de Dorcas y que sonreía cuando ella le tendió la copa.

—No te pases, Nicky. No voy a permitir que Atalanta me vuelva a llevar en coche.

—Tenemos que decirle que se venga a vivir con nosotros. Nos vendría muy bien tener una abstemia en casa.

—La única razón por la que no bebe es porque es alcohólica, así que no cuenta. Y sabes muy bien que yo ya casi no bebo.

—Es verdad. Pero tampoco conduces.

—Podría conducir. Soy una excelente conductora.

Elizabeth alcanzó otra copa de la bandeja de un camarero.

—Pero, si no tienes carné de conducir, amor mío, no sirve de mucho.

—El examinador tuvo una crisis nerviosa.

—Los detalles técnicos, por latosos que sean, son fundamentales en estos asuntos.

—Me escribieron una carta de disculpa y todo.

—Deberíamos llevar esa carta siempre encima. Si el hombre ha llegado a la luna y Keith Chegwin ha triunfado, no parece inverosímil que acepten esa carta como carné de conducir *de facto*.

—¿Keith Chegwin? Por Dios, Nicholas.

—Cheggers para los amigos. Entre los cuales lamento decir que no me encuentro.

—Esta noche no vas a beber whisky.

—Pues vale. —Nicholas miró por detrás de Elizabeth, hacia el jardín—. Voy a charlar un ratito con Atalanta. A ver si tiene algún truco de abstemia. ¿Necesitas ayuda?

—Claro que no.

Elizabeth cambió de postura y le sonrió a un caballero de edad avanzada que vestía con traje de terciopelo. En realidad, los amigos de los Oliver eran inquietantemente viejos. No podía ser bueno relacionarse siempre con tanta gente mayor. Se quitó las gafas para ver mejor los numerosos lienzos sin marco expuestos en el amplio recibidor. El hombre del traje de terciopelo se llevó la mano a la cabeza canosa para saludarla y se volvió de nuevo hacia la mujer que lo acompañaba, que iba vestida con lo que parecía un caftán. ¿Por qué los gordos se empeñaban en vestir tan mal? No había ninguna razón para llevar uno de esos enormes vestidos... ¿cómo los llamaban? Muumuu. Exacto. Como las vacas. Elizabeth asintió para sí misma y se dio cuenta de que don Terciopelo la observaba. Para salir del paso, levantó la copa hacia él, pero vio que estaba vacía y buscó al camarero con la mirada.

Rachel usaba un tipo de ropa similar durante el embarazo. En más de una ocasión, Elizabeth había llegado a la casa de su hija y se la había encontrado ataviada con una especie de colcha que era de todo menos sencilla. La primera vez, cuando le preguntó si iba a vestirse, Rachel extendió los brazos y ejecutó una pequeña pirueta.

—Estoy vestida, mamá. Libertad.

—Ya veo. Muy atrevido.

—Sé lo que quieres decir. Pero es cómodo.

—¿Como tus zapatos?

Rachel se puso colorada y Elizabeth retrocedió como si su hija pudiera golpearla. Aunque era consciente de que Rachel nunca haría tal cosa, los ojos se le habían nublado por la furia y comenzó a emanar una especie de energía eléctrica a través de la piel.

—Llevo dentro un bebé. Tu nieto. ¿Por qué voy a embutirme como un fiambre?

—No creo que esa sea la única opción, Rachel. ¿De verdad a Eliza le gusta esa ropa?

—Nuestra relación no está basada en tu represión heteronormativa patriarcal. Ella me ve como una persona.

—No hace falta estar horrorosa para que te vean como una persona.

—¿Horrorosa? —Rachel elevó la voz hasta su octava adolescente.

—Oh, no me refiero a ti. Tú nunca estás horrorosa. ¿Por qué siempre malinterpretas lo que digo?

Elizabeth notó que el banco de madera se le clavaba en los muslos. La pequeña cantidad de Valium que había tomado con las copas del atardecer junto a Nicholas había dejado de hacer efecto y registró el bolso en busca de algo más fuerte. ¿Dónde estaba todo el mundo? El camarero no había vuelto y apenas le quedaba vino para tragarse las pastillas. Tendría que darse una vueltecita; ni siquiera había visto aún a los Oliver. En el recibidor solo estaban el viejo y la gorda y no le apetecía entablar conversación con ninguno de los dos. Se levantó del banco sin la ayuda del bastón y miró hacia su bolsito de mano. La mancha de pintalabios parecía haberse extendido.

Tenía mucho calor y los cúmulos húmedos de pelo se le pegaban a la nuca. La ligera brisa que llegaba desde el jardín la llamaba y decidió dejar ahí el bolso y volver más tarde a por él. Notó la mirada de don Terciopelo cuando se estiró el bajo del vestido, que se le había pegado a las piernas. Pese a su elevada edad y su inapropiado atavío, Elizabeth no pudo evitar sentirse halagada. Se irguió y se dirigió al jardín en una línea tan recta como pudo mientras imaginaba que Beatrice Oliver le susurraría más tarde: «Querida, has dejado fascinado al caballero que invité para mis amigas solteras. Estaban todas furiosas. ¿Cómo lo haces?».

Ella había ganado premios de buena presencia, recordó, en la institución adonde la mandó su madre después del internado. Si no se hubiera casado con Nicholas, podría haberse labrado una carrera como modelo. Tal vez no fuera demasiado tarde para eso. Se dio la vuelta para cerciorarse de que su admirador la observaba, pero ahora se reía educadamente con la mujer del caftán. Gorda y, además, alegre. Elizabeth supuso que no tenía mucho sentido ser una cosa sin la otra. En cualquier caso, los modales de don Terciopelo eran intachables, a pesar de su edad o posiblemente debido a esta. Decidió que hablaría con él más tarde, cuando le hubiera sonsacado algo más de información a Beatrice.

El jardín brillaba bajo la luz de los faroles. El humo del tabaco y el laurel de montaña perfumaban el aire cálido de la noche. Elizabeth contempló la fiesta desde la terraza y empezó a reponerse del dolor que ya le llegaba a las sienes mientras una ola de afecto por los demás invitados se apoderaba de ella. Quizá no fuera tan terrible estar rodeada del tipo de gente que siempre había conocido. Junto a la mesa de las bebidas, Dorcas y Atalanta se balanceaban arrítmicamente al son de una balada portuguesa que emanaba de uno de los balcones. Vio a Nicholas al final de la terraza con una brocheta de hígado de pollo en una mano y un cigarrillo en la otra. Hablaba cordialmente con un hombre con pantalones de lino arrugados que a Elizabeth le sonaba de otras fiestas en casa de los Oliver, un ceramista de cierto renombre. Ambos tenían una expresión de completo regocijo en el rostro ceniciento. Podrían estar enamorados, pensó Elizabeth, como si el amor se midiera en alegría.

Beatrice Oliver la saludó por encima del hombro de un señor con coleta gris que la agarraba de la cintura. Ella lo besó en la mejilla barbuda y se acercó a Elizabeth con una sonrisa alarmada.

—¡Elizabeth! ¿Dónde estabas? Ni siquiera estás bebiendo nada, querida.

—No me apetecía —dijo Elizabeth. ¿Acaso no era verdad? ¿Y no tendría que haber ido Beatrice a recibirla al vestíbulo con una copa de algo agradable y unas palabras de bienvenida?—. Ya conoces la situación…

Aunque parecía imposible, la sonrisa de Beatrice se ensanchó.

—Ay, cariño. ¿Pero no dijeron que lo de Rachel iba mejor, que había desaparecido?

—Sí, sí, parece que ha remitido. —Elizabeth se cercioró de arquear un poco una ceja al pensarlo. Qué simplona era Beatrice, por favor.

—Entonces habrá que celebrarlo. Tenía muchas ganas de presentarte a una persona.

Beatrice agarró a Elizabeth del brazo para llevársela de la terraza. Con el movimiento repentino, a Elizabeth se le aflojó la rodilla e hizo un esfuerzo para mantener el equilibrio, pero no le habló de su malestar a la anfitriona. Beatrice era cinco años mayor que ella y no llevaba sujetador bajo el maxivestido agarrado al cuello. Elizabeth no estaba dispuesta a que una mujer de tan mal gusto se apiadara de ella, por mucho que fuera su amiga más íntima.

Esperaba que la llevara de nuevo al vestíbulo para presentarle a don Terciopelo, por eso se sorprendió cuando Beatrice la condujo por uno de los caminos irregulares hasta un túnel cubierto de plantas donde un hombre alto se reía a carcajadas en compañía de otro hombre. Cuando estuvieron más cerca se dio cuenta de que el hombre alto llevaba zapatos de tacón y vestido. Sofia, la de su clase de capoeira.

Beatrice le apretó el brazo a Elizabeth.

—¿No es maravillosa? La conocí hace varias semanas en el mercado de encaje. ¡Sofia! Esta es mi amiga Elizabetta, ya te he hablado de ella. La de la hija. Dios santo, esta noche hace un calor insoportable.

Elizabeth se quedó inmóvil y pensó en su bastón, apoyado en el banco dentro de la casa. Necesitaba sentarse con urgencia, pero no había ninguna silla cerca y Beatrice, que ahora parecía retirarse, le había quitado la mano escuálida y morena del codo y aleteaba por el jardín como si pudiera invocar la brisa con el brazo.

La calma de la morfina se había evaporado.

—¿Tu hija? —Sofia sonrió—. ¿Ella también baila? Te hemos echado de menos en clase.

El acompañante de Sofia esperaba que lo presentaran. Se quedó mirando a Elizabeth con unos ojos oscuros y la cara cetrina. Problemas de hígado, pensó Elizabeth. Le dieron ganas de abofetearlo. Aquella era la gente que Beatrice quería que conociera, el grupo variopinto con quien se suponía que tenía algo en común debido a las elecciones de vida de su hija. Marginados. Mujeres con barba y hombres con tetas, manifestaciones tristes y ropa fea, siempre con ganas de ser diferentes, difíciles e iracundos cuando ella era la única que tenía motivos para estar enfadada. Le habían arrebatado a su hija; su hija la había abandonado por otra mujer cuyo nombre era casi idéntico al suyo. No hacía falta ser freudiano para darse cuenta de lo que pasaba.

Sofia le puso la mano en el hombro a su acompañante.

—¿Elizabetta?

Ella buscó las palabras como pudo:

—Ah, bueno, mi hija está en Inglaterra. Ella... Yo... no me encuentro bien. Perdonad. —Se dio la vuelta y se obligó a avanzar en dirección a la casa.

Le dolía la rodilla. Con cada paso, la casa parecía apartarse más hacia la montaña y se tambaleó al intentar recuperar el aliento en la noche bochornosa. Desde detrás oyó un grito ahogado y notó que un brazo fuerte la agarraba por la cintura justo antes de que la pierna le fallara.

—¡Elizabetta! —Sofia le sujetó la cadera y la llevó hacia la puerta de atrás—. Tienes que descansar. Ven a sentarte conmigo y me cuentas lo de tu hija.

Renqueante, Elizabeth se enderezó para localizar a Nicholas. Estaba de pie en una silla con la cabeza hacia atrás, la brocheta en una mano y una maceta en equilibrio sobre la barbilla.

—¡Así, Nicky! —gritó Dorcas cámara en mano—. Un poco más a la izquierda, la luz es perfecta.

—Mi marido... —Elizabeth señaló hacia la estampa de la terraza.

—Luego lo buscamos.

Las dos mujeres continuaron hacia el vestíbulo de la casa, donde soplaba una ligerísima brisa y las polillas se chocaban contra las paredes por encima de las lámparas. Elizabeth se tambaleó al dar los últimos pasos antes de llegar al banco que nunca debió abandonar. Notaba a la enérgica transexual a su lado y se fijó en que don Terciopelo y Caftán estaban pegados a un libro y parecían leer juntos.

—Muchas gracias. —Se inclinó para alcanzar el reposabrazos del banco—. Enseguida me recupero.

Sofia se adelantó con un rápido movimiento justo en el instante en que Elizabeth se desplomó en el asiento. Tras el sonido de los pequeños objetos contra el suelo se oyó un golpe fuerte y el eco de una botella que daba vueltas sobre las baldosas. Elizabeth soltó un gritito y se llevó las manos al pecho. Pensó que se desmayaba. O que estaba enferma. Se quedó mirando el techo para recuperar el aliento y, al bajar la vista, vio que un trío de cabezas se sacudía por encima de ella.

—Creo que esto es suyo —dijo don Terciopelo con el brazo estirado.

Tenía en la mano el bolsito manchado, cuyo contenido estaba ahora desperdigado por el suelo. El vino tinto formaba un charco junto a sus zapatos, que le apretaban demasiado. Una a una, los demás recuperaron sus pertenencias y se las colocaron al lado. Botes variados de pastillas, cosméticos, las gafas, un vaso vacío. Por último, y con algo de ceremonia, le depositaron el bastón en el regazo con el pico de pato hacia arriba.

—Creo que está todo. —Sofia se levantó y se sacudió la falda de encaje, cuyo bajo ahora estaba ribeteado de rosa oscuro—. Voy a avisar a tu marido.

La otra pareja se retiró a la estantería de libros. Elizabeth permaneció todo lo erguida que pudo con sus cosas alrededor. Le dolía el cuerpo. Desde el bolso destrozado llegó el compás regular de una luz. Metió la mano para sacar el teléfono y miró el mensaje: una llamada perdida de Rachel. Como si fuera a llamar otra persona, pensó Elizabeth, y soltó el aparato. Podría morirme aquí mismo para no tener que aguantar lo que me espera en este mundo. No tengo por qué vivir más que mi hija.

De pronto le vino la imagen de Rachel de bebé y cerró los ojos para evitarla. Los rizos negros y las mejillas sonrosadas de la recién nacida en sus brazos. La mirada de su padre, tan nítida durante aquellos primeros días, el chico de la playa con el mar en la sangre. Elizabeth tenía a Rachel siempre con ella, para que Nicky no la viera, escondida entre frazadas y mantas. Aunque en realidad no hacía falta, porque Nicky nunca se fijaba en su hija pirata, solo veía a la niña del cuadro que un día pintaría, y Elizabeth se inventó la historia de los ancestros portugueses. Solo se acordaba de Ali en momentos contados, con los posos del café cargado o con el estallido de una ola en una película de arte y ensayo. Nunca lo recordaba como un niño sin madre. ¿Por qué habría de hacerlo?

Cuando Nicholas volvió del jardín se la encontró erguida y dormida con la cabeza hacia delante. Al tocarla, ella soltó un grito y se llevó la mano al corazón.

—Sigo aquí —dijo. No estaba decepcionada.

—Eso parece, mi amor.

—¿De verdad?

—¿Que si estás aquí?

—No. ¿De verdad soy tu amor, Nicky?

—Más vale que sí —dijo, no con mala intención. Le ofreció un brazo a Elizabeth—. ¿Has visto mi baile de la maceta?

—No he podido evitarlo. —Elizabeth se levantó—. Estabas ridículo.

Nicholas sonrió.

—Ya, ¿a que sí? ¿No quieres tus cosas? —Señaló los objetos variados que había a sus pies. La luz del teléfono seguía parpadeando.

—Pues no —dijo mientras le daba la espalda al banco—. Esas cosas no van mucho conmigo.

4

Ameisando

Zombis filosóficos

A David Chalmers se le atribuye el experimento mental del zombi filosófico, una criatura que es exactamente igual que nosotros pero sin conciencia. Chalmers sostiene que, al imaginar una criatura igual al ser humano en todos los aspectos físicos pero sin capacidad de conciencia —aunque tal cosa sea imposible—, nos damos cuenta de que la conciencia no es algo físico y que es otra cualidad del ser humano.

> Si hay un mundo posible que es igual que este pero con zombis, podemos afirmar entonces que la existencia de la conciencia es un aspecto más, aunque no físico, de nuestro mundo.
>
> DAVID J. CHALMERS, *La mente consciente: en busca de una teoría fundamental*

Hay dos partes en mi vida, tan diferentes entre ellas como tú y el desconocido que se sienta a tu lado en el autobús durante un día de verano o que saca de la biblioteca un libro que ya has leído. El antes y el después en mí no son dos mitades de una misma cosa, como sucede con muchas vidas. Joven y viejo. Niño y padre. No existe una continuidad, una progresión natural, sino una clara división. Por supuesto, si me conocieras en persona, no percibirías nada distintivo en mí, salvo, tal vez, algún defecto menor. Sin embargo, presentarme ante ti de este modo, a través de un encuentro de mentes, por así decirlo, te permitirá comprender el enorme cambio de mis circunstancias. Aunque hablemos de «encuentro de mentes», en realidad es mi mente la que se da a conocer, no es un descubrimiento bidireccional.

Te doy la bienvenida.

Las dificultades que puedes experimentar a la hora de comprender mi historia son previsibles. Hay que hacer una pequeña comparación entre mi transformación y la que tú estás emprendiendo ahora, pero solo una, puesto que tu hallazgo se produce por medios convencionales y el mío fue, hasta donde sabemos, excepcional. Aun así, serás víctima de sacudidas y sobresaltos repentinos; en ocasiones, tu conocimiento del mundo, ya avanzado y asentado, y sus limitaciones físicas complicarán la absorción de información nueva y contradictoria. Aun así, aquí estás, aceptando el proceso. Debemos felicitarnos por nuestra naturaleza exploratoria.

Comenzaremos por la noche en que todo cambió.

La primera dificultad consiste en expresar de forma apropiada la sucesión de los acontecimientos sin contaminar tus impresiones con mi forma actual. Lo entenderás mucho mejor si nos aproximamos un poco a mi encarnación original y continuamos a partir de ahí. Para ello, imaginemos el dormitorio de un apartamento en un adosado victoriano durante una cálida noche de junio. Sus habitantes duermen y nuestro grupito entra desde el jardín atraído por el olor de algo dulce.

```
programa TimeDemo;
```

Avanzo por el borde sin barnizar de la mesa. Tras el rastro dulce. El olor a azúcar. Icha y Ka vienen detrás de mí, Ki y Ekhi van por delante. Nos movemos en fila india, no debemos desviarnos del rastro ahora que sabemos el camino. Ya hemos estado antes en este lugar; el olor empalagoso de nuestras parientes caídas nos ha traído hasta aquí. Nos entusiasman la muerte y la promesa de lo que hay después.

El traqueteo de la columna se eleva sobre nosotros. Desde debajo del borde de la mesa se ven los cuerpos humanos de dos mujeres que duermen. Su olor envuelve la habitación. Dulce pero metálico. Y una de ellas se está muriendo.

La llamada de la exploradora se intensifica. Cric. Cric, cric. Cric.

La fuente del azúcar. En una de las esquinas de la mesa, junto al cabecero metálico, veo un vaso rodeado de restos circulares y húmedos de glucosa. Nos aproximamos y Ki asciende por el cristal. A ella le encanta el azúcar, pero al otro lado de la muralla se encuentra el líquido y las exploradoras tienen que ser las primeras. Ki está ansiosa por beber: hemos sufrido mucha sequía. Sequía en la grava y en el cemento, en la hierba que crece entre la piedra y el ladrillo. Ki está sedienta y también hambrienta y corre el riesgo de que la superficie líquida la atrape con la fuerza de la savia, aunque con menor belleza.

Las exploradoras la siguen hacia arriba en fila.

Me quedo atrás y observo las formas humanas dormidas. El subir y bajar de los cuerpos. Son criaturas simples. Tienen el abdomen y el tórax unidos, cuatro extremidades, sin antenas. Ni siquiera los machos vuelan. Resultan interesantes por su gran tamaño y por su capacidad para crear azúcar. Me recuerdan a los animales de los cuentos: no son salvajes como las aves y los zorros que viven cerca de nuestra colonia. Cuando trabajábamos para la reina oíamos historias de humanos y de su forma de vivir, pero aquí, dormidas en la oscuridad, resultan sorprendentes.

En lo alto del vaso, Ki se da la vuelta. Servíamos a la reina juntas y ella me percibe. Observo que la exploradora la adelanta y se detiene en el borde del agua endulzada. Conocemos la manera de romper la superficie de un bocado y las exploradoras pueden trasladar una gota al nido. Esta vez todas llevaremos un poco. Por la sequía. Ese es el plan, pero el olor de los animales dormidos me echa para atrás. Y algo más: la muerte.

Un canto de ballena pasa de una a otra mientras duermen. El sonido proviene de sus piezas bucales, pues no emiten repiqueteos con el cuerpo. Eso es lo que sabemos. Vemos su sombra alargada durante el día y las oímos a lo lejos; sentimos cierta atracción por ellas, no solo por el azúcar. En la guardería algunas nos quedamos maravilladas con las historias de los nuestros. Queremos saber cosas sobre las drácula, que se alimentan de sus propias larvas sin matarlas. O sobre las reinas que salen volando y abandonan la colonia. Pero a algunas nos gusta oír historias sobre los humanos, las criaturas de caparazón blando destinadas a la autodestrucción. Condenadas. Así lo creemos y, si hubiéramos visto el primer vehículo para explorar Marte, nos habríamos convencido. Nadie hace planes para huir de una vida que no lo necesita.

Hemos viajado. Hemos construido barcos con nuestro cuerpo y los hemos lanzado al mar. Por todo el mundo, nuestra especie explora y coloniza. Parte de este conocimiento se ha transmitido de generación en generación desde hace eones. Prehistoria, historia temprana, relatos bíblicos, allí estamos. Pero nuestro mapa del mundo está limitado por nuestro ADN. No conocíamos otros planetas. Ni siquiera en los recuerdos de nuestros antepasados.

Ki me llama para que me reúna con ella en el vaso. Cric. Cric, cric.

Veo soñar a las humanas y siento el impulso de acercarme a ellas. Cuesta entenderlo. Las obreras de la guardería saben cómo hay que alimentar a las jóvenes para mantenerlas con vida. Por el bien de la colonia. No por el bien propio o por nosotras como seres individuales. Está en nuestro código. Tenemos que continuar porque necesitamos que maduren las siguientes portadoras.

Sé de un hongo que se cobija en el cerebro de una colonia de Sudamérica. Este parásito guía a su hospedadora para que trepe por una determinada hierba; una vez allí, sale de su cabeza y produce esporas que infectarán a la siguiente exploradora para que continúe el ciclo. A la hospedadora se la conoce como zombi porque es incapaz de pensar por sí misma, pero ¿qué diferencia hay realmente entre una criatura controlada por el código de un parásito y otra controlada por su propio ADN?

Esa es la sensación al observar a las mujeres, aunque las palabras sean otras; hay fuerzas que actúan en mí fuera de mi propia programación. Por encima de la llamada de Ki y del olor del líquido. Más allá del brillo de los objetos que me rodean en la noche. Las antenas se me activaron con otros estímulos, con el sabor de otro conocimiento dulce y afrutado, y el ansia de obrar conforme a esas percepciones fue irresistible.

Bajo por la mesa y sigo el olor a putrefacción. Hasta el suelo, liso como una hoja, demasiado extenso para vislumbrar el final. Utilizo el traqueteo para encontrar el cabecero metálico. Despacio, despacio. Conozco los hilos de red, gruesos como patas, que cuelgan de las sombras. Los ojos que acechan tras ellos. Tap, tap, tap, por el frío metal hacia arriba. Siento de nuevo a la colonia mientras trepo, noto el aire que nos separa. No escuches. No llames.

La primera humana se ha vuelto hacia mí. La que huele no a regeneración, sino a caos. A su alrededor flotan unas partículas de luz. Vibra con una tensión extraña. La información es abrumadora. Acalla los sonidos de la colonia, la búsqueda de alimento y agua, la responsabilidad colectiva.

El primer roce de la piel. Una masa de pelo en la cara, poros, residuos y humedad en el borde de los orificios. Me detengo junto a los labios separados y la protuberancia nasal. Entradas cavernosas hacia lo desconocido. Continúo hasta el bosque que protege los ojos cerrados. Unos pelos sólidos más gruesos que antenas con criaturas que se alimentan de los productos de desecho. Simbiosis, pese a que ninguna de las criaturas conoce la vida de la otra: la escala es imposible. En la colonia criamos pulgones para tomar su néctar y, a cambio, los protegemos de los depredadores. A cambio. No es cierto: los pulgones no tienen elección. Quizá también ellos sean zombis.

El tamaño de la humana. Nosotras somos pequeñas para nuestra especie y nos relacionamos con criaturas aún más pequeñas. ¿Hay un ser superior que domina su vida?

No se oye la llamada directa de Ki, sino su eco. Las antenas se me crispan con el deseo de responder. No me va a seguir. Nos conocemos desde que salimos del huevo, nos alimentamos en la misma guardería, servimos juntas a nuestra reina. Estaríamos unidas hasta el fin de nuestros días. ¿Cómo explicar esa sensación de unión separada que teníamos entonces? Para nosotras solo existía el trabajo diario compartido, la llamada y respuesta de nuestro olor a través de la hierba, el traqueteo de nuestros respectivos cuerpos. Ese era nuestro soneto, esa era nuestra canción.

Pero eso no basta para detener mi vuelo. Esto es más fuerte, la sensación de algo más. La colonia no está en peligro, puesto que mis acciones son aisladas. Intento devolver la señal, pero el mensaje no es el adecuado. No es posible comunicar una intención de la que comprendes tan poco. Un olor. Una misión. ¿Hay elección? Para eso no hay respuesta, ni siquiera ahora.

Camino sobre la cara. Busco la fuente del olor. Allí, en la esquina de las pestañas, una gota de agua no dulce. Y un olor a carne como el del ratoncito muerto que la colonia encontró una vez junto a los cubos de la basura. Con la antenas bien activas, tanteo la apertura. Muerdo la gota y encuentro un agujero diminuto en el borde rosado del ojo. Por ahí. Esta es la respuesta al hambre, a la sed. Esta novedad, este algo más. La humana se mueve y el bosque de pestañas se separa y ahora, ahora, empujo rápido, me hundo con fuerza en la cabeza de carne viva mientras el ojo se cierra a mi alrededor y una gran presión me arrastra por el espacio contiguo. Hacia dentro. Casi por completo. Una pata se me atasca. La presión vuelve y me libero de la pata. Libre. No es cierto, uno no puede liberarse de sus extremidades. Te pertenecen. Son tú.

Necesitas saber si duele. Duele y no duele a la vez. No del modo en que tú procesas el dolor: una pequeña lesión en un dedo te deja sin habla, incapaz de hacer nada. Este daño puede hacer que deje de existir. La pata se queda atrás y el resto de mí se hunde más en la cavidad que hay bajo el ojo. Mi existencia continúa.

Movimientos violentos, balanceo, sacudidas. Dentro de la cabeza de la humana mi mundo da vueltas. La Tierra rota a más de cuatrocientos metros por segundo y no lo notamos, pero esta mujer se levanta y me desequilibra. Cuando el vaivén cesa, me quedo quieta durante mucho rato, sin nada con lo que medir el traqueteo. Mis primeros pasos renqueantes con cinco patas en el interior de la condición humana ignoran los días. Sin colonia, sin Ki, sin columna. No hay nada parecido a esto. El no saber qué se ha hecho. Solo la necesidad de estar ahí.

Hay alimento. El olor a comida dificulta mi exploración. Muchos olores nuevos y variados, pero el único que me atrajo aquella noche desde la cama es el que permanece conmigo en el laberinto. La carne fresca del tumor está incrustada en la parte trasera del cerebro de la mujer, separada del tejido que la rodea y con una textura distinta. Una intrincada conexión de ramificaciones húmedas se hunde en la carne limpia del cerebro. La fuente del caos y de la putrefacción, el olor que tendió el puente entre la vida de la mujer y la mía.

Te preguntarás si tal cosa es posible. Los millones de bacterias que forman parte del cuerpo humano a los que no consideras animales, hasta los piojillos que te rodean las pestañas son demasiado pequeños e inocuos para contarlos. Las chinches pican, también las pulgas. Esos insectos sí los percibes, son visibles y causan daños obvios. Pero no viven en ti: se alimentan de ti, como las sanguijuelas, las garrapatas y los mosquitos. Y los murciélagos vampiro. Hematófagos. No, no deberían daros tanto asco. A los humanos también les gusta un poco de sangre. Morcilla. Filete poco hecho. Sangre de tus enemigos, sangre de tus héroes. Transustanciación. Delicioso.

Pero esto es diferente. Esto es vivir dentro. Has leído cosas sobre corales en los oídos, arañas bajo la piel, solitarias en la cabeza de un niño. Recuerda esas historias e intenta separar el mito de la realidad, la ficción de lo cierto. Y yo, que me como un tumor en un cerebro humano. ¿Has oído hablar de eso?

Una conciencia dentro de otra conciencia. Siempre que el yo de antes se pudiera considerar consciente.

¿Cuáles son las condiciones necesarias? Había sensibilidad, sensación de pertenencia a la colonia, conocimiento de las obligaciones, supervivencia, función. Y algo más. Había lealtad a la reina, la satisfacción de encontrar la comida adecuada para las crías, la exactitud de una nueva galería. Y estaba Ki. Ki y yo. En realidad, hay algunas características de la experiencia que parecen innatas al yo que era entonces, pero quizá sea algo antropomórfico. Bueno, este es el yo humanizado. Tú estás ahora en mi cabeza.

La humana sabía de mí. Con el tiempo, sus recuerdos se propagaron hasta mí con la misma claridad que el zumbido de la colonia con la puesta de huevos. No había secretos. Todos sus sueños eran míos. Había estado asustada, había padecido dolor, pero juntas alcanzamos la calma. Ella no podía leer mis pensamientos como tú ahora, solo tenía la sensación de cambio y reconciliación que deriva de la aceptación. Se estaba muriendo, pero, antes de terminar, tenía obligaciones, lealtad y amor. Teníamos trabajo por hacer.

Y así sucedió que, poco después de mi llegada, su dolor de cabeza cesó.

Pero nos estamos adelantando.

Doy vueltas alrededor del tumor. Siento la humedad, la sustancia pegajosa por debajo de mí, la estructura estrecha por arriba. Espacio para moverme, espacio para respirar y sensación de pertenencia, como en la colonia. Este alimento que tengo delante, este caos, no debería estar aquí. Ese es mi cometido: restaurar el orden. Comienzo por los bordes, las hebras más recientes que presionan la membrana. Una vez que el hambre inicial está saciada, el trabajo es lento. No hay crías que alimentar. No hay marchas que efectuar. Escojo el camino por los bordes de la cueva, evito las corrientes de su cerebro. El traqueteo está apagado, la llamada intensa está acallada por los túneles carnosos y por la procedencia inexistente del mensaje. Ki no me oye. ¿Alguien me oye?

La humana se pasa el día de un lado para otro y me acostumbro a sus ritmos. Descanso mientras se mueve pesadamente, trabajo mientras ella descansa. Una noche se despierta con un pequeño mordisco. Y llega la electricidad, que me explota en las antenas con la brusquedad de un nuevo rumor, un zumbido que me escuece en un lado de la cabeza y que me desestabiliza las cinco patas. El oleaje me empuja hacia atrás y, cuando pasa la sacudida, llega el pensamiento: está asustada.

Miedo. En la colonia conocíamos el peligro, notábamos la premura en nuestras filas cuando aparecían los depredadores. Sentidos aguzados, antenas alerta. El movimiento colectivo como un barrido. Pero este miedo era diferente. No eran mi peligro ni mi miedo, este miedo era suyo. Y, pese a que el sobresalto y la caída habían sido para mí una impresión física, el conocimiento del miedo no era una sensación, sino un pensamiento. Su pensamiento, que ahora era mío.

¿Había albergado yo algún pensamiento antes? ¿Quién sabe? Puede que muchos. ¿Recuerdas tu primer pensamiento? No puedes recordar el momento exacto. Sin embargo, ese pensamiento fue un momento. El pensamiento era suyo.

Estaba asustada por nuestra situación. Se acordaba de la primera noche. Un mordisco o un picotazo. Y el dolor antes de mí, en la cabeza y en el cuello, la rigidez de los músculos y la espalda. Enfermedad. La preocupación de estar enferma. O de no estar enferma, pero ser infeliz. La preocupación de que la enfermedad significara no poder tener un hijo, no llegar nunca a ser madre. El miedo de estar muriéndose o volviéndose loca. O ambas cosas.

Un pensamiento fraccionado en un mosaico de ideas, de recuerdos, de sensaciones. Cada fragmento centelleante en los vértices de mi mente, desconocido aunque ya entendido, como las primeras impresiones de la colonia cuando acabas de salir del huevo. Todo un mundo percibido en fragmentos.

Tal vez tú lo notes también, ahora que mis pensamientos están en tu cabeza. No conoces mi mundo por completo, pero aun así empiezas a seguir el rastro. Tienes todo lo que necesitas. Estira los brazos e imagina el traqueteo. Arquea la espalda y cierra los ojos. Deja que los sonidos y los olores te digan lo que sabes y dónde estás. Mis pensamientos son tuyos, al igual que los pensamientos de ella fueron míos.

Ella, con todas sus esperanzas y con todos sus miedos, estaba conectada a mí.

Rachel.

Su singularidad. Eso fue lo que me impresionó después. Sus pensamientos me llegaban como ráfagas, eran multifacéticos y a veces poco claros, al menos durante aquellos primeros días. Pero en el centro de cada idea estaba la singularidad de su ser. Si los numerosos conceptos que ella expresaba por entonces me confundían, la esencia me iba calando y coloreaba mi visión del mismo modo que la luna de cera iluminó nuestro camino hasta su dormitorio aquella noche de verano. La sensación de lo individual.

No hay una manera sencilla de expresarte la inmensidad de esta proposición, dado que vosotros nacéis con vuestra propia singularidad, salvo quizá unas cuantas excepciones en el caso de los gemelos u otros partos múltiples. Por eso, es de esperar un esfuerzo considerable por tu parte para comprender el enorme cambio de perspectiva que me proporcionó esta repentina percepción de la conciencia de Rachel.

La mejor manera de que percibas mi transformación telescópica es que recuerdes alguna situación comparable. Puede que algunos de vosotros, al tumbaros bajo las estrellas o al vagar a la deriva por el mar, hayáis experimentado por un momento la inmensidad del mundo y vuestra nimiedad dentro de él. Os habréis sentido tan insignificantes como fortuitos, unidos a esta Tierra solo por una frágil circunstancia de la naturaleza y por el ingenio de vuestra especie. La razón de que esta sensación sea tan profunda, la razón de que os sorprenda y os acompañe durante vuestros últimos años con cierta intensidad es que lo que experimentasteis en vuestro momento de nitidez fue diametralmente opuesto a vuestro estado mental habitual. Durante la mayor parte de la vida, estáis acostumbrados a sentiros importantes, a que vuestras elecciones y vuestras acciones tengan peso y consecuencia. Os preocupa una palabra inapropiada o una decisión precipitada. Veis las demás vidas en función de su relevancia y su conexión con vosotros. Vuestros padres, vuestros hijos, vuestros amigos. Veis vuestra propia vida en función de vuestros éxitos y fracasos. Esas son las cosas que importan. Ganar una carrera, una pelea, una guerra. Amar a un compañero o una causa. Salvar una vida o el planeta. Pero cuando pensáis en «planeta» pensáis en «humanos». Cuando pensáis en ganar, ignoráis la pérdida de los otros. Cuando pensáis en amor, os preguntáis quién os corresponde.

Vuestra visión del mundo es egoísta por encima de vuestra propia supervivencia, por encima de vuestro código. El universo gira a vuestro alrededor. Un día estáis a solas en una montaña o en un cráter y, en ese abrir y cerrar de ojos frente a la majestuosidad del mar o la eternidad de las estrellas, en ese preciso instante en que el telescopio se da la vuelta, notáis que la sensación de ser únicos colapsa, asumís ese conocimiento y tratáis de no olvidarlo jamás.

¿Te acuerdas?

Así fue experimentar el yo de Rachel; la imagen se invirtió. Mientras que para vosotros esa experiencia capaz de alterar vuestra vida revela la insignificancia de vuestro lugar en el mundo, para mí dejó al descubierto su grandeza. Por primera vez, la imagen venía desde dentro hacia fuera y no de desde fuera hacia dentro. Eso era lo que se sentía al ser uno solo.

Puede que penséis que fue una sensación agradable y, en efecto, hubo emoción, la agitación del peligro y del placer. Pero la sensación dominante fue una soledad vertiginosa y, con ella, la certeza de que una parte de mí ya había mirado dentro de ese vacío cavernoso y planeaba la retirada. ¿Por qué razón no se me ocurrió huir? ¿Por qué me calaba tan hondo el silencio de la no pertenencia?

A medida que los pensamientos de Rachel desaparecían y que la conexión con su ser comenzaba a desvanecerse, estos destellos de entendimiento y pánico disminuyeron. Volvió algo parecido a mi yo anterior y recuperé el consuelo del trabajo diario. Esa era mi vida entonces. Todos los pensamientos, ya fueran de Rachel o míos, parecían haber sido arrastrados con el fluir y refluir del líquido espinal.

Después de la primera sacudida, mis días continuaron como antes durante una temporada. La gruesa membrana situada por debajo del tumor era una cómoda cama y, todas las mañanas, cuando Rachel empezaba a despertarse, el sueño se apoderaba de mí. Fuera de la colonia, dormía mucho. El ruido sordo del corazón de Rachel y la suave presión de la carne del cerebro contra la cubierta ósea sustituyeron al sonido continuo de la marcha de mis hermanas. Cuando me dormía, solo la quietud de Rachel me despertaba.

Tap, tap, tap, por los bordes del tumor. Las pequeñas oquedades y picos del montículo vibran bajo mis pies. Tomo un bocado y lo aparto. Siento a Ki a mi lado, a la espera de su turno, lista para el regreso juntas, como parte de la fila, como parte del orden establecido. Sin Ki, el trabajo es pesado, pierde su sentido. Aun así, los ritmos de este mundo son seductores. Saciada todas las noches, sin sed, sin hambre. Mi buche está lleno. Incluso tengo más fuerza, a pesar de contar con cinco patas. Y pronto, un nuevo acontecimiento.

Muerdo otra hebra en la parte delantera del tumor. Un delicado zarcillo que se hunde en la membrana hasta la sustancia más ligera que hay debajo. Clavo las mandíbulas en la carne tierna cuando, de repente, el destello, el pinchazo eléctrico, el calor y la luz me ciegan, me derriban, me dejan abatida, fuera de combate, acabada. Así termina la primera parte de mi vida.

```
usa sysutils;
```

Las imágenes me inundan de colores y sensaciones. Escenas de su día a día, recuerdos de infancia, sueños de futuro. Visiones saturadas de ideas, de pensamientos, de emociones. Llegan hasta mí volando, tan rápidas que no puedo alcanzarlas y solo queda su sedimento. Tristeza, felicidad, el olor de la corteza del limón, el roce placentero de una piel con otra, el sabor del lúpulo, de la sal, la dispersión del polvo bajo la luz del sol, un rayo de esperanza. Confusas por la caída, las sensaciones dejan su huella sin procesarse. Cuando pasa el momento, mi coraza yace aturdida sobre la membrana.

Paralizada. Serena. Algo duele. Este nuevo... dolor. ¿Qué es? No hay nada que se le parezca. Una aspereza dura clavada en mi interior. En mitad de la red de lo que ella dejó atrás. Hilos de otra vida. Fuertes como el pelo del zorro cuando desaparece la sangre. La vida de Rachel, brillante y fría.

Ella me recuerda.

Me pongo de pie y reviso los daños. Noto la pata que me falta y las demás ausencias. Las antenas se comban por el peso de la información. El destello de la sacudida, el vínculo con Rachel, la creciente sensación que se desvanece tan rápido como llegó. Todo desaparece salvo el recuerdo y este... este dolor.

El dolor es de las dos. Procede de su cabeza y ahora está en mi cuerpo. Nos empapa a ambas. Mi conocimiento creciente del mundo exterior a partir de la primera experiencia está alimentado y regado con el de la segunda. La existencia de Rachel se infiltra en la mía. La muerte nos infecta a ambas.

inicio

¿Qué hora es? ¿Es de día o de noche? Estamos despiertas. Unas fuertes oleadas empujan el borde de la membrana, se arremolinan en las fisuras de su cerebro, bañan los delgados zarcillos del tumor. El dolor asciende y desciende. Hay trabajo por hacer.

Los túneles que construíamos en la colonia eran trabajo rápido. Avanzar, empujar la tierra, pisotear el suelo y continuar. Avanzar, empujar, pisotear. El camino toma forma. En los bordes del tumor, lo húmedo no se sostiene con tanta facilidad. Cada bocado tiene que transportarse fuera del túnel. Sin nadie más que ayude, el avance es lento. No hay apetito, solo una comezón en el tórax, en el esqueleto, en el cráneo; un ansia difusa por dejar de sentir y por sentir más. Cada bocado aporta esperanza.

La sangre se me pega. El líquido cerebral me impregna las articulaciones y me agarrota. Empujo, sigo empujando. Me hundo en la carne y recuerdo el olor y el sabor del mundo exterior, de su mundo. El deseo de más. La sensación de que esto ya se sabía desde la primera noche junto a la cama, de que este era el objetivo. Este anhelo, esta necesidad de ambas de salvar nuestra vida.

De pronto llega otra sacudida y, con incursiones más profundas en el tumor, otra y otra. Oleadas de sensación e información. Una pompa de luz en una mano enjabonada, el crujido de un escalón bajo el pie. Decepción y comodidad, alivio y humillación. Padres, coches, pasta de dientes. Política, poesía, vacaciones, peleas. Boudica y Linux y *Lo que el viento se llevó* y la República Democrática del Congo. Esmalte de uñas, bibliotecas, Navidad. Eliza.

Me aferro a cada sensación y pensamiento. La enciclopedia de Rachel. Cada entrada multiplicada por otra. El olor a hierbas significa albahaca significa Italia significa un amor toscano, pelo revuelto, sexo aún más revuelto, despedidas lacrimógenas, cartas, correos electrónicos, Facebook, una promesa, celos, familia. Y cualquiera de esas ideas podría tomar una dirección diferente. La electricidad late con la vida y, con cada mordisco y cada sacudida, la muerte se aleja un poco más.

Días así. El túnel crece. Excavo en los huecos y tiro de nuevo del cable eléctrico que da vueltas alrededor de una gelatina fibrosa. Veo un documental sobre la vida salvaje. Aprendo cosas sobre Mozart. Oigo un mensaje telefónico de Eliza. Recuerdo el primer sabor del agua marina. Escucho, aprendo, siento, recuerdo. Las sacudidas son cada vez más suaves y la conexión más fuerte, hasta que llega el día en que no hace falta sacudida. Somos un solo ser. Todo lo que Rachel siente me pertenece. Todo lo que ella sabe lo sé yo. Solo sus pensamientos momentáneos resultan inaccesibles, a no ser que tenga la mandíbula clavada en ella. El cansancio me supera después de una breve exposición a su flujo de conciencia.

Descanso. Espero. Digiero. Los zarcillos más pequeños han muerto. El tumor ha dejado de crecer. Nuestro dolor es un recuerdo, sus jaquecas han desaparecido. Mi cuerpo, repleto, exhausto, descansa en uno de los túneles más pequeños, pero mi mente lo ve todo. Todo lo que Rachel ve y sabe y mucho más. Mientras que ella recuerda de forma parcial, de fogonazo en fogonazo, yo poseo todo lo que ella ha sabido jamás y lo recuerdo a voluntad. Libros, conversaciones, lecturas, películas, cartas. Tengo disponibles todas y cada una de las ideas que han pasado por ella en cualquier momento de su vida. Mi existencia está rebosante de la historia de la humanidad y de la historia de Rachel en particular.

Trato de pensar en Ki, desde mi túnel en la cabeza de mi hospedadora, pero ella ya no está conmigo. La colonia, mi mundo anterior. El sabor de la luz de la luna y el sonido de la hierba, la crispación y el golpeteo de la larga marcha no parecen más que una vida pequeña de un pasado remoto. ¿Adónde se va desde aquí? Hay trabajo por hacer: ese sigue siendo mi código. Con un mundo a mis pies que se alarga hacia un horizonte invisible, está el consuelo de un orden que imponer en lo que reside justo ante mí.

Muerdo un poco más todos los días. Ahora que los recuerdos están ahí, solo cambia el carácter. Hormonas, interacción social, patrones climáticos, todo afecta a nuestro humor. Para evitar cualquier otra exposición al estrés de la vida humana además del que aportan las corrientes y el tumor, mi mente escoge pensamientos particulares en los que centrarse. No entiendo los comentarios constantes sobre cosas imposibles. Su madre llama desde lejos y no puedo procesar el país ni el tema de conversación bajo el peso de esta sensación que nos inunda. Hay novedades que Rachel oculta. Sobre su madre, sobre ella misma. El peso de este disfraz nos ha desgastado a ambas, nos ha envuelto, según parece, en esperanza y deseo, en recuerdos amargos y en el sabor almendrado del azúcar y la muerte. Dejo a Rachel con su madre.

En mi cabeza, este día concreto, están el *Cuarteto de cuerda n.º 4 en si bemol mayor* de Tomasini, el sonido de mil mariposas revoloteando en un campo un último verano, la ilustración de la cubierta de *Nuestro amigo común* de Penguin, una receta de tarta de lima, el texto de un libro de Geografía de bachillerato y un reloj de bolsillo. Todo son curiosidades que circulan por la conciencia de Rachel, aunque sin ser su centro de atención. Estas ideas me entretienen gratamente cuando de pronto ella enfoca la mente en un pensamiento concreto y resulta imposible concentrarse en nada más. En ese momento, tengo la mandíbula abierta después de un gran bocado y no hay conexión inmediata con el cerebro de Rachel, solo la excavación y el pisoteo habituales. El cambio de temperatura y el flujo de su líquido espinal son, sin embargo, inconfundibles. Está experimentando un acontecimiento importante.

Me resulta imposible saber de qué tipo, porque, tras observar durante varios segundos su estado mental alterado, una ola líquida me atrapa y me arrastra hacia la corteza cerebral. La ausencia de una pata me afecta el equilibrio; ya me habían derribado otras sacudidas, pero nunca antes me había llevado así la corriente. Trato de recomponerme, lucho contra la fuerza del torrente que tira de mí. Lo que sé acerca del cuerpo de Rachel se reduce a su conocimiento sobre la anatomía humana, a la plétora de programas de telerrealidad sobre biología que ha visto y a mis limitadas exploraciones. Hay ácidos gástricos y otros fluidos espantosos que podrían dañar mi exoesqueleto, pero carezco de la información necesaria para saber qué posibilidad hay de que eso suceda. Mi cuerpo gira con el remolino que desciende por su cuello. ¿Se encuentran los demás órganos dentro de bolsas y membranas, tal y como sucede con su cerebro? ¿O todo se sostiene en su sitio con esas cuerdas que descienden por la columna vertebral? El tiempo se acaba. Opongo resistencia al líquido viscoso, aprieto, siento la fuerza de las profundidades desconocidas que hay más abajo. Alcanzo un hueco en la parte de arriba de la columna y clavo la mandíbula en una pared sinuosa mientras termina de pasar el torbellino.

Los sentimientos de Rachel, tan fuertes como la corriente, se abalanzan sobre mí. Está cargada no solo de una, sino de todas las emociones posibles, que se precipitan por su flujo sanguíneo. Entre nosotras, pensamientos e imágenes demasiado fugaces para retener un solo destello y algo más. El latido regular de su corazón es más fuerte aquí, en esta pequeña cámara aislada de la humedad mediante una masa sólida de tejido. Y más débil y rápido, en los bordes de nuestra conciencia, tan insistente como la lluvia, otro latido. Bum-bum, bum-bum: la premura de un nuevo corazón, aferrado al vértice de la existencia, late hacia la vida.

```
salidadedatos ('Fecha actual : ',
Fechaencadena(Fecha));
```

Durante el resto del embarazo y algún tiempo después del parto, los días fueron fáciles. El tumor dejó de crecer y, tras recuperar por fin mi posición junto a la membrana inferior, mi trabajo continuó sin sobresaltos. No sufríamos dolores de cabeza y las náuseas y los mareos esporádicos fueron al principio hormonales y después una consecuencia del cansancio. Sintonizar con la conciencia de Rachel se convirtió en algo divertido. Sus pensamientos eran tan complicados y prolíficos como siempre, pero en su núcleo había satisfacción y concentración: la criatura que crecía en su interior. Mi atención se volcó en una tarea que, aunque diametralmente opuesta, requería unos niveles de esfuerzo semejantes. Incluso con el tumor bajo control, el caos que brotaba alrededor de la carne densa era fascinante.

Si te preguntas por qué esta causa me atrapó durante tanto tiempo aun cuando mi conocimiento se había expandido mucho más allá de mi esfera inmediata, imagina que naces en una pequeña comunidad: una cooperativa agraria o el hogar de una familia muy numerosa. Conoces bien tu trabajo. Desempeñas tu labor todos los días en beneficio de la unidad y no te cuestionas tu papel en ella, solo el éxito o el fracaso a la hora de completar tus tareas. Los miembros de la comunidad conocen tus asuntos, compartís el techo, la comida, la conversación. La cuestión no es si te gusta esa existencia o no, ese planteamiento no forma parte de tu programación. Simplemente, tu vida es así. Pero un día un fallo, un defecto o tal vez un código más fuerte en la lotería genética te lleva por el mal camino. Recibes una señal desconocida, llamémoslo instinto visceral, para cambiar el patrón y dejar atrás todo lo que conocías. Tu nueva tarea exige las destrezas que ya posees, pero trabajas a solas. Aprendes una nueva lengua, desarrollas métodos de trabajo ingeniosos, te planteas un objetivo del cual eres el único responsable, tanto si tiene éxito como si fracasa. Las voces que tenías en la cabeza dan paso a pensamientos y sentimientos propios. ¿Qué sucede cuando se cumple tu cometido? No puedes regresar a la vida anterior. No durarías ni un día.

Alguna vez habéis sentido esa llamada. Vuestro largo matrimonio, vuestro pequeño pueblo, vuestro importante trabajo. Algunos os fuisteis y algunos os quedasteis. No hay una opción mejor que otra. Ya sabéis cuál fue mi elección, si es que la hubo.

En cualquier caso, al principio dio igual. Sí, mi labor parecía casi terminada y la urgencia del objetivo había remitido. Sin esa urgencia y con la capacidad para analizar que otorga el lenguaje, necesitaba estudiar bien la situación. Y ahí estaba Arthur.

La intrusión del nuevo latido perturbaba mi esquema de trabajo, el pulso acelerado me crispaba las antenas y el flujo de las distintas hormonas desconcertaba mis sentidos. La identidad única de Rachel, que había causado una impresión tan fuerte en mi conciencia recién nacida, se descomponía de manera gradual. No en dos, sino en pedazos. Con el advenimiento de su hijo, Rachel empezó a despojarse de la capa protectora que la separaba, al principio de Eliza y después de su hijo. A medida que se relajaba, nuestra conexión aumentó. Cuando mis mandíbulas se aferraban a ella, había espacio para formar parte de su estado onírico. Yo soñaba con la colonia y Rachel a veces soñaba conmigo.

Nos despertábamos cada una en su cuerpo, contentas de estar vivas. En la colonia, mi vida eléctrica se habría agotado mucho tiempo atrás, habrían guardado mi cadáver y las nuevas generaciones habrían ocupado mi lugar. Solo la reina sobrevive a las estaciones. Estar lejos de casa y haberme establecido en lo que bien podía llamar mi propio nido implicaba que mi situación había cambiado. Esta idea me vino con dilación y, al darme cuenta de ella, llegaron también los pensamientos sobre Ki y sobre la distancia que nos separaba. Nadie en la columna seguiría viva excepto yo.

Mis sentimientos por Ki ahora tenían nombre. Es difícil saber si las emociones brotaron de las palabras o si siempre habían existido, pero permanecían enmudecidas por esa falta de nombre. El caso es que la certeza de haber perdido a Ki para siempre fue un nuevo tipo de dolor; comprender este hecho se acercaba más a una condena que a una bendición.

Tap, tap, tap. Camino a tientas por el ser de Rachel. Oigo la llamada del otro, el sabor de una nueva vida. Todos los días el ritmo late, una canción humana, un himno. Crispa mis sentidos, mi sistema desnudo. Pisoteo las nuevas células, unas células distintas, el código masculino que crece en el interior de Rachel. Mordisqueo un poco, almaceno un poco. Tap, tap, tap.

El día que nace es una tormenta, un incendio. Un infierno furibundo que se propaga por nuestro cuerpo y nos abandona a nuestra suerte en la orilla. Luchamos por respirar, el niño emerge del capullo, Rachel como la coraza de mi reina después de poner los huevos. Estamos agotados.

inicio

Tres meses después del nacimiento, el tumor empieza a crecer de nuevo. Tan enganchada estoy a la rutina del pequeño Arthur que paso por alto los primeros zarcillos y no los notamos hasta que un día Rachel se queda paralizada en la cocina de su nueva casa. El animal ha desenfundado las garras. Ella se queda mirando durante un rato una telaraña que cuelga de las barras de la ventana, con pensamientos tan vacíos como mi buche. Es hora de volver al trabajo.

Cavar, perforar, morder, pisotear. Empujar la carne sanguinolenta. Almacenar un poco, trasladar otro poco, pedir ayuda. Nadie acude. ¿Quién iba a venir? ¿Quién podría venir? Mis hermanas caídas no. Mis tataranietas tampoco. Mi olor ha desaparecido, mi voz se ha deteriorado. Empujar, morder, pisotear. Sola. Sin nadie que me oiga. Excepto él.

Él me ha visto muy por encima de los ojos de su madre. Él me ha sentido, de célula a célula. Él mira a su madre a la cara y oye mi canción en la brisa del atardecer, *Ameisando, Ameisando.*

Así pasan los años. Nos las apañamos. El niño se despliega por debajo de nosotras como un helecho al que proporcionamos sol y sombra. Y, a ritmo constante, el tumor crece.

inicio fin.

El último día es frío. Ella se prepara un baño y coge su libro. Leeremos juntas. El agua caliente corre a sus pies. Es difícil ver las palabras. Esperamos. Ya no hay descargas ni dolor. El hielo paralizante de las venas ya no cala hasta los huesos. Solo eso. Agua caliente y palabras escritas que nos hablan del mundo exterior, de cómo son las cosas, de cómo eran, de cómo deberían ser. Piensa en Arthur y en Eliza, imagina cómo se tumbarán juntos en su cama. Apoya la cabeza en el borde de la bañera. La pesada cabeza. Recuerda la forma que tiene su hijo de meterle la mano por la manga para notar el tacto de la piel cuando pasean juntos, la forma que tiene su mujer de darse la vuelta antes de salir de casa todos los días. Respira una vez más. Allá vamos.

fin

Ya ves cómo fue. No había marcha atrás, solo la necesidad de seguir adelante. La segunda parte de mi vida acababa de empezar. Todo lo que Rachel sabía era mío y el mundo era una colonia cuya reina había concluido su mandato. Era hora de rastrear y construir, de ir en busca de la nueva electricidad. La reina ha muerto; larga vida a la reina.

inicio

Tap, tap, tap. Me abro paso a través del cráneo. Oigo el chapoteo del agua y el silencio del corazón de Rachel. Saboreo la reciente amargura de su sangre. Tap, tap, tap. Encuentro la gelatina del ojo y el espacio que hay detrás. Aprieto, me introduzco entre la sal y el aire y la parte externa de su piel. Vuelvo a salir al mundo desde este nuevo útero.

Ahora aguardo la llegada del niño. Aguardo para encontrarlo. Otro ser me espera, otra encarnación. Esto es la libertad, esto es la conciencia. Mis propios pensamientos, mis propias sensaciones. Mi yo. Y, ahora que he nacido, tenemos trabajo por hacer más allá de este mundo.

5

Clementinum

___

Lo que Mary sabía

Frank Jackson escribió un experimento mental sobre Mary, una científica brillante que ha crecido en un entorno en blanco y negro con monitores que observan el mundo exterior. Ha estudiado toda la información sobre el color y se ha especializado en neurofisiología de la visión. Pese a todo su conocimiento sobre el color, ¿aprenderá algo nuevo cuando salga de su sala y vea el rojo por primera vez? ¿Hay alguna cualidad de la experiencia que no sea definible en términos físicos?

> Es ineludible que su conocimiento previo era incompleto. Pero tenía toda la información física. Luego hay algo más que eso.
> FRANK JACKSON, *Philosophy Bites*

Rachel tenía tres conjuntos cómodos para estar en la cama y hoy, aunque no estuviera acostada, llevaba puestos los tres.

—Volveré a casa pronto, con Arthur —dijo Eliza antes de irse a trabajar. Miró las capas de punto que Rachel llevaba encima—. ¿Quieres que suba la calefacción?

Ella le rozó el brazo con los dedos cuando Eliza pasó por su lado.

—Prefiero abrigarme.

Su mujer se detuvo en la puerta de la casa.

—Ahora no es momento de preocuparse por el planeta —dijo sin darse la vuelta—. Piensa en ti por una vez.

Rachel prefirió no contradecirla. Era mejor no discutir antes de que Eliza se fuera a trabajar; ¿quién sabía lo que depararía el día? Ese día en particular. Le había preparado el desayuno a Arthur, había pegado las hojas secas de su hijo en uno de los grandes álbumes de recortes que estaban haciendo juntos y había arreglado al niño para el colegio. Desde la ventana del salón, vio que la figura de Eliza se alejaba. Era un buen día.

Nunca le daba tiempo a explicar lo que quería decir, pensó Rachel al volver a la cocina. Ella no era tan rápida como Eliza, que cambiaba de conversación o de humor a mitad de frase. A ella le gustaba pararse a considerar la situación. Se acercó al fregadero y comenzó a lavar los platos. Pararse a considerar. ¿Eso la convertía en alguien considerado, en alguien demasiado considerado, como insistía Eliza? No, eso era distinto, eso tenía que ver con el cuidado hacia los demás. La lasitud de Rachel no guardaba relación con ese tipo de atención; simplemente, su tempo era diferente al de su mujer. ¿Qué dijo Greg que diferenciaba la inteligencia computacional de la inteligencia humana? La emoción. Los ordenadores no podían tomar las decisiones rápidas de los humanos porque carecían de emociones. Pero a Rachel las emociones solo parecían ralentizarla.

Hundió las manos en el agua tibia y dejó que la espuma le llegara a los codos. Si Rachel prefería la lana a los radiadores no era por cuidar el planeta. Tenía frío por dentro. Incluso con el pelo que volvía a crecer y con la explosión de la primavera, todos los átomos de su ser estaban ateridos. Lo mejor que podía hacer era escaldarse en la bañera e intentar mantener el calor bajo la piel antes de que el frío la calara hasta los huesos y volviera a quedarse congelada.

Greg parecía comprender esa nueva frialdad. Greg, que llevaba chaquetón de esquí desde septiembre hasta junio y que se pasó el primer invierno en Inglaterra con una bolsa de agua caliente debajo del gorro. Él sabía lo que se sentía al no saber si volverías a tener calor. Cuando lo conoció, Rachel se reía de sus calcetines hasta la rodilla y de sus jerséis gordos. Solo el alcohol le permitía desvestirse un poco bien entrada la noche, cuando les daba la risa tonta sentados en el suelo y a Rachel, embarazada, le entraba hipo con el jarabe de jengibre. Ahora que no había risas, echaba de menos esa versión de Greg. En las pocas ocasiones en que se veían, él le apretaba las caderas y se estremecía al ver la vulnerabilidad de Rachel ante los elementos.

Últimamente Greg ya no pasaba por allí. Cuando conoció a Hal, no tenía previsto ser padre, pero las cosas salieron así. Rachel a veces se preguntaba si no habían formado un complot para que Greg no se marchara cuando ella se quedó embarazada, ya que a los tres les venía muy bien su presencia. Esa era una forma de considerar la situación de Greg y Rachel intentaba ser justa, sobre todo porque había sido ella, más que nadie, quien había querido tener un hijo. Pero Greg se mostró muy relajado durante las conversaciones previas y el embarazo, como si conocer a un chico inglés, mudarse a Inglaterra, cambiar de trabajo y averiguar que iba a ser copadre fuera un plan estupendo. Tralarí, tralará, familias felices. Solo que, cuando Rachel recibió el diagnóstico, el plan dejó de ser tan maravilloso.

Rachel lo echaba de menos. Era Hal quien llevaba a Rachel a museos y galerías, era Hal quien recogía a

Arthur de la guardería y lo llevaba a casa. Rachel tenía un libro de recortes para que Arthur pegara en él sus dibujos mientras le contaba cómo le había ido el día. Ella solo conseguía cuidarlo durante una hora o dos, por eso Hal se quedaba muchos días hasta tarde y se llevaba a Arthur a la cocina mientras Rachel dormía. Ella se despertaba con el olor de la repostería: bizcocho de cardamomo o de chocolate, galletas de avellana y tartas de ricota y limón, alimentos para abrirle el apetito. Él y Arthur le llevaban un platito a la cama y lo colocaban en equilibrio entre las almohadas y los libros.

—Galletitas —decía Arthur, aunque él pronunciaba *titas*.

—Greg las llama pastas, que es más fácil —dijo Hal un día para ayudarlo.

—¿Pastas? —Arthur puso cara de extrañeza—. ¿Macarrones?

Rachel le dio un bocadito a la galleta de jengibre.

—No, eso es otra cosa, cariño.

La peculiar forma de hablar de Greg era pegadiza: entonación suave, añadidos propios, bailes de vocales. Rachel y Arthur lo llamaban «el greguidioma». Utilizaban su jerga aunque Greg no estuviera allí, como si criaran a Arthur en un ambiente bilingüe. Durante semanas, todo lo que salió del horno fueron pastas.

Rachel enjuagó bajo el grifo el último cubierto e intentó recordar por qué era un buen día. Eliza saldría pronto de trabajar, llevaría a Arthur a casa, merendarían juntos, verían los dibujos animados y, cuando empezara a quedarse dormida, Eliza le besaría la frente. Además, se encontraba lo bastante bien como para estar levantada y secar los platos uno a uno con el trapo hasta que chirriaran. La única razón para ello era que le provocaba placer. La sensación de continuidad con todas las cosas que tocaba y respiraba. La débil luz del sol reflejada en el cristal pulido, el esmalte brillante de un plato. Las partículas de vida iluminadas que se suspendían en la luz filtrada. La mano que tenía delante. El día. El día.

Un pequeño destello en el fondo del ojo. Tic. Tic. Tic. Sacudió la cabeza, recordó que no estaba sola. Pero era un buen día. Todos los días lo eran. Esa era su fiesta, su manera de ver las cosas. Cada etapa de la vida tenía una fiesta y ella estaba celebrando sus propios festejos finales.

Se preguntó si tendría que haberle hablado de la fiesta a Greg, si de esa manera habría ido a verla con más asiduidad. Aunque tal vez no, pensó; Greg estaba muy desconectado de la muerte de su padre. En Illinois no había ningún tipo de celebración, que ella supiera; los padres de Greg no eran muy de fiestas. Y quizá fuera un poco sacrílego pasar los últimos días con tanta frivolidad. Ella no había leído mucho al respecto desde que recibió el último pronóstico, pero dudaba que hubiera libros que recomendaran pasar los días como si fueras a vivir para siempre y casi nada importara.

Echaría un ojo la próxima vez que fuera a la biblioteca. Tenía prevista una nueva salida con Hal dentro de poco y aquel se había convertido en su lugar favorito. Cualquiera de ellas. Habían recorrido la mayoría de las instalaciones públicas del este de Londres y unas cuantas de las universitarias gracias a las credenciales de Eliza. Las pequeñas bibliotecas situadas al fondo de las calles residenciales eran las mejores, pero ya no quedaban muchas de esas. Los nuevos templos centralizados la habían impresionado por su pretenciosidad; terminales informáticos acurrucados entre las ediciones de la *Enciclopedia británica* del último siglo. Pero los libros en sí parecían marginados, el telón de fondo de una cafetería.

Se bajó las mangas del jersey y se observó los pies. Entre ella y las baldosas solo había un par de calcetines y tenía los dedos entumecidos. Cogió un vaso y un montón de botes de pastillas y subió las escaleras.

Entre las páginas del viejo libro de tapa dura situado encima de la pila de la mesita de noche había dos postales. Una para marcar la lectura y otra para colocarla al principio de todos los libros que leía. Rachel tomó el volumen y sacó la primera postal. Era una ilustración al estilo de Kate Greenaway: una niña victoriana con falda larga y botas delante de la entrada principal de una casa. Los colores estaban desvaídos por el tiempo, pero el color rojo de la capota que la niña llevaba sobre los rizos castaños y despeinados contrastaba aún más con la formalidad gris de la fachada y la figura erguida vestida de marrón. El reverso de la tarjeta estaba escrito con la caligrafía de su madre. «Queridísima Rachel: Todos los días espero ansiosa el sonido de tu llave en la puerta para ver mi rayo de luz.»

La tarjeta apareció en una caja durante la última mudanza de sus padres.

—¿Quieres algo de esto? —Su madre se despidió del contenido de la casa de Devon con un gesto de desprecio—. Está todo destrozado por la humedad. Este nos iba a matar a todos.

Rachel se quedó con una maleta desvencijada llena de cartas y una mecedora. Los libros, los discos, las alfombras y las cortinas estaban salpicados de moho. Su padre encendió una fogata y arrojó a ella todo lo que pudo. Un vecino que se acercó por allí lo ayudó a bajar un colchón de la planta de arriba para ponerlo encima de los libros y la ropa en llamas. Los dos hombres se quedaron de pie delante del fuego y esperaron hasta que el colchón fue una pila de espirales metálicas.

—Tu padre es un pirómano —dijo su madre—, como lo fue su padre. Es una cuestión de control.

Rachel observaba desde el salón, donde su madre dirigía la mudanza.

—¿Hay algún trastorno mental que no le haya tocado a nuestra familia?

Elizabeth se quedó mirando a su hija unos instantes.

—Hay cosas que no van contigo, Rachel.

Sus padres se mudaron desde el suroeste de Inglaterra a la costa noreste de Brasil, donde encontraron un tipo de humedad diferente: calurosa y corruptora.

Su padre siguió pintando y su madre, por lo visto, estudiaba capoeira y fumaba hierba en cafeterías con terraza. Seguían en contacto con su hija a través de correo electrónico y le mandaron enlaces de artículos sobre remedios con plantas medicinales cuando se puso enferma. Rachel intentaba llamarlos, pero su madre era la única que tenía teléfono y nunca lo cogía ni contestaba las llamadas. A lo mejor sí hablaba con los demás, pensaba Rachel al apretar el botón para volver a llamar. Con gente que no se estaba muriendo o que no se moriría tan rápido. Su madre era una cuidadora bastante buena, pero nunca le gustaron los casos perdidos.

—Sé que es horrible, cariño, pero no le veo sentido si se van a morir de todas formas.

Eran las cinco de la mañana en Fortaleza. Después de seis toques, Rachel colgó.

Cogió el libro de la habitación de enfrente y abrió el grifo de la bañera. Se despojó de las capas de ropa y, por puro espíritu festivo, vertió una buena cantidad de aceite de romero en el agua caliente. No obstante, cuando se tumbó en la bañera y abrió el libro aún percibía restos de olor a moho entre el aroma del vapor. Revisó una vez más el matasellos de la postal. La fecha estaba borrosa, pero eso era lo de menos, lo raro era que estuviera sellada. ¿Por qué escribió su madre una postal que decía que esperaba que Rachel volviera a casa cuando fue ella quien se marchó? Era el tipo de dilemas que su madre solía plantearle, un cumplido enjaretado en una acusación.

—Tú siempre eres *feliz*, ¿no, Rachel?

Como si su felicidad, al igual que su ausencia frente a la puerta donde vivía su madre, fuera una ofensa deliberada.

Rachel guardó la postal y abrió el libro. Estaba enfrascada en las novelas victorianas de las bibliotecas, una especie de autorregalo. De adolescente había leído algunas obras de Trollope y se prometió que algún día «cuando tuviera tiempo» volvería a él. Ahora, después de acabar con Dickens, Eliot, Thackeray, las Brontë y con su profesor de Lengua favorito, George Meredith, había descubierto que tenía tiempo y a la vez no lo tenía. Ese era el quid de morirse: su amplitud y su estrechez. Reducir la velocidad, de manera que una vida entera parecía caber en un día, mientras que la cantidad finita de vida que quedaba caía por el reloj de arena tan rápido como el agua. Esa sensación telescópica de minúsculos momentos gigantes le recordó a cuando de pequeña se tumbaba sobre la hierba y sentía la inmensidad del cielo sobre ella; los dedos de las manos y de los pies le ardían de vida y de energía, como si alguien observara su cuerpecillo desde arriba y algunas partes de ella adquirieran las dimensiones del propio universo.

El libro le pesaba en la manos y al ponerse de lado para apoyarlo en el borde de la bañera secó con el antebrazo las gotas de agua de la cubierta de plástico. Admiró el vestido blanco de satén de la heroína, resplandeciente pese al plástico texturizado. Eliza decía que no entendía el interés de Rachel por las novelas victorianas. Para Eliza, leer era trabajar, aunque también parecía obtener placer. Leía los últimos artículos y revistas para intentar mantenerse al día de los avances científicos y afirmaba que las historias que absorbían a Rachel eran gritos desesperados de ayuda por parte de un público encadenado en la caverna de Platón, obligado a interpretar el mundo a partir de las sombras proyectadas en la pared.

—No necesitamos cuentos de hadas.

Rachel se echó a reír.

—Cada vez que dices eso, un ángel pierde las alas.

—Estás confundiendo el cristianismo con la pantomima —dijo Eliza.

Pero Eliza se había aplacado un poco, pensó Rachel, desde el viaje a París por el cumpleaños de Arthur. Vivieron un momento importante en el parque de atracciones. Rachel se llevó la mano a la frente y se tocó el bulto de la ceja. Eliza vio algo, estaba segura. ¿Y cómo no vas a creer en las hadas cuando tu mujer tiene un espíritu dentro de la cabeza? Esa noche, cuando Arthur se durmió, hablaron del tema; se sentaron en el balcón que daba a los arriates con forma de orejas de ratón.

—¿Está ahí ahora? —El gesto de extrañeza de Eliza se extendió hasta su mirada. Los restos de lápiz de ojos se concentraban en las arrugas de debajo de las pestañas—. ¿La notas?

—No como tú imaginas. Está ahí siempre, como la nariz o la lengua. No la percibo como algo extra. A no ser que me concentre.

Pero no la nombraron.

Rachel miró la tipografía que tenía delante y frunció el ceño. Las palabras estaban borrosas. Cerró los ojos y alejó un poco el libro. No necesitaba gafas para leer. Se corrigió: *hasta ahora* no había necesitado gafas para leer. El tumor había traído cambios, claro, uno detrás de otro. El equilibrio, la memoria, las sensaciones se habían visto afectados en diferentes momentos. La radioterapia sustituyó los síntomas por efectos secundarios. Encogió los dedos de los pies al recordar la máscara, el malestar, el agotamiento. Pero en ningún momento le dañó la vista.

Abrió los ojos. El texto estaba en otro idioma. Era capaz de discernir las letras individuales, pero su agrupación carecía de significado y, al observar las palabras, los bordes de la fuente se engrosaron y la tinta se corrió por el papel. Las líneas se extendieron cual arañas por las páginas y desaparecieron por el lomo. Rachel cerró el tomo y apretó las tapas para comprimir las palabras, las ideas, toda la vida que había entre ellas. Toda la muerte más allá de ellas. ¿Habría más que comprender una vez cruzara el umbral? ¿La acompañarían las historias, su historia? ¿O todo se quedaría atrás como un libro para que lo leyera otra persona? Sintió un pequeño latido en la sien. La hormiga estaba ahí.

Durante la última visita a sus padres, entre la recuperación y la recaída, Rachel vio un caballo muerto junto a la carretera al volver de la playa. Los buitres lo rodeaban con cortesía, como si esperaran su turno para el festín. Al día siguiente, cuando pasó por delante, el esqueleto estaba casi limpio y unos sutiles jirones ondeaban con la brisa oceánica en los prominentes huesos.

—Los animales enseguida aprovechan el más mínimo rasguño para alimentarse —dijo su padre—. No hay que bajar la guardia.

Después de aquello consideró a su visitante desde otro punto de vista. En vez de ser la causante del tumor, tal vez aquella criatura había acudido al olor de la descomposición dispuesta a alimentarse de su enfermedad. Cuando volvió a casa, le expuso su teoría a Eliza.

—¿Simbiosis? —indagó ella.

—Piensa en todos los bichos que viven de nosotros y en nosotros.

—Bacterias microscópicas y ácaros.

Rachel asintió.

—Entonces es una cuestión de escala —afirmó.

—Lo que hace que no puedas atravesar paredes también es una cuestión de escala.

En aquel momento, Eliza aún no había mirado a Rachel a los ojos en el parque y no había visto la hormiga.

—No todo lo que sucede son experimentos reproducibles en un laboratorio. —Rachel se metió un puñado de pastillas en la boca y se las tragó—. Tenemos autonomía. Y tenemos los milagros.

—¿Ah, sí? —Eliza se dio la vuelta.

Cuando el cáncer volvió, Eliza no hizo ninguna referencia a la teoría y Rachel se lo agradeció. Sin embargo, se aferró a la idea de que la hormiga, de algún modo, podía haberla ayudado con la enfermedad, tal vez porque no podía separar la llegada del insecto y la llegada de Arthur, ya que en su mente los sucesos se entrelazaban.

Se sentó en la bañera, se llevó el libro al pecho y se abrazó las rodillas. La hormiga se le metió en el ojo una noche y le cambió la vida. Los primeros cambios tuvieron que ver con Eliza, a quien quería desde hacía años, pero que había entrado en su vida por partes y aún mantenía algunas facetas lejos de ella. A partir de la incursión de su huésped, Eliza estuvo presente de un modo que Rachel había dado por perdido. Fue Eliza quien tomó la iniciativa y compró el test de ovulación, fue Eliza quien remató la conversación que habían iniciado con Hal varios meses antes. Con Eliza a su lado, Rachel había pasado por la inseminación artificial y se había quedado embarazada en el segundo ciclo. Y así llegó Arthur.

El latido de la sien había remitido. Abrió el agua caliente con el libro en una mano y esperó a que el baño se calentara antes de mirar de nuevo la página disruptiva. Las palabras eran reconocibles, la tinta estaba intacta. Inspiró hondo. Seguía en la fiesta. Se tumbó, echó la cabeza hacia atrás y se dejó abrazar por el manto del baño.

Eliza le dijo que era imposible que una hormiga se le metiera en el ojo y le llegara al cerebro y dejó de hablar de lo que sucedió aquella noche. Rachel sabía que su mujer estaba preocupada, ya que no creía en lo imposible; sin embargo, ella pensaba que lo imposible sucedía todo el tiempo. No había más que ver la forma en que conoció a Eliza, a última hora de un viernes: la floristería a punto de cerrar, en el expositor solo los arreglos florales para las bodas del día siguiente y Rachel en el trabajo porque había llegado tarde por la mañana y se había quedado para recuperar horas. Eliza se dio la vuelta para mirarla desde la puerta de cristal del refrigerador, le pidió uno de los centros de mesa para el desayuno de cumpleaños de su amigo Hal y Rachel pensó: Bueno, por uno no pasa nada, puedo preparar otro si vengo mañana a primera hora o incluso puedo comprarlo en el mercado. Pero lo dijo en voz alta y Eliza respondió: «¿Qué mercado?».

Los sucesos se alinearon de tal manera que Rachel y Eliza fueron juntas al mercado la siguiente semana para tomar café y engancharon con el almuerzo. Cada vez que Rachel pensaba en la cantidad de obstáculos que habían superado para estar juntas se daba cuenta de que creía en lo imposible. Incluso al fondo de una floristería un viernes cualquiera en Dalston.

No presionó a Eliza con lo de la hormiga. Fue al médico, se lavó el ojo y se aseguró de que Eliza supiera lo feliz que estaba de que hubiera seguido adelante con los planes del bebé. Solo necesitaba saber que Eliza confiaba en ella. El resto, comprendió Rachel, vendría después.

A lo largo de los años, intentó comunicarse con la hormiga. Ambas formaban una especie de sociedad. Rachel trataba de adivinar la motivación de ciertos movimientos, un correteo o un rasguño. Quería comprender las pautas, se preguntaba qué intentaba decir su inquilina. Cuando le contó a Eliza que no la percibía, decía la verdad, salvo en esas sensaciones tan particulares. Cuanto más quieta se quedaba, más consciente era de su presencia, pero debía ser una quietud no solo corporal, sino también mental. Los momentos previos y posteriores al sueño y al sexo. Cuando cocinaba o cuando se sentaba con Arthur y le acariciaba los pies mientras charlaban sobre cómo le había ido el día. La hormiga estaba ahí. Tic. Tic. Tic. El baño era un momento común perfecto, como lo fue cuando estaba embarazada de Arthur y él aprovechaba para estirarse y Rachel descubría que un piececito le sobresalía por las costillas o, en los meses finales, que la barriga entera se mecía de un lado para otro.

Durante la gestación se preguntó si la hormiga se marcharía cuando diera a luz y, durante las semanas que tardó en adaptarse a estar con el recién nacido en casa, en aprender a alimentarlo y consolarlo y en comprender las implicaciones de tener un bebé fuera del cuerpo en vez de dentro, la hormiga permaneció en silencio. El día que recomenzó el tictic, estaba tumbada en la cama y Arthur dormido en el pecho con la cabeza apoyada en el hueco del codo. Con la mano libre sostenía un ejemplar de *A Life's Work* de Rachel Cusk, un libro que la hacía gruñir y llorar a partes iguales. En ese momento se disponía a tomar nota mental de todos los libros que Cusk mencionaba para sacarlos de la biblioteca (nunca había leído nada de

Olivia Manning, por ejemplo) cuando la tensión elástica de la electricidad le recorrió el cuero cabelludo. Se llevó la mano al metrónomo en miniatura que tenía escondido en la cabeza. Tic. Tic. Tic.

En el baño, su pelo flotaba alrededor de la cabeza formando delgados zarcillos; sus antiguos rizos rebeldes habían perdido la guerra tiempo atrás. Se le aceleró el pulso, que le golpeó el pecho con fuerza. Ese día, ese momento, estaba conectado a los otros días. La primera vez que besó a Eliza, bajo la luz anaranjada de una farola y apoyada en su coche aparcado, el olor almendrado del aliento de ella cuando sus labios se rozaron. El deslizamiento de los hombros de Arthur entre los muslos cuando vino al mundo. La quemazón de la hormiga al surcarle el conducto lacrimal.

Pensó en la noche que vio por primera vez la pequeña columna de insectos que marchaban en fila india pared arriba desde el rodapié de la esquina en el apartamento que compartían. Y en el aceite de menta que Eliza compró como elemento disuasorio, pero que nunca llegó a usar porque aquella noche la hormiga llegó hasta ella en sus sueños y le entró en el ojo. La picadura se produjo mientras dormía y, al despertar, no logró distinguir entre lo onírico y la realidad. Por eso se pasó un rato jadeante y asustada, con la mano en el ojo, convencida de que se había hecho daño.

Con ese recuerdo, volvió a incorporarse, salpicó el suelo y por poco no se le cayó el libro. La fuerza del corazón contra su estrecha caja torácica le sacudía los brazos mientras intentaba recuperar la calma. Estaba de nuevo en el sueño de aquella noche. Una sombra se cernía sobre ella en un día soleado. Una figura que se agachaba. La voz de Eliza en la distancia le ordenaba que se quedara quieta. Aguantó la respiración. Lo siguiente fue la picadura, el escozor en la membrana y la explosión de dolor desde el ojo hacia el resto de la cabeza. Encorvada en el agua tibia, apretó los ojos y esperó. En ese momento, con todo el cuerpo en tensión por culpa de la hormiga, volvió a ver la figura.

No pudo verle la cara. Un hombre vestido de oscuro, una silueta harapienta pero, en cierto sentido, distinguida. Sombrero, corbata. Se meció sobre ella, que estaba tumbada en la hierba del sueño; el sol brillaba por detrás de la cabeza del desconocido mientras este abría y cerraba la boca. Palabras que no reconocía, otro lenguaje con un tono rítmico y marcado, un poema o un encantamiento. Sus rasgos quedaban en la sombra. Rachel tenía que verlo. La hormiga llegaba; notaba que empezaba el dolor. Tenía que abrir los ojos para ver quién estaba allí. Levantó la vista hacia el sol, hacia la figura, y el hombre la miró. Le vio la cara y lo reconoció por primera vez. Sus mismos ojos oscuros en una piel aceitunada y áspera le devolvieron la mirada. Con un escalofrío que le sacudió el cuerpo entero, se sentó.

Ahora tenía frío, el agua estaba más fría que su sangre. Quitó el tapón de la bañera, abrió el grifo del agua caliente y se movió para dejar circular el agua nueva. Acababa de ver el cuerpo encorvado del hombre, su traje andrajoso. Y se había visto reflejada en sus ojos, los ojos más tristes del mundo. Los ojos más tristes del mundo en el lugar más feliz de la Tierra. Eliza se había burlado de ella. Allí fue donde lo vio. Había estado en el parque, en la misma atracción que su mujer y su hijo. Eliza y Arthur se habían instalado en una taza azul gigante y, enfrente de ellos, en una taza verde, estaba el hombre con su traje oscuro. Rachel vio que las tazas comenzaban a dar vueltas, que el cuerpo de Arthur se convertía en una exclamación de gozo y que Eliza, a su lado, estaba nerviosa y preocupada. Desde la taza, el hombre del traje oscuro miró hacia lo lejos, como si reviviera un accidente de coche por centésima vez. Una expresión de horror atenuada por la experiencia. Rachel se dio la vuelta para recobrar el aliento. Tic. Tic. Tic.

Sintió la gravedad de su peso a medida que la bañera se vaciaba y se estiró para volver a poner el tapón. El libro estaba húmedo, las páginas se habían combado. Habría que pagar en la biblioteca. Giró el grifo para que el agua saliera más caliente. Tenía la piel adormecida.

El hombre del sueño era real.

Repasó lo sucedido cuando Eliza y Arthur volvieron de la atracción. Ella los esperaba en el banco acordado y los vio acercarse por el camino ancho; Arthur serpenteaba entre Eliza y la multitud que los rodeaba. Veía a su mujer con bastante nitidez contra el castillo de hadas del fondo. Llevaba un gesto en la boca, un optimismo, que hacía tiempo que no tenía. Durante los primeros días de la enfermedad, Rachel había observado que Eliza se comportaba como si lo supiera desde siempre y los médicos no hubieran hecho más que confirmar el diagnóstico. Estaba claro que esto iba a pasar, parecía decir Eliza, era inevitable. Rachel comprendió que su mujer estaba respondiendo a una versión de los acontecimientos que tenía sentido para ella, la explicación racional, y que la resignación calmada le permitía sentirse más volátil. Rachel solo puso a prueba el estoicismo de Eliza en una ocasión, después de una cena en casa de su hermana Fran, cuando Eliza se quedó callada en una discusión acerca de las causas de la creatividad y solo intervino para calificar de poco constructiva la alusión de Fran a lo etéreo.

—No tenemos que recurrir a lo místico para describir los procesos físicos. —Eliza sacudió la cabeza—. Podemos conocer todo lo que pasa.

—¿Crees que se puede saber todo lo concerniente a mi enfermedad y a mí? —Rachel preguntó de camino a casa.

—No estaba hablando de ti. Pero sí, si lo hubiéramos pensado podríamos haberlo sabido.

—¿Quién es ahora la etérea?

—Rachel, venga ya. Los dolores de cabeza, las alucinaciones… Estabas enferma mucho tiempo antes de que fuéramos al médico. Oye. —Eliza rodeó a su mujer con el brazo—. Estábamos ocupadas concibiendo a Arthur y organizando nuestra vida. Pero los síntomas estaban ahí.

Era cierto que Rachel había sufrido jaquecas durante años antes de que llegara la hormiga. Otra señal de que el insecto se había dirigido a ella por algo que ya estaba en su cabeza. Nunca había tenido una alucinación.

—Nunca he tenido una alucinación.

Rachel pensó en voz alta mientras se tumbaba en la bañera con el libro en las manos y los ojos cerrados y vio a Eliza, que se le acercaba dos años antes. Recordó que hubo un cambio en ella; su mujer estaba mirando a Arthur, levantó la vista y la observó de un modo poco habitual. Eliza se sentó con ella en el banco, le agarró la cara y la escrutó. Y la hormiga le devolvió la mirada.

Esa fue la única vez que Eliza le prestó atención a la visitante y Rachel comprendió que el hombre del sueño había conducido a Eliza hasta ella. Estaban todos conectados, en ese momento se dio cuenta. Su mente había unido todas las piezas: el sueño, el hombre que la observaba, la picadura, Eliza y Arthur y el mismo hombre que se alejaba de ellos. Las páginas de su vida pasaron una tras otra, todas las palabras colmadas de posibles combinaciones desembocaban en ese momento.

Había dejado de temblar. Ese día era especial, lo supo desde el momento en que se levantó y se puso toda su ropa cómoda antes de bajar para despedirse de Eliza. Miró los montones de camisetas y pantalones de pijama tirados por el baño. Parecían muy lejanos, como si pertenecieran a un lugar distinto. El agua había subido. Cerró el grifo y abrió el libro. Quería volver a su mundo de fantasía, a su fiesta para uno. La calidez la rodeó mientras leía y los huesos se le ablandaron con el calor pasajero. Navegaba a la deriva por su océano personal. Las palabras caían sobre ella y la limpiaban. Inclinó la cabeza hacia la página. Estaba tumbada al sol, sobre la hierba, con Eliza a su lado. La sombra ya no estaba ahí, el hombre del parque de atracciones en cuyos ojos se le reflejaba la cara. Un secreto que su madre guardó toda la vida. Él le había mostrado la hormiga. Le había mostrado a Arthur. Había conducido a Eliza hacia ella. Un buen día, ese día. Hoy. Mañana. La hierba suavísima por debajo. El sol cálido por encima. Si estiraba el brazo, tocaba su fulgor amarillo. Su mano enorme contra el cielo. La insignificancia del mundo en la palma. Arthur creciendo en su interior. Todo era cuestión de escala. Hormiguitas que marchaban por la hierba. Y su cabeza pesada. Pesada y caliente y grande y pequeña, todo a la vez. Ayer. Hoy. Mañana.

Se le aflojaron las manos. El libro se deslizó por el agua y permaneció un momento aplanado contra sus piernas antes de escurrirse por el muslo, hasta el cálido esmalte de la bañera, con las páginas ondeantes a merced de la pequeña corriente generada por la caída.

*

Cuando Eliza volvió a casa, dejó a Arthur en el sofá y subió para ver cómo estaba Rachel. Al ver que la habitación estaba vacía, cruzó el pasillo y la llamó por su nombre mientras anticipaba la alegría en el rostro de su mujer al ver que ya había vuelto. Había llegado a confiar en esos momentos.

Por la ventana, el cielo violeta se oscurecía en esa tarde de finales de primavera. Las gotas de lluvia chocaban contra el cristal. La luz del cuarto de baño no estaba encendida y el aire estaba húmedo por el vapor, que se había enfriado. La figura de Rachel yacía inmóvil en la bañera.

Eliza se quedó en la puerta. En lo que tardó en volver a respirar, recordó la de veces que le había dado un vuelco el corazón cuando Rachel se volvía para saludarla. Vio la curva ascendente de su boca y sus ojos, las arrugas con forma de abanico hacia las sienes, la promesa de ser abrazada, amada y aceptada. Vio todas esas cosas como siempre las veía y no vio nada.

El cuerpo estaba medio sumergido; la cabeza, hacia delante; los brazos, en el agua. Eliza se acercó a la bañera y le puso una mano en el corazón sin latido. Apartó un rizo húmedo de la cara pálida y azulada y miró los ojos abiertos. Nadie le devolvió la mirada.

Se inclinó para tocar los labios exangües y esbozó el nombre de Rachel en silencio. Observó desde la lejanía las lágrimas que caían en el pecho de su mujer. Debajo de una de las piernas, vio el libro que Rachel estaba leyendo y lo sacó del agua helada. Las páginas empapadas se habían separado de la tapa, pero la funda de plástico mantenía el volumen entero. Otro de los cuentos de hadas de Rachel, pensó Eliza mientras leía la caligrafía plateada. *Can You Forgive Her?* ¿Puedes perdonarla?

—¿Mamá? —Arthur la llamaba por encima de la musiquilla de sus dibujos animados.

En el interior la cubierta había una postal; el reverso tenía una mancha oscura formada por la tinta corrida y el anverso mostraba una foto descolorida de una niña con un gorro rojo.

—Ya voy —dijo Eliza.

Dejó el libro en la alfombra y se sentó junto a la bañera. Al cabo de un rato, se levantó y cerró la puerta al salir.

6
La zona Ricitos de Oro

_____

La habitación china

John Searle se imaginó a sí mismo en una habitación donde recibía cartas con preguntas en chino y, con la ayuda de un manual de reglas y un cesto con símbolos chinos, enviaba las respuestas. Al compararse con un ordenador programado, afirmó que no podemos decir que un ordenador piense, del mismo modo que tampoco podemos decir que él sabía chino, ya que se limitaba a seguir instrucciones.

> Los símbolos formales no bastan por sí mismos para los contenidos mentales porque el símbolo, por definición, no tiene significado (ni interpretación ni semántica), salvo que alguien fuera del sistema se lo otorgue.
>
> JOHN SEARLE, «Artificial Intelligence and the Chinese Room»

Caminaba deprisa. Ya había niños que iban hacia él con sus padres justo detrás, pero no quiso correr. Calzado inadecuado, suelo mojado, hojas secas por la acera. Parecería un loco si llegaba al patio derrapando, sin aliento y salpicado de lluvia. Tampoco era tan tarde.

El patio del colegio estaba lleno. Grupos de niños agarrados de la mano o del abrigo de los profesores. Gritos de padres que les dan el parte diario a otros padres por encima de las cabezas cubiertas de lana, con los brazos llenos de libros y mochilas, dibujos y jerséis. Los trastos de los niños, pensó Greg. Oteó el patio en busca de Arthur. Al lado del tobogán, una profesora mantenía una conversación con una madre. Varios niños de la edad de Arthur, según calculó Greg, se congregaban alrededor de ellas. Esperó a que las mujeres le hicieran caso. Si yo fuera Hal, se habrían dado la vuelta hacia mí, pensó Greg. A las mujeres hetero les encantaba Hal. Al cabo de unos minutos dio un paso al frente y, cuando la profesora miró en su dirección, aprovechó para hablar.

—He venido a por Arthur —dijo—. Está en la clase de Laura. Perdón. —Miró a la madre charlatana que hizo un gesto de asentimiento y se acomodó las mochilas que llevaba colgadas del hombro.

—¿Arthur?

—Arthur Pryce. De la clase de Laura —Greg repitió los pocos datos objetivos que sabía.

—Se acaba de ir. Creo que con los Carson. Pregunte en conserjería. —Se volvió de nuevo hacia la madre.

Greg sacó el teléfono mientras se dirigía hacia el edificio del colegio. Nunca había oído hablar de los Carson. Tenía que llamar a Hal. Estaba sudado y se le pegaba la ropa. Su hijo se había ido del colegio con una familia que Greg no conocía. Bajo ningún concepto llamaría a Eliza. Respiró hondo y empujó las puertas de cristal.

—Estoy buscando a Arthur Pryce. Se supone que hoy lo recogía yo. —Greg notaba que la rabia reemplazaba su sentimiento de culpa. La profesora había sido demasiado descuidada—. Soy su padrastro.

—¡Arthur!

La conserje gritó desde el mostrador hacia el aula que tenía detrás y Greg se giró para ver aparecer por la puerta la silueta delgada de su hijastro, seguido por el barbudo profesor de dibujo. Se llevó una mano al pecho y le tendió la otra al niño.

—¿Estás bien?

—Sí —dijo él.

—No te encontraba.

El profesor le frotó la cabeza al niño y comentó:

—Se te había olvidado, ¿eh?

Greg lo miró para quejarse, pero Arthur contestó.

—Sí. —El niño les sonrió a los dos hombres—. Se me había olvidado que venías.

—Estábamos esperando —añadió el profesor.

—Estaba fuera. He hablado con una mujer que me ha dicho que se había ido con los Carson.

Unos dedos manchados de pintura se restregaron contra la barba.

—Ah, ese es otro Arthur.

Greg tiró de la mano de Arthur.

—Bueno. Ya está. Vámonos a casa.

*

De camino a casa, caminaron uno junto al otro. Greg no había planeado convertirse en padre. Se enamoró de Hal en un viaje de trabajo a Londres, un congreso internacional sobre nueva tecnología espacial. Greg era ingeniero de vibraciones en el programa New Frontiers y Hal era el dueño de la empresa de cáterin del congreso. En la tercera cita, Hal le habló de Eliza y Rachel. Ya habían congelado el esperma.

—Es una responsabilidad muy grande —dijo Greg.

—Yo participaré en la parte divertida. —Hal se echó a reír—. Seré el tío que lo malcríe.

Los dos años posteriores a la muerte de Rachel, Hal estuvo a disposición permanente de Eliza y Greg lo apoyó. No le importó que Hal, Eliza y Arthur se fueran de vacaciones juntos, no se quejó de la disminución de ingresos cuando el trabajo de Hal aflojó debido a todo el tiempo que se tomaba libre. Se ofrecieron voluntarios incluso como responsables financieros del niño en caso de que a Eliza le pasara algo y firmaron todos los documentos necesarios. Greg estaba de acuerdo con la teoría parental. Lo que lo confundía era la práctica.

—¿Quién es el otro Arthur? —Greg se imaginó una copia de su hijastro con el pelo corto.

—El Arthur grande. —Resentido por las distintas humillaciones sufridas en el patio por ser «el Arthur pequeño», frunció los labios.

La tienda de prensa estaba de camino a casa.

—¿Tienes hambre?

Arthur asintió.

Miraron las decenas de paquetes del expositor de golosinas.

—Chocolatina o patatas. Chucherías no.

—¿Y una bebida?

—Un zumo. —Greg sentía que la sombra de la ansiedad aparecía cuando intentaba establecer ciertos límites. Cogió una chocolatina para él.

Una vez fuera, quitaron los envoltorios y Greg le puso la pajita al zumo de manzana. Cayeron unas cuantas gotas sobre la acera.

—Zumo estúpido —Arthur imitó el acento americano de Greg.

—Sí. —Greg se echó a reír. Había olvidado que el niño podía ser gracioso—. Estúpido yo, más bien.

Arthur se quedó quieto.

—Nunca te llames estúpido, Greg. Me lo dijo mami.

—Tienes razón.

Agarró de la mano al niño y cruzaron la calle hacia la avenida con árboles por donde le gustaba pasear a Greg. Las casas eran grandes con altas ventanas de guillotina y una paleta oscura de puertas lustrosas. Si alguna vez Hal y él se cambiaban de casa, sería a una de esas. Un hogar imponente. Se imaginó que sus amigos de la universidad iban a visitarlo: «Vaya, Greg —dirían—, ya eres casi británico».

Y casi lo era. Tenía pasaporte británico y un marido británico y se esforzaba por utilizar palabras propias del inglés británico. Siete años, toda la vida del niño, era lo que había necesitado para adquirir esa nueva identidad. Hasta su madre lo confundía con Hal cuando llamaba por teléfono. Y, desde que su padre murió, eso sucedía con bastante frecuencia.

Continuaron durante un rato. Arthur tomaba un poco de zumo después de cada bocado de chocolatina. Hal no era partidario de la comida procesada, pero Greg se había criado con pastelitos Ding Dong, sándwiches de mortadela y cualquier otra cosa que hubiera en la cafetería del colegio. Las dietas restrictivas no eran sanas para los niños.

—No acepto consejos nutricionales de un hombre a quien le gusta el queso en lata —decía Hal.

—Estúpido... —repitió mientras el niño se entretenía por la acera. Arthur lo miró—. ¿Qué más dice tu mami? —preguntó Greg.

—No dice nada. Se ha muerto.

Nunca se acordaba de que mami era Rachel, y mamá, Eliza.

—Vale. ¿Entonces ella no dijo que yo era estúpido?

—No, simpático.

—Me estás asustando, chico.

Varios meses después de que Rachel se quedara embarazada, se fueron todos a cenar para celebrar el traslado de Greg a Londres.

—Creo que eres muy valiente al venir tan lejos —opinó Eliza—, porque no conoces a Hal desde hace mucho.

—Más bien afortunado —dijo Hal.

—Yo solo he cogido un avión. —Greg sacudió la cabeza—. Sois vosotras quienes estás incubando su ADN.

Hal se echó a reír:

—Más afortunadas todavía.

Brindaron por la lotería genética y Eliza le preguntó a Greg qué le parecía que Hal fuera padre.

—Nunca he pensado en tener niños —contestó Greg—. Me alegro por vosotros, pero no voy a acercarme a un pañal.

Rachel le puso una mano a Greg en la rodilla.

—No pongas esa cara de pánico. Vosotros dos vais a ser como los RTG.

—¿Los qué?

—Rachel está obsesionada con las naves espaciales ahora que conoce a un científico especializado en cohetes —aclaró Eliza.

—Un generador termoeléctrico de radioisótopos —le recordó Rachel.

—Los generadores no pertenecen a mi especialidad. Lo mío son los trenes de aterrizaje.

—Genial —dijo Rachel—. Bueno, pues tú eres como otra fuente de alimentación, pero solo te utilizaremos en caso de emergencia.

*

El piso estaba caldeado cuando llegaron, pero Greg encendió la chimenea de gas. No se acostumbraba al clima británico. Londres acumulaba el frío en las paredes incluso cuando hacía sol. Tampoco ayudaba que vivieran en un almacén remodelado con paredes de ladrillo visto y una gran cocina diáfana donde Hal trabajaba.

—¿Quieres que juguemos a uno de tus juegos matemáticos?

Arthur miró el ordenador.

—No me acuerdo de cómo se jugaba.

—Pues vamos a averiguarlo.

Greg acercó otra silla al escritorio y ayudó a Arthur a identificarse. Sentía placer al desobedecer a Eliza. Le había restringido el tiempo delante de las pantallas, pero, si se trataba de deberes escolares, Eliza no podría oponerse.

—¿Qué es esto? —Arthur puso un dedo en la pantalla.

Había una foto de unas canicas rosas y verdes sobre un plato junto a las palabras «probable», «improbable», «posible» e «imposible».

—Yo diría «muy difícil» —dijo Greg—. Es imposible que las canicas se queden ahí quietas.

—Dice: «¿Cuál es la probabilidad de que cojas una canica verde?»

—Improbable.

—Es una pregunta de mates, Greg.

—Estas matemáticas son distintas de las que yo estudiaba.

—Pero si es tu trabajo.

—Cuando mandemos un plato de canicas al espacio, te lo diré. ¿Qué quieres cenar?

—Algo que haya hecho papá.

—Vale.

Greg fue a la nevera y abrió el cajón de la comida de Arthur. Eligió los ñoquis de calabaza con puré de guisantes y salvia. Ser padrastro era el arte de recalentar el amor de otra persona. No es que no quisiera a Arthur, pero Eliza, Hal y el fantasma de Rachel opinaban tanto que no quedaba mucho espacio para él.

Después de la cena, Greg preparó el baño y se sentó en el suelo mientras Arthur chapoteaba. Sintió cierto cansancio físico diferente al provocado por el gimnasio, como si los pequeños actos de la paternidad fueran oraciones musculares. Tal vez constituyeran el arte de la abnegación, pensó Greg mientras doblaba el pequeño montón de ropa.

—¿Se puede vivir en el espacio? —El niño miró por el borde de la bañera con una toalla pequeña en la cabeza.

—Ya vivimos en el espacio. Estamos en un planeta que da vueltas por el espacio.

—Pero ¿y en otro planeta? ¿Podríamos vivir en otro planeta?

—Si las condiciones fueran buenas, sí. —Arthur puso cara de extrañeza—. Necesitamos una atmósfera —explicó Greg con las gafas empañadas por el vaho del baño—. Oxígeno, agua, una temperatura correcta… Ni demasiado calor ni demasiado frío.

—Perfecta.

—Eso.

La cabeza desapareció. Greg agarró una toalla más grande y se agachó.

—Venga. Te vas a quedar hecho una pasa.

El niño estaba debajo del agua con los ojos abiertos. Le sonrió a Greg y soltó burbujas por la nariz. Greg esperó a que saliera.

—Yo podría vivir debajo del agua. Lo único que necesito es una atmósfera.

—Claro. —Greg envolvió al niño con la toalla—. Como en un submarino.

—¿Podemos vivir en cualquier parte?

—Con las condiciones adecuadas, sí. Pero tienen que ser perfectas. Como en el cuento.

—¿El de los osos?

—Ajá… —Greg le frotó la cabeza con la punta de la toalla.

—Entonces mi mami está viviendo en algún sitio.

—Puede que sí.

—Llévame.

Greg levantó el bulto cálido que formaba Arthur y lo llevó en brazos por el baño. El niño apoyó la barbilla en su hombro y el pelo húmedo en su mejilla. Greg sintió todo el peso del niño, todo su ser. Lo soltó encima de la cama y sacó el pijama de debajo de la almohada. Arthur se quedó tumbado y miró fijamente a Greg.

—Yo creo que está en el espacio.

—Ponte el pijama y te preparo algo de comer.

—¿Y galletas?

—Un plátano. —Greg fue hacia la puerta.

—Pero ¿y galletas?

—Una galleta.

—Llámala pasta —gritó Arthur desde detrás.

—Tú sí que eres una pasta —respondió Greg también a gritos.

En la cocina, Greg puso un plátano en un plato con una servilleta y trató de imaginarse a su padre haciendo algo parecido. Un baño, arrumacos, algo de comer. Las únicas veces que su padre iba a su cuarto era cuando se metía en líos. Puso dos galletas junto al plátano, pero cambió de idea y devolvió una al paquete. Ese era el problema, pensó, la razón de que su padre fuera tan distante. Si no vas con cuidado, pones todas las galletas en el plato.

Cuando Hal volvió del trabajo, Greg estaba dormido en el sofá con la televisión encendida.

—¿Un día duro? —Hal le dio un beso en la oreja y se sentó a su lado.

—Bueno, ya sabes. He mandado a una mujer a la luna. He cuidado de un huérfano. —Greg se desperezó—. ¿Qué hora es?

—Es tarde. Solo había una puerta de acceso, así que hemos tenido que esperar a que todos los invitados se marcharan para empezar a recoger. Y creo que sabes que Arthur tiene tres padres. Es todo lo opuesto a un huérfano.

—Pues no lo parece. ¿Quieres vino? —Greg alcanzó la botella y sirvió un par de vasos.

—Ha sido solo una noche.

—No me refiero a eso. Es que Arthur quería hablar de Rachel y no he sabido qué decirle.

—Seguro que lo que le has dicho ha estado bien. ¿Llegaste al colegio a tiempo?

—A lo mejor deberíamos sentarnos con Eliza y analizar otra vez qué queremos contarle.

Hal se levantó.

—¿Cuánto te has retrasado?

—Eliza y yo nos llevamos bien, pero es un poco… controladora. Y quiero estar disponible para Arthur. Quiero ayudar.

—Ya han pasado dos años y has ayudado mucho, grandullón. Más que ayudar, no sé qué habríamos hecho sin ti.

—Jo, gracias —dijo Greg. Pensó que seguramente era verdad. Todos lo habían necesitado de un modo u otro, todos los adultos. Y ahora le tocaba a Arthur—. El niño está en otra etapa. Necesitamos reorganizarnos.

—Vale, pues vamos a comer juntos. El domingo.

—Mucho mejor para comer, no podría con una cena. —Greg cerró los ojos—. Y no llegué tan tarde.

—Venga, Superpapá. Te acompaño a la cama.

—¿No quieres saber lo de la mujer en la luna?

—Considéralo un preliminar.

Llevaron los vasos al fregadero y Hal se puso a lavarlos mientras Greg se comía los minimerengues de albaricoque sobrantes que Hal había llevado a casa.

—Gracias por cuidar de Arthur hoy —dijo Hal—. Sé que todo esto es más de lo que tenías previsto.

—Si me lo pagas con postres... —dijo Greg.

Arthur se sentó a comer arándanos en un taburete alto mientras Hal batía huevos para preparar tostadas francesas. Greg había vuelto al sofá.

—¿Me llevas tú al cole?

—Sí. —Hal espolvoreó un poco de canela en la mezcla.

—Vale.

—¿Qué pasa?

—Nada. Quería hablar con Greg más rato.

—Te veremos el fin de semana. O podéis hablar por Skype más tarde.

—Greg no puede hablar por Skype. No le gusta cómo se le ve el pelo.

—Eso es verdad. ¿Una o dos?

—Tres. Con sirope. Y mantequilla.

Hal puso una rebanada de pan en la sartén y le pasó a Arthur un vaso de leche.

—¿De qué querías hablar?

—Dijo que mami vive en el espacio y quiero saber dónde.

—¿Que dijo qué?

—¿Cuántos años hay que tener para ir al espacio? ¿Tantos como mami? —Arthur tenía la mirada fija en la sartén que sostenía Hal.

—¿Greg? —Hal le habló al cuerpo del sofá.

—Se te va a caer el pan. —Arthur señaló con la cabeza hacia la sartén inclinada.

Hal volvió al fogón y frio la tostada. Greg no se inmutó.

—¿Vas a venir al espacio conmigo? ¿Y mamá?

—Nadie va a ir al espacio, Arthur. Desayuna.

—Mami no podía vivir aquí porque no estaba bien. Por eso se ha ido a otro planeta.

Hal cogió su café y se sentó en otro taburete al lado de Arthur.

—Ya hablamos de lo que le había pasado a mami, ¿te acuerdas? —Arthur asintió—. Y leímos ese libro —continuó Hal—, sobre el tejón…

—Pero mami no es un tejón. Es como Ricitos de Oro. Puede vivir en el espacio siempre y cuando todo sea perfecto.

El niño mojó la tostada en el charco de zumo de lima caliente y sirope de arce del lateral de su plato.

—Greg, ¿estás oyendo? —llamó Hal.

Greg levantó una mano desde el sofá y saludó.

—¿Algo que decir?

—¿Hay más tostadas?

El zumbido de un móvil vibró por el techo. Arthur se bajó del taburete y se llevó el plato hasta donde estaba tumbado Greg.

—Vamos a llegar tarde —dijo Hal mientras subía las escaleras—. Tienes cinco minutos, Arthur. Y no le des tu desayuno a nadie.

Greg guiñó un ojo justo en el momento de abrir la boca para meterse un cuarto de tostada bañada en sirope.

—Qué bueeeena —exclamó después de tragar.

El niño se colocó delante de él con el pelo aún revuelto y un bigote de arce.

—¿Te vas a lavar la cara antes de irte?

Arthur sacudió la cabeza.

—¿Y los dientes?

—No.

En el plato de la mesa de enfrente quedaba un cuarto de tostada. Arthur se sentó. Tomó un bocado y le pasó el resto a Greg.

—Que nadie se entere —dijo él.

Hal volvió con la mochila de Arthur.

—Tenemos que irnos. —Hal miró a Greg—. Te veo luego.

En la puerta, Arthur dejó que Hal le pusiera el jersey.

—Mami decía que no debíamos tener secretos, Greg —gritó Arthur mientras forcejeaba para meter la cabeza por la prenda.

—¿La que murió? —preguntó Greg desde las profundidades de los cojines de terciopelo.

—Sí. —Arthur sonrió—. Esa.

Hal tiró del jersey y le dio un achuchón a su hijo en el hombro.

—Vamos a llegar tarde.

Un momento después, la puerta se cerró.

El silencio llenó el piso. Greg rebañó el resto de sirope de arce con los dedos y volvió a tumbarse. El trabajo podía esperar. Antes quería repasar varias veces la conversación con Arthur.

Eliza había abierto la cristalera y había puesto la mesa en mitad del jardín. El sol de finales de otoño inundaba la cocina, pero el aire frío giraba entre los muebles y Greg se preguntó cómo soportarían toda la comida fuera. ¿Qué tenían los británicos con las comidas al aire libre? Ni siquiera había una estufa de exterior.

—Espero que haga suficiente calor —dijo Eliza—. Me daría mucha pena no aprovechar este sol.

Antes era más sensata, pensó Greg, pero ahora cada vez se parecía más a Rachel. Quizá sucediera eso cuando tu pareja moría: para compensar y mantener el equilibrio, absorbías su forma de ser. Greg se imaginó a su madre en San Luis con una lata de cerveza en una mano y una llave inglesa en la otra. «Vas a quedarte ahí como un pasmarote o vas a mover el culo para pasarme el martillo?». En su mente, a su madre le había salido barba.

—¿Blanco? —dijo Eliza.

Greg la miró sin entender.

—El vino. —Hal le tocó la cabeza—. ¿Todo bien?

—Sí, sí. —Greg dejó que su madre volviera a transformarse en una mujer de chaqueta de punto lila y pelo a juego—. Estaba pensando en mi madre.

—¿Cómo le va? —Eliza le tendió a Greg un vaso de vino blanco y se quedó de pie delante de él con la cabeza ladeada.

Greg no sabía cómo tomarse esa gentileza. Se había acostumbrado al sarcasmo británico y sospechaba de cualquier pregunta seria con acento inglés.

—Está disfrutando del papel de viuda afligida después de haberse pasado la vida ensayando —replicó.

Eliza retrocedió tanto que Greg pensó que se iba a caer de espaldas.

—¿Cómo dices?

—Me refiero a que... mi madre es... —Greg se sintió aliviado al ver que el interés de Hal en la conversación había decrecido en el mismo instante en que su madre había salido a relucir. Su marido miraba el jardín como si tuviera previsto ponerse a plantar flores—. Mi madre y mi padre no se llevaban muy bien.

—Lo siento —Eliza asintió.

—Eso no iba a funcionar jamás. Las parejas hetero no deberían pasar tanto tiempo juntas. Acaban confundidos.

—¿Confundidos?

—La división de género se intensifica con la vida doméstica. Empieza con la basura: ella se ocupa de la basura de dentro, él de la de fuera. Ella pasa la aspiradora, él coge el soplador de hojas. Noches separadas con los niños o con las niñas. Antes de que te des cuenta, estás en una guerra de sexos. No es natural. Mira a Hal: es capaz de montar una clara de huevo y de cortar el césped. Y yo lo observo.

Hubo una pausa antes de que Eliza se echara a reír. Pero se había reído, pensó Greg mientras se sentaban para comer en el jardín. Al tirarse de la chaqueta se dio cuenta de que la cara de Eliza, antes tersa, tenía arrugas. Al principio se reían mucho. Compartieron muchas veladas juntos mientras a Rachel le crecía la tripa; parecía que la vida de todos, no solo la de Arthur, acababa de empezar.

Se sirvió un poco de salteado de verduras y observó la expresión de Hal mientras iban apareciendo los platos en la mesa. Las semanas después de la muerte de Rachel, Hal cocinaba de todo en esa cocina o pedían comida a domicilio durante los fines de semana, hasta que un día Eliza le pidió que parara. «Me ha dicho que necesitan volver a la comida normal, a la vida normal —le contó Hal a Greg—. Pero a mí me gusta cocinar para ellos. Me dedico a eso. Eliza no entiende la cantidad de comida que necesita Arthur.»

—Qué buena pinta —dijo ahora Hal.

Eliza se sonrojó.

—He estado a punto de tirar la toalla y pedirte que trajeras tú la comida.

—Podría haberla traído.

—¿Lo ves, Hal? Ha sido un poquito precipitado. —Greg miró a Hal—. Intimida cocinar para ti.

—¿A ti también te pasa? —le preguntó Eliza a Greg.

—Bueno, tengo mis momentos.

Hal resopló.

—¿Como el sándwich de herradura? Un sándwich a la plancha con patatas fritas bañadas en salsa de queso.

—No suena mal. —Eliza le pasó el bol de ensalada a Hal y se sentó—. Un sándwich *croque-monsieur*.

—Exacto. A Hal le encantó. El verano pasado, cuando fuimos a ver a mi madre, pasamos por Springfield para que probara el original.

—Por la perspectiva histórica —dijo Hal—. ¿Cuándo vuelve Arthur?

—Lo recojo en casa de mi hermana a las cuatro.

Greg enrolló unos cuantos *noodles* en el tenedor y consideró cuál sería el mejor modo de abordar el tema por el que se habían reunido. Hal había llamado a Eliza y le había pedido una comida juntos para hablar de Arthur, pero no le había especificado sobre qué exactamente. ¿Cuándo se había vuelto imposible la conversación diaria? Cada palabra iba cargada con veintiún gramos de culpa. Greg se daba cuenta de que ya no se consideraban amigos. Eran más como colegas de trabajo. El trabajo era Arthur.

—¿Le has dicho a Arthur que Rachel es un extraterrestre? —Eliza miró a Greg por encima del borde de su copa de vino.

—¿Eso te ha dicho?

—Poco más o menos. Llegó a casa contando que Rachel vivía en el espacio, un cuento de hadas.

—Greg piensa que todas las cosas interesantes pasan en Marte —dijo Hal. Llevaban días discutiendo sobre qué le había contado Greg a Arthur exactamente.

—Quería saber si podemos vivir en el espacio. Le dije que era posible siempre y cuando las condiciones fueran adecuadas. El niño echa de menos a su madre, así que decidió que estaría viva en otro lugar. —Greg cogió aire—. Es más o menos lo que vosotros le contasteis.

Hal y Eliza cruzaron una mirada que a Greg le recordó a las de sus padres cuando era pequeño. El típico «a ver quién de los dos se ocupa de esto». Unos cirros pasaron por delante del sol vespertino. Greg tembló.

Hal empezó:

—Le dijimos que estaba enferma y que el cuerpo ya no le funcionaba.

—Y hablamos sobre la muerte —añadió Eliza—. Sobre lo que pasa cuando te mueres. Pero no le dijimos que estaba viviendo en otra parte.

Greg picoteó el jengibre de su ensalada. No le sorprendía que la conversación se centrara más en su culpabilidad que en el estado emocional de Arthur. Hal y Eliza eran quienes cuidaban a Arthur, quienes lo veían a diario, quienes lo llevaron a terapia. Greg había estado en el trabajo. Él no formaba parte de la rutina.

Pero desde la última visita de Arthur se sentía algo más que un suplente de los padres del niño. Tenía un papel propio.

—¿Acaso no dijisteis nada de que ella seguía viva en vuestro recuerdo?

Eliza frunció el ceño.

—¿Estás a la defensiva?

—Lo que digo es que todos le hemos contado a Arthur que Rachel sigue viva de algún modo. Metafóricamente, claro. Pero él no entiende la diferencia.

—Tal vez deberíamos volver a la terapeuta —señaló Hal— si Arthur necesita hablar.

Greg vio que Eliza encorvaba los hombros.

—No creo que sea eso lo que necesita. —Greg levantó las manos—. Quiere hablar de Rachel sin que la Iglesia alta lo condene...

—No somos religiosos —interrumpió Eliza.

—Me refiero a la reverencia —dijo Greg—, a la positividad. Al lenguaje especial.

Hal respondió:

—Eliza y yo hablamos sobre esto en terapia con él. La rabia y los malos sentimientos son una parte sana del duelo. Puede sentir todas esas emociones, pero no tenemos por qué participar los demás.

Eliza asintió. Tenía los labios apretados y Greg pensó que se iba a echar a llorar.

—Me gustaría saber... ¿por qué os importa tanto que Arthur crea que Rachel está en el espacio?

—Porque no es verdad —contestó Hal—. Empecemos por ahí.

—Porque entonces va a pensar que algún día podría volver. Y no va a hacerlo —añadió Eliza.

En el jardín apenas quedaba luz. Unas sombras alargadas descendieron sobre la hierba gris verdosa. Greg vio que Hal le agarraba la mano a Eliza y que a ella le caía una lágrima por la mejilla. Nunca formaré parte de esto, pensó, de este decorado inglés. Da igual cuánto cambie mi acento y cuántos años tenga mi casa.

—Si nosotros no entendemos lo que ha pasado, ¿cómo va a entenderlo Arthur?

Ambos se volvieron hacia él. Hal dijo:

—No me vengas ahora con eso.

Eliza sacudió la cabeza.

—Ese no es el tema. Por supuesto que no tenemos todas las respuestas, pero hay que proteger a Arthur. No puedes jugar con sus sentimientos así, Greg. No es justo, joder. Para nadie.

—Un momento. Todos sustituimos el rollo religioso convencional por tonterías de vudú. —Greg elevó la voz—. Lo siento, Eliza. No solo tú, todos. Decimos que está muerta, pero nos comportamos como si estuviera al otro lado del espejo.

Sonó un portazo a lo lejos y el grupo volvió la vista a la casa. Detrás de las contraventanas laminadas, la cocina resplandecía frente a la creciente penumbra.

Hal se levantó.

—Va a llover.

Greg lo ayudó a recoger los platos de la mesa. Eliza no se movió.

—Entro en las habitaciones y pienso que me la voy a encontrar —dijo ella—. Me voy a dormir y me está esperando de pie en una puerta, siempre fuera de mi alcance.

—Es normal —la consoló Hal—. Porque quieres estar con ella.

—Pero ella no está, ¿verdad? Greg tiene razón, no tenemos ni idea. Colocamos todas las palabras en el orden correcto y fingimos que conocemos su significado. —Eliza los miró—. Pero no sabemos nada.

Los dos hombres se quedaron de pie frente a Eliza con las torres de platos en las manos. Las gotas de lluvia oscurecieron la madera plateada de la mesa. En los márgenes del jardín, el viento se enredaba con los árboles. Greg pensó en Arthur y Rachel y en los tres osos. Pensó en el bosque.

—Estamos considerando esta cuestión desde una perspectiva equivocada —dijo. Estaba tan oscuro que casi no les veía la cara—. Queremos respuestas; creemos que deberíamos darle explicaciones a Arthur, pero no podemos. Porque la muerte no significa nada.

La silueta de Eliza se levantó.

—Para mí sí significa algo. Y para Arthur también. Ni se te ocurra decirnos que no significa nada.

—Claro, eso es lo que sentimos. Pero pasa como con los ordenadores: podemos programarlos con toda la información posible sobre, por ejemplo, enamorarse, pero eso no implica que los ordenadores comprendan qué es el amor.

—¡Porque los ordenadores no sienten nada! Joder, Greg, ¿tú sales de la oficina alguna vez?

Se oyó el traqueteo de unos platos y sintió la mano de Hal en el hombro.

—Cielo. —Sintió la respiración cálida en la mejilla—. No ayudas.

—No podemos entender la muerte porque no nos hemos muerto.

Desde la silueta de Eliza llegó un sollozo. Hal apartó la mano del hombro de Greg y le dio un empujón.

—Déjalo —dijo Hal—. ¿No deberíamos ir ya a recoger a Arthur, Eliza?

A Greg le caían gotas de lluvia por la nuca. Quería secarse las gafas, aunque no se viera nada en la oscuridad. Los tres se habían convertido en sombras ennegrecidas contra la luz amarillenta de la casa.

—No podemos morirnos y vivir —dijo.

—No podemos morirnos y vivir —repitió Eliza.

—Por eso no lo entendemos, por eso no tiene sentido.

Al levantar la mano para frotar las gafas con la manga, perdió el equilibrio. Se le fue un pie y aterrizó en el césped mojado con un grito mientras la porcelana se chocaba contra la mesa, contra las sillas y, por último, caía sobre la hierba.

—Mierda —soltó Greg después de unos instantes de silencio—. Perdón.

—¿Estás bien? —preguntó Eliza mientras se acercaba a él.

Hal pasó por encima de los platos rotos.

—¿Greg?

—Me he resbalado.

—¡Me cago en todo! ¡Si es que esto está empapado! —Hal extendió un brazo.

—Está lloviendo —Eliza empezó a reír—. Estamos bajo la lluvia y a oscuras hablando sobre la muerte.

—Sí —dijo Greg—. Siento haber estropeado la fiesta.

Greg esperó en el recibidor mientras la hermana de Eliza llamaba a gritos a Arthur. Aunque había visto a Fran muchas veces, no quiso entrar en la casa.

—Hal nos está esperando en casa de tu hermana —explicó Greg—. Le he dicho que yo me enfrentaría a la lluvia.

—¿Está lloviendo? —Fran puso cara de extrañeza—. ¿Y por qué no has venido en coche?

—Me apetecía pasear. ¿Qué más da un poco de lluvia? —Greg se volvió para demostrar la cantidad de agua que había absorbido—. Pero ya sabemos cómo son los británicos. Unos blandengues.

—Ah, nosotros no. Antes, el día de Nochevieja, íbamos de pícnic a un área de descanso de la M6 antes de llegar a Lytham St Annes. ¡Arthur! —gritó hacia las escaleras—. Vamos, te esperan.

Greg sonrió y pensó, no por primera vez, que menos mal que se había casado con la nueva familia de Eliza y no con la antigua.

En el camino de vuelta, agarró a Arthur de la mano. La lluvia había amainado.

—¿Te lo has pasado bien?

—Sí. Ha estado bien. —Arthur se colgó del brazo de Greg—. ¿Y tú?

—Me he caído en el jardín y he roto todos los platos.

El niño se detuvo. Le brillaron los ojos bajo la farola.

—¡Yo también he roto cosas! ¿Te han regañado?

—Lo mío fue sin querer.

—Ah. —Arthur continuó.

—¿A ti te han regañado?

—Yo no fui quien empezó. Joe me dijo que era una estupidez pensar que mi madre estaba en el espacio y le tiré mi PSP y le di al cuadro que había detrás. Se ha roto el cristal.

—Tenemos que mejorar ese tiro. ¿Tu tía se ha enfadado?

—Le ha dicho a Joe que tiene que ser amable conmigo porque estoy pasando por una etapa difícil. A mí me ha dicho que no me invente historias. —Arthur agarró a Greg del jersey—. Pero yo no me he inventado nada, ¿verdad? Tú me dijiste que cualquiera puede vivir en el espacio.

—Sí, eso te dije.

—Como en el cuento. Siempre y cuando las condiciones sean perfectas.

—Sí. Pero, Arthur…

—Pues ella está allí. —Arthur bostezó—. Se fue corriendo. Como en el cuento.

El niño le pasó el brazo a Greg por la cadera con la que había aterrizado en el suelo un rato antes. Greg cogió a Arthur en brazos y se lo apoyó en la otra.

—Uff, colega. Cuánto pesas.

La casa estaba al final de la siguiente calle. Greg se sintió capaz de recorrer todo el trayecto sin soltar a Arthur. Notó que el peso del niño aumentaba por el sueño y lo agarró con más fuerza.

—Ya falta poco, guapo.

—No sabemos cuál es el final —Arthur murmuró hacia la chaqueta de Greg.

—¿Qué quieres decir? —Llegaron a la puerta principal y Greg trató de sacar las llaves.

La luz del recibidor estaba encendida y Eliza estaba al otro lado del cristal. Arthur estiró los brazos hacia la silueta de su madre.

—Espera un segundo. —Greg intentó mantener el equilibrio mientras Eliza abría la puerta y Arthur se inclinaba hacia ella—. Allá vas. —Se frotó las costillas.

Hal asomó desde la cocina.

—Gracias, Eliza. —Le dio un beso a Arthur en la cabeza, que estaba enterrada en el cuello de ella—. ¿Por qué no vienes a nuestra casa la próxima vez?

Eliza sonrió y cabeceó hacia Arthur.

—Di buenas noches, Arthur.

El niño levantó una mano.

—Buenas noches, Arthur. —Los dos hombres besaron a Eliza y se adentraron por la noche húmeda.

—No sabemos el final —dijo Greg cuando se montaron en el coche.

Hal lo miró mientras colocaba bien el espejo retrovisor y se apartaba del bordillo.

—¿Quiénes no saben el final?

—Eso es lo que Arthur me ha dicho. Que no sabemos el final.

—Y tiene razón. —Hal asintió.

—Por eso no lo entendemos.

—¿Tiene eso que ver con Rachel?

Greg miró a Hal. La cara de su marido se veía borrosa a través de las gafas empañadas y las sombras de las farolas, pero percibía la cabeza escultural y las ondas de pelo oscuro, los surcos profundos de su frente y la barbita que le suavizaba las líneas de la mandíbula. Le puso una mano en la pierna.

—Creo que sí —contestó.

Apretó un poco el muslo de Hal. En ese tiempo se habían casado, habían tenido un hijo, habían perdido a una amiga y a un padre, habían comprado una casa y se habían aliado contra el mundo. Un periodo muy largo, con grandes pérdidas y grandes logros; un periodo muy corto, solo una fracción de su vida.

Hal aparcó y ambos permanecieron en la oscuridad mientras su aliento empañaba el coche. Al fondo de la calle, una mujer empujaba por la acera irregular una sillita llena de latas. En Illinois, la madre de Greg ya habría vuelto a casa después de ir a la iglesia y estaría preparando la comida con la televisión encendida de fondo. Y esperaría que él la llamara.

7
Arthulises

Las tierras gemelas

El filósofo Hilary Putnam quiso comprobar si era posible definir las palabras mediante propiedades externas, no solo mediante el significado que les atribuimos. Diseñó el experimento mental de la Tierra Gemela, en el que una persona viaja a otro planeta llamado Tierra Gemela, donde el agua tiene el mismo nombre y las mismas propiedades, pero una composición química diferente. Cuando un terrícola-gemelo se refiere al agua, se refiere en realidad a una sustancia hecha de XYZ y no de H_2O, aunque lo parezca; de hecho, esa persona piensa que es el mismo líquido.

¡Los significados no están en la cabeza!

HILARY PUTNAM,
Razón, verdad e historia

Antes de llegar a la dársena, Arthur cambió de opinión y viró la nave hacia la izquierda. Se pasó varios minutos dando vueltas sin rumbo por el campo magnético. Estaba a dos AU de casa y ese era el tramo más importante, más pequeño que un tiro de baloncesto. Asintió. Sus madres siempre se lo decían: los últimos centímetros antes de nacer son los más peligrosos. Recordaba a ambas, aunque debía de ser Eliza. Eso le pasaba mucho. Veía la cara de Rachel, pero con la voz de Eliza. En realidad no se acordaba demasiado de cuando tenía cinco años.

A los pilotos les enseñaban que cada maniobra de atraque era una especie de parto. Estaban a punto de llevar una nueva vida a las rocas sobre las que aterrizaban; terraformar o, como lo denominaban los entornalistas, terrorformar. Arthur no creía que la exploración fuera algo político. Consideraba que la naturaleza humana era lo bastante estúpida como para casi destruirse a sí misma y lo bastante lista como para sobrevivir. Él era parte de la solución.

Unas luces parpadearon en el panel de control y respondió a la señal de los auriculares.

—Capitán Pryce, ¿por qué ha desactivado el procedimiento de atraque automático?

—No te preocupes, Zeta. Quería estar unos minutos más aquí.

—Lleva navegando ciento sesenta y tres días terrestres, capitán Pryce —dijo la voz masculina—. Es hora de aterrizar.

Dejó que el ordenador le dijera qué se esperaba de él durante un rato. Retardo. ¿Cuánto tiempo había estado desconectado la última vez? Tuvieron que despertarlo después del máximo de sueño permitido. Tres días en éxtasis, con las constantes vitales monitorizadas y nutrientes intravenosos. En todos los ensayos y en otros trayectos más cortos se despertó alerta y pasó las pruebas cognitivas sin dificultad. Pero en este viaje, después del primer mes, la conciencia plena empezó a darle pavor y al despertar permanecía con la mirada fija en el techo de la cápsula de sueño, tan triste como un adolescente durante un día de colegio.

El corazón le latía desacompasado y se llevó la mano al pecho.

—Capitán Pryce, tiene que dirigirse a la dársena. ¿Necesita ayuda? Su presión sanguínea es elevada. Le recomendamos un refrigerio.

A medida que la nave giraba, la luz gris de Deimos se reflejó poco a poco en la cubierta. En el panel de control se veía Marte; su brillo acaramelado llenó las pantallas cuando las distintas cámaras cambiaron la distancia focal. Arthur se había alistado en el equipo de Marte Dos. Durante el tiempo que estabas en la empresa, te ofrecían seis destinos: dos viajes de larga distancia y cuatro cortos a estaciones espaciales locales. Una vez llegabas a una base, tenías que permanecer allí un año. El último viaje de Arthur en Ojo Espacial, una estación de la órbita terrestre, coincidió con los planes de la empresa para montar la segunda base, por eso se perdió la fecha de lanzamiento a Marte. Ese viaje a Deimos era un premio de consolación. Contando con el trayecto de vuelta, pasaría dos años fuera.

—Formarás parte del equipo, Pryce. —La jefa de Arthur se puso seria desde el pésimo monitor telefónico de su oficina.

—Claro. Se nota que te ayudé con la mudanza cuando estuve en el Ojo, con todas esas caritas sonrientes enviadas desde el espacio.

—Espero que esta vez envíes a la base algo más.

A Soluciones Espaciales aún le quedaban varios años para tener la capacidad de pilotar cohetes en viajes locales desde Marte. Las mayoría de las naves eran reutilizables, pero tras dos aterrizajes siempre necesitaban reparaciones importantes. Incluso con los espacios de aterrizaje magnéticos, la nave siempre sufría muchos daños. Arthur estaría a solas en la pequeña luna.

—¿Tienes algún problema con los viajes individuales?

Arthur miró la imagen pixelada de Jennifer. Ella lo sacaría de la misión ante el menor contratiempo. Malditas relaciones personales.

—No seas así —dijo—. ¿Qué nave es?

Le dieron la Spirit 2040 y se alistó en el viaje a Deimos.

Miró de refilón las imágenes de Marte que se alternaban en las pantallas que tenía encima.

—Capitán Pryce, le ruego que se concentre en el panel de control.

—¿Cuánto tiempo llevo despierto?

—¿Despierto?

—Consciente. ¿Cuánto tiempo ha pasado desde que me desperté hasta ahora?

—Usted me programó para que le despertara pasadas setenta y dos horas, capitán Pryce. Ese es el máximo permitido...

—Sí, sí. Pero ¿cuánto tiempo llevo...? Joder, déjalo.

—Capitán Pryce, le ruego que se concentre en la secuencia del programa.

En todas las evaluaciones psicológicas que le habían hecho durante el entrenamiento había resultado apto para las excursiones individuales, tanto en lo relativo a la comunicación con las unidades de inteligencia artificial como en lo relacionado con la biorretroalimentación. Si se lo hubieran preguntado, Arthur habría dicho que prefería la ausencia de comunicación humana. Pertenecía a la generación tableta y siempre recibió con los brazos abiertos cualquier evolución tecnológica; la interfaz electrónica le proporcionaba un reconfortante alivio. Antes no paraba de discutir con Eliza por el tiempo que pasaba delante de la pantalla.

—Deberías salir al mundo real y quedar con amigos reales. Es malo para ti estar pegado al ordenador todo el santo día.

Arthur alegaba en vano que su afición no distaba mucho de la de Eliza, que consistía en leer libros. Al menos él interactuaba con su entorno virtual en vez de limitarse a recibir información de manera pasiva.

—Esa es la prueba definitiva de que has perdido la imaginación. Leer no tiene nada de pasivo. Mira el estudio que estamos haciendo sobre las respuestas electrónicas del cerebro ante el arte.

Desde el punto de vista de Arthur, la ciencia era una cortina de humo muy útil para los prejuicios de Eliza. ¿Dónde estaban los estudios que, al analizar la integración de la inteligencia artificial con la inteligencia humana, demostraban la existencia de respuestas sinápticas biológicas en los Años Oscuros?

—Ese es el futuro que estáis construyendo vosotros, Arthur. Los de tu generación. Pero no tiene que ser así.

Resultaba imposible discutir cuando solo recibías respuestas personales ante cualquier argumento válido.

Solo Greg comprendía la importancia del mundo en línea que Arthur tenía a su disposición.

—No te preocupes, chaval. Tu madre trabaja en un laboratorio muy moderno, pero todavía cree que un ordenador es una mezcla de archivo y ábaco y que internet es un método útil para estar en contacto con los viejos amigos. Y tu padre tres cuartos de lo mismo.

Cuando le conté a Hal que era matemático, me pidió que calculara la cuenta del restaurante. No sirve de nada explicarle a la gente que para mí las tablas de multiplicar no difieren mucho de un hormiguero, no lo entienden. Quieren vivir en un mundo donde se pueda ir a una oficina de correos a comprar sellos y comprobar si las manzanas están maduras antes de llevarlas a casa. No comprenden que ya no necesitan nada de eso. ¿Nos consideran bichos raros por trabajar con el futuro? Los fetichistas son ellos, aferrados al pasado. —Le dio un golpecito a su hijastro en el hombro—. Pero ya sabes, yo no te he dicho nada.

—¿Capitán Pryce? Está distraído. Anulo el sistema piloto y volvemos al atraque en E menos sesenta segundos.

Arthur tomó aire y miró el panel de control. Las luces de la base de aterrizaje seguían en verde para pasar.

—No hace falta. Ya estoy.

El programa informático rastreó su movimiento ocular durante unos instantes.

—Muy bien, capitán Pryce. Al aterrizar, avise a enfermería.

Había sido un error bautizar al nuevo sistema operativo con el nombre de Zeus. Incluso con los ajustes personales en posición neutra, Arthur notaba los aires de superioridad del sistema. Otros pilotos lo denominaban con el nombre de su padre o su madre, una especie de atajo psicológico que le otorgaba cierta autoridad al sistema sin que ellos perdieran un sano recelo frente a sus intenciones. Sus colegas le dijeron que no era práctico pensar que el sistema operativo era tu mejor amigo, ya que así se inhibían los mecanismos de defensa del cerebro humano. Era mejor confiar según cada caso. «Sobre todo en el espacio», añadió Jennifer más tarde, cuando hablaron del tema. Arthur se peguntaba si la mayoría de los pilotos tendrían una relación con sus padres diferente a la suya. A él le gustaban sus madres y sus padres. Tal vez fuera la consecuencia de tener una cantidad superior a la habitual desde un principio. En cualquier caso, nunca habría llamado Hal a su ordenador. Se dirigía a una roca llamada Deimos; Zeus le había parecido un nombre apropiado. Lo que no sabía, después de más de seis meses de interacción casi en exclusiva con el ordenador, era qué parte de la personalidad del sistema operativo era proyección suya y qué era fruto de la programación. No es más que una palabra, recordó mientras agarraba los controles, una rosa y todo eso.

Retomó la posición de aterrizaje con la Spirit e inició la aproximación. Ya estaba acostumbrado a esa maniobra; en concreto, ese aterrizaje lo había practicado más de una decena de veces en el simulador, además de que ya había tomado tierra en el Ojo Espacial el año anterior. Por si fuera poco, completó el simulacro de aterrizaje en la vieja Estación Espacial Internacional de Johnson. Segundo de su promoción. Entonces, ¿por qué sentía ahora ese sudor frío en la piel?

El balanceo rítmico aumentó y se redujo cuando los imanes se encontraron y encajaron para generar una atracción magnética controlada. Desde que se concluyó la superautopista de la Costa Oeste en 2021, todos los canales posibles se habían magnetizado. Arthur tenía diez años cuando comenzaron la primera ruta desde San Francisco a Los Ángeles y se acordaba de los coches. Los imanes no podían competir con la emoción de los motores, pero nadie volvió a morir al volante ni bajo las ruedas. Los e-coches conducían solos y aparcaban sin ayuda. Apenas había conductores, solo pasajeros. Hasta los cohetes utilizaban los campos magnéticos para guiarse en los aterrizajes cuando no volvían a la Tierra.

Sin embargo, ese sistema de atraque nunca se había utilizado en el mundo analógico, y el ingeniero que lo construyó había expresado ciertas reservas acerca de la estructura cuando hubiera que regresar. Si algo iba mal, Arthur estaba ahí para salvar la nave. Y Zeus estaba ahí para salvar a Arthur. Al menos, eso era lo que proclamaba el ideario de la empresa. Arthur esperaba que nunca llegara el momento de elegir. Era obvio que Zeus parecía muy encariñado con la nave.

El módulo de Arthur empezó a dar vueltas como siempre para permitir una simulación de gravedad. La velocidad creciente se veía en los monitores.

—Capitán Pryce, la dársena conectará en E menos doce segundos.

—Sí, eso pone…

—Nueve, ocho, siete…

Echaba de menos su viejo sistema operativo.

La luna dejó de moverse en el monitor y desapareció de su vista mientras la nave ajustaba la velocidad para lanzarse hacia el cráter Voltaire, donde se encontraba la base. La cubierta tembló y varias sacudidas violentas proyectaron a Arthur hacia delante, contra el arnés, un momento antes de que sintiera el cambio en la fuerza gravitacional. Las alarmas y luces se encendieron en el panel de control, pero se apagaron igual de rápido. Arthur se dio cuenta de que estaba aguantando la respiración. Acababan de atracar. Estaba vivo.

—Capitán Pryce, fase dos del procedimiento de atraque completa.

La nave aún se sacudía con unas leves inclinaciones. Comprobó la alineación y pasó a acoplar las unidades que le permitirían cruzar hasta la base individual de la luna. Cuanto antes pusiera en marcha la siguiente fase, mayores serían las posibilidades de éxito para la misión anual.

Un año. Sin incluir las dos unidades astronómicas del viaje de vuelta. Tenía comida decente para doce semanas; después, esperaba que el terrario hubiera arraigado o tendría que volver a las gachas calientes. No estaba a la altura de su padre, pero algunos condimentos habían sido la mejor contribución de Hal a sus provisiones. Una gran mejora de las albóndigas liofilizadas que probó de niño cuando comenzaron sus sueños de ser astronauta. Hal y Greg aún discutían sobre quién de los dos había inspirado la pasión de Arthur por las estrellas, aunque en realidad todos sus padres eran responsables de que hubiera llegado tan lejos.

Pensó en Eliza, que trabajaba en Londres y volvía todas las noches a una casa vacía. Pensó en Rachel, en la idea a retazos que tenía de ella, en la inclinación de su cabeza oscura, en los dulces ojos que todos decían que él había heredado, en el sonido de sus pulseras cuando lo acostaba. «Ella te quería mucho —decía Eliza—. Te quería antes de que nacieras.» ¿Y ahora?, se preguntaba el joven Arthur cuando Eliza le daba el beso de despedida todas las noches siguientes. Pero a Eliza no le gustaba hablar de dónde había ido Rachel; tal vez para ella nunca llegó a irse.

—Le ruego que acuda a enfermería antes de prepararse para la fase tres. Esperaremos las siguientes instrucciones de la Tierra.

Enfermería era la cápsula que se encontraba detrás de la que Arthur ocupaba en ese momento. En tránsito, giraba a la misma velocidad que la cápsula del piloto y estaba provista de la misma fuerza gravitacional. Todas las superficies interiores de la nave estaban recubiertas de estanterías, mallas, ganchos y cables que daban la apariencia de una tienda de aparatos usados y limitaban los movimientos del piloto a las operaciones indispensables. El segundo módulo era todavía más pequeño, «compacto», como aparecía descrito en el material corporativo. También era la zona de descanso.

—Estamos solos aquí, Zeus. Querrás decir «Métase en la cama».

—Como quiera, capitán Pryce. Aunque técnicamente yo no estoy «aquí» y el concepto de significado para las ubicaciones geográficas, aparte del uso designado, carece de sentido para mí.

Era una programación deficiente, recordó Arthur mientras se arrastraba por el tubo de carbono del centro de la nave hasta la otra cápsula y disfrutaba de la ausencia absoluta de gravedad entre ambos módulos. Tomó nota mental de revisar su densidad ósea al aterrizar. La ingravidez era una droga: cuanto más tenías, más necesitabas.

Se amarró a la cama y se ajustó el equipo intravenoso a la vía que tenía en la clavícula para que el sistema operativo administrara los fluidos y nutrientes que considerara necesarios.

—Su presión sanguínea sigue elevada, capitán Pryce. El historial de aterrizaje indica que es inusual.

—No necesitamos esperar a la base. Empezamos fase tres.

—Iniciando fase tres. Permanezca inmóvil. Se le está monitorizando.

Arthur cambió los mandos del sistema operativo al modo visual. Aún tenía posibilidad de anular el sistema, a no ser que sus señales vitales se vieran comprometidas. Una válvula de cordura para «la voz en el oído». Recordó las clases de la universidad sobre los peligros de una inteligencia artificial fuerte y las películas del último siglo donde los robots heredaban la Tierra. La singularidad era un mito, pero parecía que Zeus no tenía esa idea.

—Pon mi lista espacial.

Con los primeros sonidos de *Once in a Lifetime*, Arthur desconectó los cables y volvió a la cabina. Se sentía pegajoso y desconcentrado. La fuerza gravitacional reducida tendría que haberle ayudado con el duro golpe del aterrizaje, pero todos y cada uno de los músculos parecían dolerle cuando se esforzaba por coordinarlos. Lo mínimo que Zeus podría haber hecho era darle un analgésico. Se colocó las sujeciones en el asiento del piloto y examinó el sistema de alimentación de datos. Ni de broma le iba a pedir a Zeus una aspirina.

El mayor avance de los últimos diez años había sido entender que la inteligencia artificial solo evolucionaría como extensión de la inteligencia humana. La relación entre ambas implicaba cierta simbiosis, Arthur lo admitía, pero había mucha gente sin un sistema operativo incorporado y el propio Arthur prefería llevar dispositivos portátiles en vez de implantes. Su madre fallecida le dijo algo una vez, cuando estaba enferma, de que le habían «invadido» el cerebro.

Programó la secuencia de conexión que permitía abrir las cámaras de aire entre la nave y el módulo de aterrizaje. La música cambió a una grabación en vivo de Qualia en Coachella. Zeus emitió una serie de órdenes visuales, pero no lo interrumpió. Las instrucciones se repitieron en las gafas de Arthur y en el panel de control.

Deje que transcurran 15 minutos para que los controles ambientales se regulen.

Tal vez eso era lo que se sentía al tener un tumor: una invasión. De niño pensaba que Rachel se refería a extraterrestres. Esa era la clase de invasiones de las que había oído hablar. O zombis. Por entonces su libro favorito era *Cómo sobrevivir al apocalipsis zombi*. Por la noche, les pedía a sus padres que le enseñaran los dientes para asegurarse de que eran quienes decían ser. «¡Enseñadme los dientes!». Recordaba la inquietud de la espera. Greg hacía muecas e intentaba mostrarlos uno por uno y Hal se reía y le enseñaba toda la dentadura reluciente, pero Eliza aprovechaba la oportunidad para preguntarle si se sentía bien y si había algo de lo que quisiera hablar. Él nunca le había contado nada sobre la invasión alienígena del cerebro de Rachel, pero de algún modo Eliza sabía que su miedo guardaba alguna relación con ella. O tal vez daba por hecho que todo tenía que ver con ella.

Prepárese para el cambio atmosférico en E menos 10 minutos.

Levantó un pie y después el otro, calzados con las pesadas botas enganchadas a la silla, se desabrochó el arnés y se inclinó hacia el panel de control. Le costaba respirar. Una madre muerta y otra viva. Mami y mamá. De la misma manera que ellas lo llamaban «cariño» (mami) y «cielo» (mamá). Ahora prefería *mamá* en cualquier caso, era menos íntimo. Poco después de la muerte de Rachel, un profesor del colegio le dijo que tenía suerte de «tener una de más». Seguramente la intención era buena y Arthur agradeció el razonamiento, pero le generó un motivo de preocupación por los niños que solo tenían un padre y una madre, y a veces ni eso. La situación parecía irresponsable, dada la alta probabilidad que tenían los mayores de morir en cualquier momento. En todas las historias que le contaban, en los cuentos de hadas y en los Roald Dahl, en los Lemony Snicket y en los J. K. Rowling, los padres siempre estaban muertos o se habían ido, y las consecuencias de su ausencia eran bastante malas. Durante muchos años, Arthur se había preocupado por sus amigos menos afortunados y les preguntaba a diario sobre la salud y el paradero de sus padres. Esos mismos amigos, a su vez, habían recibido la advertencia de que Arthur estaría triste y susceptible porque su madre estaba enferma o porque su madre había muerto; en consecuencia, prestaban especial atención para no alardear demasiado de su bienestar familiar. Arthur se sintió aliviado cuando el acoso en el colegio se convirtió en algo habitual y se dio cuenta de que lo normal era no tener padres extra, así que podía dejar de preocuparse por los demás. Él era el diferente.

E menos cinco minutos para finalizar fase tres; conexión total con la estación de atraque de Deimos.

Su respiración aún era irregular. Desenganchó las botas con lastre de la silla y se las abrochó. Los monitores y las ventanillas ahora estaban oscuros; en cada uno de ellos se veían vagamente las paredes del cráter de Voltaire. Arthur cerró los ojos e intentó concentrarse en la siguiente fase de la operación. Lo que Zeus le había suministrado, fuera lo que fuese, no le venía bien a su presión sanguínea. Sentía que el pulso le latía en las yemas de los dedos.

—Capitán Pryce, audiocontacto restablecido.

—De acuerdo. Necesito estabilizar la presión sanguínea.

—Su presión sanguínea es correcta, capitán Pryce. Todas las constantes vitales se encuentran dentro de los parámetros normales. Puede dirigirse a la estación de atraque en cuanto se complete la fase tres.

Arthur sacudió la cabeza.

—Algo está mal. Emite de nuevo el diagnóstico.

—Emitiendo diagnóstico. Sesenta segundos para conexión total con...

—Deimos.

—¿Disculpe, capitán Pryce?

—No has terminado la frase. Sesenta segundos para conexión total con Deimos.

—Cuarenta y cinco segundos.

El cráter le hacía sentirse mareado. Llevaba bien el hecho de estar metido en una lata de titanio en medio del espacio, pero permanecer bajo tierra le ponía enfermo.

—Zeta, enciende las luces externas para que se vean los monitores y activa la conexión con la estación de Marte.

—En este momento no tengo contacto con Marte, capitán Pryce. Fase tres completa en cuatro, tres, dos, uno...

Sintió una presión alrededor de la cabeza. Su campo de visión comenzó a estrecharse. Estiró un brazo para mantener el equilibrio, pero las botas parecían empujarlo hacia el suelo y comenzó a caer. Desde lo que se le antojó una gran distancia, observó que la luz ámbar del monitor se ponía verde mientras la puerta de la dársena se abría. Luego se apagó y Arthur se sumergió en una completa oscuridad que cubrió la nave entera. Y seguía cayendo.

La alarma estridente del sistema de atraque lo reanimó. Estaba sentado en el panel de control, con las botas puestas y la cabeza entre las manos. El silbido del aire llenó la Spirit. Olía a plantas podridas y polvo de tiza, el ozono de un sistema de filtración de aire cargado de decadencia. Arthur inspiró profundamente. Las palpitaciones del pecho se le redujeron a un latido de dos golpes regulares en lugar de tres golpes variables.

—Bienvenido a casa, capitán Pryce.

Claro que sí, a casa. Siempre que *casa* significara 'peligro, soledad y un inaceptable riesgo de fracaso'. Como todas las veces que llegó al Departamento de Inmigración de Estados Unidos con la tarjeta de residencia permanente en su flamante pasaporte. Bienvenido a casa. Oficiales de rostro serio. Espejos de doble faz que ocultaban a unos guardias sudorosos con tazas de café de medio litro. Massachusetts, Texas, Florida, solo de visita. Sin embargo, California se convirtió por fin en su hogar. Aunque no pensaba que sería capaz de decir lo mismo de un cráter poco profundo en la más pequeña de las dos lunas de Marte, se alegraba de estar allí. Los compresores de aire de la base ya reducían el pánico que había sentido durante la última hora. ¿Pánico? Puede que exagerara. ¿Qué le pasaba? Era su trabajo, su primer amor. Tenía que espabilarse.

—Capitán Pryce. He emitido un nuevo diagnóstico y todos los sistemas son normales. Niveles de radiación incluidos. Podemos investigar con más detenimiento cuando desembarque.

—De acuerdo. Estoy bien.

—Por supuesto, capitán. Celebre que ha llegado sano y salvo.

Arthur levantó la vista del panel de control. El cráter seguía sin resultar visible.

—Luces. Y enfoca las cámaras. No veo nada fuera.

—Es de noche, capitán Pryce.

—Muy gracioso. Enfoca las cámaras.

Era difícil llegar hasta el otro módulo. Lentamente, Arthur se dirigió a la parte de atrás de la nave. Las botas apenas tenían que anclarlo al suelo, pero cada paso le suponía un verdadero esfuerzo.

—Debería esperar en la cabina, capitán Pryce.

—¿Esperar? Esperar a… Joder, ¿qué ha sido eso?

Desde el otro lado de la nave llegó el sonido de apertura de varias cámaras. La Spirit osciló y vibró como consecuencia de esas nuevas fuerzas.

—Zeus. ¿Por qué has iniciado la fase cuatro? No abras más escotillas hasta que estemos en la base.

—Le ruego que vuelva a su asiento, capitán.

La nave seguía moviéndose. Arthur sintió que el suelo se inclinaba. Avanzó hasta la escotilla de conexión. La nave desembocaba en una cámara pequeña y oscura.

—Fallo de iluminación en el campo conector.

—Capitán Pryce, ya no controlo los sistemas locales.

—Ese no es el protocolo.

No era raro que un sistema operativo diera problemas iniciales al integrarse con una nueva interfaz, pero los programadores de la base de Deimos eran los mismos que los del sistema de Zeus. Era cierto que los jinetes y los domadores nunca se apreciaban y que Arthur admitía sentir una ligera emoción al detectar los defectos de Zeus. Aun así, lo mejor era que los sistemas se conectaran cuanto antes. Se sacó la linterna del mosquetón que llevaba en el cinturón y se agarró a la puerta de la escotilla. Se inclinó para pasar al otro lado; necesitó todas sus fuerzas para subir la pierna lastrada por encima del borde metálico. El pie cayó al suelo por el otro lado.

No había cápsula de aterrizaje. Notaba el tubo de emergencia al otro lado de la escotilla y, después, nada.

—Suspende el aterrizaje. —Arthur entró de nuevo en la Spirit y volvió a la cápsula del piloto arrastrando las botas—. Suspende el aterrizaje. Sella todas las escotillas. Perdemos contacto con la Tierra. Mierda, nos vamos a pique.

—El equipo de rescate llegará pronto, capitán. Permanezca en su asiento.

—¿Qué coño dices? Déjate de gilipolleces. No estamos estabilizados, Zeus. Tenemos que largarnos de aquí. —Arthur agarró el arnés de asiento—. Retirada. Repito. Retirada.

—Capitán Pryce, está a bordo del bote dron. No hay ningún lugar del que retirarse. Ha aterrizado con éxito. Le ruego que se calme.

Un destello cruzó la cabina. Arthur se dio la vuelta con la dificultad que le imponía el arnés. Un gran foco apuntaba hacia la nave; el haz de luz aparecía y desaparecía por las cámaras y portillas. Era imposible.

—Zeus. Estamos en la órbita de Marte, en la luna Deimos. He conectado con la base Deimos.

—Incorrecto, capitán. Estamos en la Tierra, en el océano Atlántico, a unos trescientos kilómetros de Jacksonville, Florida.

Tenía la misma sensación que en todas las misiones anteriores. El recuerdo de una caída brusca, la sacudida del aterrizaje controlado y el balanceo del agua por debajo del bote dron. Había pasado por eso en todos los regresos a la atmósfera terrestre, pero ahora no estaba en una misión de regreso. Estaba a doscientos cincuenta mil kilómetros. Sacó los datos del panel de control, pero no entendía la información, que resultaba, al mismo tiempo, conocida e ininteligible. No había alarmas ni datos inusuales.

Todo a bordo del Spirit estaba en calma. Excepto Arthur.

—¿Estoy despierto?

—No es posible contestar a esa pregunta.

—No sé qué cojones está pasando y eso no me ayuda.

—Si usted no está despierto, capitán, soy una proyección de su mente dormida y no puedo estar seguro de contestar adecuadamente.

Arthur siguió golpeando las pantallas.

—¿Y si estoy despierto?

—No puede saberlo.

No cabía duda de que la nave se mecía. Y no era el balanceo de un campo magnético, sino un movimiento total, ascendente y descendente, como el del mar.

Respiró hondo.

—Revisa los logaritmos. ¿Cuánto tiempo llevamos fuera?

—Trescientos setenta y siete días, cuatro horas, treinta y cuatro minutos y cincuenta y seis segundos desde el despegue, capitán Pryce.

—Revísalo de nuevo.

—Trescientos setenta y siete días, cuatro horas y treinta y cinco minutos.

—¿Y por qué no lo recuerdo?

—No es posible contestar a esa pregunta.

—¡Me cago en la puta! —Notaba los pulmones como si alguien se le hubiera sentado en el pecho.

—Le ruego que permanezca en su asiento.

Arthur terminó de quitarse el arnés e intentó levantarse, pero las rodillas se le doblaron y se desplomó en el asiento. Gravedad completa.

—Cierra la escotilla principal.

—El equipo de rescate embarcará pronto, capitán Pryce. Le ruego que vuelva a su asiento. Su comportamiento es irregular.

Un grito desde el exterior de la nave hizo que Arthur mirara por la ventana de visualización frontal, una línea de cristal grueso oscurecido por la condensación.

—¿El equipo de rescate? ¿De Soluciones Espaciales?

—La NASA subcontrata algunas operaciones de rescate a una filial de Industrias Page.

—De acuerdo. —Resultaba reconfortante oír nombres conocidos. Todas las compañías tenían acuerdos entre ellas, era lógico—. ¿Por qué mis sistemas de comunicación no funcionan?

—Está a casi trece años luz de la Tierra. Ahora mismo está llegando a la Tierra.

—Ya está bien. Te apago. Ignorar sistema operativo Zeus. Activar todos los sistemas manuales. Mantener programa actual. Cerrar escotillas.

El módulo se llenó de interferencias.

—¿Capitán Pryce? Llamamos desde Control de Misión. Parece que tiene problemas con el sistema operativo. Estamos anulando el sistema. Las escotillas están abiertas y el personal está preparado. Bienvenido a casa, capitán.

—Los chicos de la planta de arriba están esperando.

El médico estaba sentado en la camilla, junto a las piernas de Arthur, y su voz sureña resonaba demasiado para estar tan cerca.

—He oído que ha tenido un aterrizaje movidito. —Miró su cuaderno con ojos legañosos y pasó varias páginas—. ¿No tiene implantes de sistema? Bueno, no pasa nada. De todos modos, parece que su sistema operativo sigue apagado.

Arthur no podía apartar las piernas del cuerpo del médico; seguían donde el enfermero las había dejado, encima de las sábanas. Los dos hombres estudiaban ahora las extremidades de Arthur, que formaban ángulos extraños, mientras los pelillos pelirrojos de las espinillas rozaban la lana azul marino del traje del médico.

—¿Y cómo se siente? ¿Le preocupa algo? ¿Alguna cosa aparte de la habitual zozobra posmisión? Las pruebas son correctas. Densidad ósea, pérdida muscular, todo mejor de lo esperado después de un viaje tan largo. Sensación de pesadez, ¿verdad? Pero ya mismo estará corriendo de nuevo, ¡qué latosa es la gravedad!

Miraron de nuevo las piernas de Arthur. Por fuera de la ventana de la segunda planta de ese edificio bajo, cantaban las chicharras. Era primavera. Se había marchado en otoño, de eso estaba seguro. No reconocía esas instalaciones, pero supuso que se encontraba en el viejo hospital militar de rehabilitación, en la esquina sudeste de la base principal.

—Un momento, los enfermeros dicen que no ha comido. ¿Está loco? ¿Después de tantas gachas?

Arthur asintió. El tipo tenía entre sesenta y setenta años. Se acordaría de las primeras misiones en Marte, de Mariner y Odyssey.

—Los jefes van a llevarse un chasco si continúa con el pico cerrado cuando vengan a verle. Y me echarán la culpa a mí. ¿Qué le pasa, muchacho?

La presión del pecho era peor que en cualquier otro viaje anterior. Cada vez que respiraba sentía como si levantara peso con los pulmones. Pero esa no era la razón de que estuviera callado.

—¿Dónde he estado?

—¿A qué se refiere? Le han traído directamente de cuarentena aquí. Quieren que vuelva a Pasadena, sin duda. Y seguro que ya está casi listo para irse a casa.

—Pero antes de eso. ¿Dónde he estado?

El hombre del traje azul suspiró.

—Mire, capitán Pryce, todo va a salir bien. Descanse y les diré que pueden venir mañana a verle. Ha pasado un año, pueden esperar unas cuantas horas más.

Desde la puerta, el médico lo señaló con un gesto de amonestación fingida.

—Y coma todo lo que pueda. Uno no vuelve a la Tierra todos los días.

Arthur esperó a que el médico cerrase. En cuanto las pisadas del doctor se alejaron, apoyó los codos e hizo fuerza hasta que consiguió ponerse recto. Inspeccionó la habitación. La ventaja de estar en la unidad de rehabilitación era la ausencia de tecnología: no había cámaras ni sensores de movimiento y las ventanas se abrían al exterior. Se llevó la mano a las piernas e intentó frotárselas para reanimarlas un poco. Tenía que salir de la habitación y hacerse con un teléfono no registrado. Si llamaba a casa y hablaba con Greg, averiguaría qué había pasado. La empresa tendría a su madre vigilada. Allí no había nadie en quien confiar. Él había pasado una temporada en esa base, no en la unidad de rehabilitación, pero sí cerca de allí. Había entrenado y socializado. Todos los médicos estaban de guardia en la unidad médica principal en algún momento para conocer a los nuevos tripulantes y equipos. Arthur nunca se había fijado en el hombre del traje azul.

La ventana daba a un gran patio cubierto de césped con palmeras y bancos en las esquinas. En tres de sus frentes, el edificio se alzaba tal y como habría sido un siglo antes, con su estuco pintado de blanco y sus ventanas metálicas. Un pasillo de cristal nuevo constituía el cuarto frente, donde se albergaba el área de recepción central con un largo mostrador delante del aparcamiento de coches. Arthur se apoyó en el alféizar de la ventana e intentó mantener la estabilidad. No veía ninguna puerta en el patio, aparte de la del vestíbulo de cristal. Si se dejaba caer desde la ventana hasta la hierba de abajo, los árboles lo ocultarían del área de recepción, pero después no habría forma de volver al edificio sin que lo vieran. Se agarró con fuerza al marco y se asomó un poco más. La ventana de la planta de abajo estaba abierta.

Traje azul decía que había estado un año fuera. Pero el viaje era de seis meses. Seis meses hasta Deimos, pero él no había llegado a Deimos. Si era cierto, lo sabrían los de Control de Misión, la empresa y todos y cada uno de los ingenieros y analistas de datos del programa, aunque hablaran de una misión anual. ¿Por qué nadie le contaba nada sobre la misión suspendida? Y, si no era cierto, seguía dentro del cráter Voltaire en Deimos y estaba experimentando algún tipo de alucinación compleja o de crisis. Ninguna de las dos opciones indicaba buena salud mental ni habilidad cognitiva óptima, como Zeus afirmaba.

Zeus. Arthur se sentó en el alféizar y revisó la habitación. En ese momento, podría haber utilizado el sistema operativo. Si llevara un implante, se conectaría de forma automática a la estación base y tendría acceso directo a Greg, que estaba con Hal en Los Ángeles y era uno de sus contactos principales, aunque la línea estaría pinchada. Trató de recordar lo último que Zeus le había dicho. Que estaba a años luz de la Tierra, pero que había vuelto a la Tierra. Justo eso era lo que sentía Arthur: no había visto a nadie conocido desde el rescate, aunque todos lo conocían a él. La base, la comida y hasta el olor del aire le resultaban familiares y a la vez distintos, como si su entrada sensorial se hubiera alterado con la misma facilidad que los ajustes de color de un monitor. Un sistema operativo no tenía emociones, solo datos. Estaba en casa, pero no estaba en casa.

Desde el pasillo llegaron unas voces y oyó un golpetazo contra la pared. Un guarda estaba apostado fuera de su habitación. Se tiró de la bata de hospital y se asomó de nuevo al patio. No llegaría lejos, pero al menos, si lograba entrar en la planta de abajo, podría conseguir un teléfono. El mundo exterior lo llamaba con la misma fuerza que cuando era niño. Centímetro a centímetro, pasó las piernas por encima de la ventana hasta que se dejó caer.

Llegó al suelo con brusquedad y se quedó tumbado en la hierba áspera con la respiración cortada hasta que el dolor se concentró. Sobre él, la tierra se inclinaba hacia un cielo violeta. Arthur vio la luz de las viejas estrellas, el brillo del polvo y la luna solitaria de su planeta, una delgada guadaña azul a un brazo de distancia.

—¿Arthur?

La voz le hizo volver la cabeza hacia la ventana abierta de la planta baja. Una mujer de pelo oscuro con un vestido vaporoso que contenía los colores del atardecer.

—Arthur, ¿qué haces? ¿Estás bien?

La conocía.

—¿Te has caído? Madre mía. ¿Busco ayuda?

—¡No! —El pecho le dolió por el esfuerzo.

—Pero, cariño, te has hecho daño.

Una cabeza rizada, unas caderas prominentes. Cariño.

Se apoyó en un brazo y permaneció encorvado en el suelo. Vio que los pliegues del vestido cayeron desde la ventana seguidos por unos zapatos de lona y unas piernas desnudas. La mujer corrió hacia él y se agachó a su lado.

—Arthur, ¿qué ha pasado?

Cariño. Lo abrazó.

—Me dijeron que estabas bien y que podría verte mañana. Pero he esperado aquí.

Él se apartó, inspiró con esfuerzo y la miró.

—¿Rachel?

—Sí, soy yo. ¿Te has hecho daño en la cabeza? ¿Por qué me llamas Rachel? —Lo agarró de los hombros para mirarlo a la cara.

—¿Dónde está Eliza? Mamá. —A lo mejor era eso. A lo mejor se había hecho daño en la cabeza y su cuerpo seguía en la Spirit, en un cráter poco profundo de una pequeña luna cerca de Marte.

—¿Quién es Eliza? —Rachel puso una mano en la mejilla de su hijo—. Tiene gracia.

A lo lejos se oyó un grito.

—Vienen a ayudarte. Yo no me marcho. Todo irá bien. Ha sido un viaje muy largo, el más largo que has hecho.

Otro grito. Arriba, desde la ventana de su habitación. En el pasillo de cristal, un enfermero los vigilaba desde la puerta. Sintió la frialdad en los dedos, la náusea, el aleteo del corazón contra el pecho. Oscuridad. Se agarró con fuerza. Apretó a la mujer que tenía delante. El viaje más largo que había hecho.

*

Al mismo tiempo, otro Arthur bajaba por las escaleras hacia el área de recepción de la unidad de rehabilitación del Centro Espacial Lyndon B. Johnson de Huston, Texas. Los escalones eran un reto para sus músculos atrofiados y le molestaba el pecho cada vez que respiraba, pero le habían informado de que su madre estaba esperándolo y prefirió saludarla fuera de la habitación del hospital. Cuanto antes lo dejaran irse de la unidad de rehabilitación, antes averiguaría qué había pasado con su viaje a Deimos. Lo único que sabía con seguridad era que, no mucho después de haber entrado en el cráter, se produjo un apagón en las comunicaciones y perdió la conciencia. Cuando se despertó, estaba en un bote de salvamento en Florida. Había pasado más de un año.

Rachel estaría preocupada. Ella tenía su vida; un trabajo y un grupo de seguidores en la Comic-Con para quienes diseñaba disfraces de personajes himenópteros. La gente cruzaba el país entero para que les confeccionara un traje de insecto desde que caracterizó a Arthur como hormiga para la fiesta temática de su décimo cumpleaños, dedicada a Ant Man, y subió el resultado a Instagram. Después de aquello, Arthur aprendió a compartir su mami con todos los frikis de la ciencia ficción y enseguida se convirtió en uno de ellos. Con diecisiete años, Rachel se mudó a Estados Unidos para que su hijo hiciera realidad sus sueños aeronáuticos; desde entonces, nunca se perdía un despegue o un aterrizaje.

—Ya puedes olvidarte del rollo ese de la madre soltera y su querido hijo único, mamá —le dijo Arthur cuando terminó el periodo de prácticas—. Ya tengo avión y todo.

—Oye, no me vas a quitar el trabajo. —Rachel dejó que su hijo le pasara un brazo musculoso por los hombros—. Los hijos no son solo para Navidad. Y mejor que Hal no te oiga decir eso de «madre soltera».

Arthur dobló la esquina de la pronunciada escalera del hospital y se detuvo para recuperar el aliento. Su padre no había asistido jamás a un día del padre del colegio y mucho menos a un regreso a la Tierra. Arthur lo entendía. Hal estaba ahí como un símbolo, como la idea y la biología de un padre, pero no como una presencia física. Ese nunca fue el trato y, varios años después de que Arthur naciera, Hal se casó con un jardinero y se mudó a Somerset. Para Arthur eso supuso varios veranos fantásticos y asilvestrados en las colinas de Quantock y la marcada ausencia de papá en el barrio londinense de Hackney el resto del tiempo.

Sería Rachel quien estaría ahora en la sala de visitas y quien se habría quedado despierta todas las noches durante... durante el tiempo que llevara fuera. Nadie le había dado una explicación sobre los seis meses faltantes; la única justificación posible era su confusión mental. Un fallo de memoria que la compañía tenía que contrastar con la información del sistema operativo, ya que este también había dado muestras de imprecisión.

Al llegar abajo, Arthur vio la recepción de cristal al otro lado del patio. Había una mujer alta y rubia detrás del mostrador con los brazos sobre la encimera mientras la recepcionista hablaba por teléfono. Ni rastro de Rachel. El esfuerzo al caminar parecía haberle hecho mella y las piernas empezaron a fallarle. Cayó sobre el suelo de cemento y la respiración, antes ahogada, se le terminó de cortar.

—¿Arthur? —La mujer alta esperó al final del pasillo—. Arthur, ¿qué te ha pasado? —Echó a correr y se arrodilló a su lado—. ¿Estás bien? Ay, espera... Voy a pedir ayuda.

A lo lejos, se oyó un grito.

—Ya vienen a ayudarte. Ay, menos mal que estás bien. Llevas fuera mucho tiempo. —Lo abrazó—. Ya estás en casa. En casa.

8
Nuevo para mí mismo

_____

El barco de Teseo

Basado en una historia de Plutarco, *Vida de Teseo,* este experimento mental plantea hasta qué punto un barco deja de ser el original cuando se sustituyen todos sus componentes. Y, si construyeras otro barco con todas esas partes sustituidas, ¿cuál de los dos podría jactarse de ser el original?

> El río
> donde metes el pie
> ya no está
> esas aguas
> dan paso a otras
> y a otras.
>
> HERÁCLITO, *Fragmentos*

Rachel observó su reflejo mientras se lavaba los dientes. Un lado del espejo exhibía sus constantes vitales: presión arterial, niveles de azúcar y hormonales, peso, densidad ósea y análisis de sangre. Si la casa no hubiera sido de alquiler, habría arrancado todos esos aparatos. La mayoría de los días se sentía bien, pero estaría aún mejor si no tuviera que ver su deterioro ante el espejo, cifra a cifra, sin piedad.

—Todo está escrito —dijo Rachel.

—Gracias —contestó el sistema.

Tenía las sienes encanecidas. Era capaz de medir los años mediante el reloj solar de sus folículos: su vida ya sobrepasaba el mediodía. Qué extraño que su cuerpo ahora fabricara una fibra áspera de acero en vez del cobre líquido de su juventud. ¿Había cambiado ella tanto como su pelo? Era probable. Se preguntó si podía considerarse la misma persona ahora que todas las células de su cuerpo habían sido sustituidas por otras más de una vez. Era algo que no revestía mayor importancia cuando los resultados eran el crecimiento y la salud, pero, ahora que el efecto era el encogimiento y el deterioro, importaba muchísimo. ¿Era posible que su mente se librara de ese proceso? Sus conexiones también habían sido sustituidas, una y otra vez. Los recuerdos también eran diferentes, matizados por los acontecimientos posteriores. Si estabas hecha de recuerdos y esos recuerdos cambiaban, ¿cambiabas tú también al ser quien recordaba?

Agradecía que el espejo del baño no midiera su agudeza mental con el mismo rigor con el que analizaba sus funciones corporales.

Debería haberse teñido el pelo. Quizá Arthur no la reconociera.

Tenía sesenta y ocho años, cinco años más de los que tenía su madre cuando murió. Elizabeth no llegó a vieja y tampoco pareció cambiar lo más mínimo durante la vida de Rachel. Quizá ahí residiera el secreto, en aferrarse a todos los defectos y rarezas, a todas las características con las que te resulta imposible vivir. Olvidar la mejora personal y quedarte con tu obstinado ser, reconocible al instante, recordado para siempre.

«A primerísima hora de la mañana», le dijo el gerente del hospital. No le daba tiempo a teñirse el pelo. Le dio la espalda al espejo y cerró todas las puertas de la casa. Las ventanas estaban selladas herméticamente para preservar la climatización y limitar los niveles de radiación. En la puerta principal, se negó a utilizar el programa de reconocimiento de iris y la alarma parpadeó hasta que cerró a mano. Era un paseo corto hasta la lanzadera más cercana. Se sentó en el asiento de plástico duro y contempló el inminente día que brillaba tras las ventanas de la cabina, la vida por debajo del reluciente Hyperloop que envolvía la ciudad.

Por supuesto, su padre se las arregló para vivir con su madre la mayor parte de su vida adulta. Hasta que, después de una fiesta en Brasil, se mató y la mató a ella. Un accidente, si estar demasiado borracho para conducir por una célebre carretera costera pudiera considerarse un accidente. A los cuerpos, que salieron despedidos desde las ventanas del *jeep* por la escarpada pendiente del acantilado y que aparecieron en el mar varios días después, no les pudieron hacer más que una autopsia superficial en el depósito de cadáveres de Fortaleza, aunque a Rachel no le cabía ninguna duda de que ambos estarían igual de ebrios. Así era como vivían y así fue como murieron. Sobre el papel era perfectamente lógico, aunque a Rachel le costaba entenderlo. Ella solo veía lo que podrían haber tenido por delante, sus respectivos trabajos, sus pasiones, un nieto que los necesitaba. Al final, lo único que les importaba a sus padres era el momento, el ahora. Había buenos y malos ratos. Ni arrepentimientos ni planes de futuro.

—Qué espíritus tan libres —dijo Hal cuando Elizabeth y Nicholas levantaron el campamento para trasladarse a un remoto pueblo pesquero de Brasil—. Nada los retiene.

Rachel intentaba ver a sus padres desde la perspectiva de Hal, pero solo pensaba en que, si no habían sido capaces de cuidar de ella, no iban a quedarse allí para cuidar de su nieto. Se suponía que Rachel era el espíritu libre, joven y despreocupada, con unas elecciones de vida arriesgadas y modernas. ¿Por qué a ella nadie le daba palmaditas en la espalda?

Le vibró la pulsera y apretó el panel del auricular.

—¿Señora Pryce? ¿Rachel Pryce? Soy el doctor Crosby, de la base.

Rachel escudriñó la pequeña proyección de su muñeca. El médico estaba en su despacho. Parecía llevar un traje.

—¿Sí?

—He visto al capitán Pryce esta mañana y me gustaría hablar con usted cuando llegue.

Al final no vería a su hijo a primerísima hora. Eso ya había pasado otras veces. Visitas de médicos y desayunos, pruebas y resultados. Trajes caros.

—No es nada grave. —El doctor Crosby no veía a Rachel, que llevaba dispositivos externos sin cámara, pero parecía haber captado su desconcierto—. Está un poco desorientado. Me gustaría hablar con usted antes de que lo visite.

—De acuerdo.

—Muy bien. —Crosby se reclinó en la silla y la proyección pasó a ser solo un traje y una cara diminuta, como una gamba en un mar de sarga azul marino.

Rachel tomó nota para un futuro disfraz. Ahora que Arthur había vuelto, podría ponerse con los crustáceos. La siguiente Comic-Con era dentro de tres meses y los monstruos marinos cuadrarían muy bien con el resurgimiento de Julio Verne.

—Me informarán de su llegada desde recepción.

Ella apagó el auricular.

La noche que sus padres se despeñaron por el acantilado, Rachel llamó a su madre y le dejó un mensaje. No hablaban a menudo y, cuando lo hacían, no se comprendían o se comprendían demasiado bien. En cualquier caso, ese día Rachel se sintió aliviada cuando oyó que saltaba el buzón de voz y que podía dejar grabado su relato sobre el viaje con Arthur a Disneyland por su cumpleaños. Lo mucho que se habían divertido los dos y lo extraño que había sido el encuentro con un turco que la confundió con su madre y que resultó que había conocido a Elizabeth cuando era algo más joven que Rachel.

—Te manda recuerdos —le dijo—. Ahora vive en París con su mujer, a la que también conoces. ¿Una tal Celena? Qué gente más agradable, mamá. Dicen que fuiste muy amable con ellos cuando se mudaron a Londres. ¿Vivían contigo?

Si su madre hubiera oído el mensaje antes de morir, habría detectado un toque de reproche en su voz, la acusación tácita de que nunca le había presentado a la pareja, de que ni siquiera le había hablado de ellos. De joven, Rachel quería que sus padres fueran entidades fijas, y encontrarse con una versión más amable y abierta de mente no parecía encajar. Ahora que Rachel era mayor, aún se debatía entre la admiración y el resentimiento hacia ellos, aunque ayudaba que estuvieran muertos y por fin fijos de esa manera concreta.

El Hyperloop se detuvo en otra estación y entró un hombre que llevaba instalado un equipo cefálico completo. El sistema estaba conectado a su corteza cerebral; el cuerpo avanzaba como un coche mientras la mente estaba ocupada en alguna situación virtual. Rachel se estremeció. Desde el interior del aparato, podías oír y hablar sin que nadie se enterara de lo que decías. Los usuarios se pasaban casi todo el tiempo dedicados a los negocios, así que las empresas habían decidido aprovechar cualquier momento posible de la jornada para enviarlos por la ciudad a pie en vez de en e-coches y que se mantuvieran activos. A Rachel le recordaban a las pobres cucarachas conectadas a microprocesadores que veía en la tele de pequeña. Solo con mirar el equipo, le entraba claustrofobia. Se rascó la cabeza para tranquilizarse y volvió a mirar por la ventanilla.

Arthur nunca usaba equipos cefálicos. Ni siquiera llevaba conectado un sistema operativo y, aunque Soluciones Espaciales insistió, él se sometió a varias pruebas para demostrar que podía funcionar con la misma eficiencia sin el implante. Por supuesto, sus resultados fueron mejores sin el aparato, hasta el punto de que la empresa cambió algunas de sus políticas sobre los sistemas operativos externos.

—Los procesos óptimos siempre se obtienen con un humano al mando —insistió Arthur cuando Rachel le preguntó si perdería el puesto de trabajo—. Bueno, con algunos humanos —añadió con una inclinación de cabeza.

A ella no le hizo gracia. Su idea del infierno era convertirse en un ser semiautomatizado, como el hombre del equipo cefálico. A veces soñaba que la descargaban en un disco duro.

—No te descargan, mamá, te suben. Y todavía estamos muy lejos de eso. Incluso si pudiéramos almacenarte, piensa en las posibilidades que eso tendría. Tus recuerdos, tu personalidad, tus pensamientos y emociones, todo se conservaría. Vida eterna sin el inconveniente de la destrucción planetaria. Pura existencia. ¿Y tú qué sabes si eso ya ha sucedido?

Como una religión sin ninguna de sus ventajas. Rachel no veía la diferencia entre un científico que pensaba que la conciencia humana solo era un constructo de la inteligencia artificial y las penosas enseñanzas del profesor de la escuela dominical donde la mandaron sus padres para poder pasar una hora en el bar. Ella suponía que habría algún tipo de absolución en el fondo de un vaso, pero un ordenador no podía perdonarte ni bendecirte. Ni amarte. Sabía que Arthur pensaba lo mismo, pero a él le gustaba discutir y obligarla a esgrimir razones cada vez más rebuscadas para justificar la humanidad de carne y hueso.

—Eres la guardiana de la llama, mamá. La jipi eterna. Si trabajaras en la empresa, los pondrías a tejer tapices digitales en un pispás.

Las puertas se cerraron en su parada por segunda vez y se quedó sentada mientras el vagón comenzaba la tercera vuelta por la ciudad. Haría un último trayecto.

A Arthur le había pasado algo. Por supuesto que le había pasado algo, ella lo supo de inmediato, pero, a medida que avanzaba a toda velocidad de nuevo hacia el hospital, la naturaleza exacta de ese «algo» se volvía cada vez menos abstracta. Pronto se encontraría frente a los detalles del estado de su hijo y de los acontecimientos anteriores a su cita. Por primera vez desde que habló con el oficial de bajo rango de la base, se permitió considerar las posibles razones y consecuencias del regreso repentino de Arthur y la realidad de su «desorientación».

Se suponía que estaría en una misión de dos años en Deimos, la luna más pequeña de Marte. Cuando Arthur le habló de la expedición, Rachel se informó sin mucho entusiasmo sobre ese trozo frío de roca y sobre su hermana Fobos. Pánico y temor. A Arthur parecía hacerle gracia que Rachel le diera tanto valor a sus respectivos nombres.

—La idea fue de algún profesor antiguo —dijo—; seguramente hace cientos de años esas lunas daban bastante miedo.

Rachel dudaba que los viajes espaciales fueran tan competitivos si el primer aterrizaje hubiera sido en «Terror» o en «Muerte». Y también serían menos poéticos. Una vez confirmado el viaje de Arthur, a Rachel le resultó imposible discutir su inminente visita a «Pánico» y decidió concentrarse en los detalles del cráter Voltaire, el punto exacto donde aterrizaría. Al menos ese era un destino que sí comprendía. De joven había recibido clases sobre la Ilustración en el Centro de Educación de Adultos de Camden como parte del acuerdo al que llegó con sus padres tras dejar los estudios de manera prematura.

—Puedes ser poco agraciada o estúpida, pero no ambas cosas.

Su madre apenas necesitaba repetir algo que casi se había convertido en un lema familiar. En parte esa era la razón de que Rachel nunca hubiera dejado de estudiar. Porque con la edad no suele mejorar el aspecto físico.

El vagón se deslizó hasta su parada por tercera vez y Rachel levantó la vista para ver la base que se extendía a lo largo de varias manzanas por debajo de la estación. Salió al andén y se quedó allí de pie unos instantes, al frescor del aire primaveral.

En los años que habían pasado desde que Arthur decidió formarse como piloto, había aprendido mucho sobre los efectos físicos del vuelo y sobre la ausencia de gravedad, pero su hijo siempre había eludido con aparente soltura los efectos psicológicos. ¿Qué significaba que estuviera «desorientado»? Rachel entendía el subtexto de los sanitarios: cuando tenía veintitantos años vivió con alguien que se dedicaba a la medicina y sabía cómo gestionaban las expectativas de los allegados. Arthur se encontraba mal. Su equilibrio mental podría haberse perturbado a causa de una conmoción cerebral, fiebre o simplemente la soledad de casi cuatrocientos días, con la única compañía de un sistema operativo y los mensajes en vídeo de la empresa. ¿Acaso su hijo, tan práctico, brillante, creativo y amoroso, se había resquebrajado?

Si Arthur estuviera en peligro, no le habrían pedido que fuera a la base, sino que un equipo habría acudido a su casa antes de que aparecieran por allí los periodistas. De eso estaba segura. En los primeros tiempos, se reunía con las demás familias hasta que las latas que contenían a su hijo, hija, esposa o marido salían disparadas de la atmósfera. Cuando algo iba mal, muy mal, la familia desaparecía. Días después, un pariente valeroso se dejaba ver en un noticiero matinal e inclinaba la cabeza una y otra vez junto al presentador mientras se le rendía homenaje al hijo o a la esposa pioneros. Rachel hablaba largo y tendido con Arthur sobre este tema y siempre ponía en duda la versión oficial de los hechos.

—Mamá, ya sabes cómo funciona la financiación. Siempre estamos al borde del cierre.

Arthur era un piloto cualificado, un aventurero. Para él, su trabajo era una prolongación del de todos los exploradores del mundo y quería formar parte de la historia. Pero ya no eran pioneros, sino drones que enviaba la empresa para ocupar nuevos territorios donde establecer explotaciones mineras, reparar satélites y montar estaciones espaciales. Rachel no podía evitar pensar que su hijo había vendido *Lo que hay que tener* y había comprado una bandera de plástico y un detector de metales. «Acampada extrema», lo llamaba Arthur, más para tranquilizar a la festivalera de su madre que para restarle importancia al amor por su trabajo. Pero la cultura económica del siglo XXI no se podía camuflar cuando una secuencia de caracteres te daba acceso al parlamento no electo del mundo. Los tecnócratas decidían qué enfermedades se curaban, que países obtenían comida suficiente y qué planetas colonizaría su hijo para ellos. Rachel sabía que el mundo nunca había sido un lugar justo, pero se preguntaba qué cualificación tendrían los chavales que habían pasado directamente de sus habitaciones de adolescente a las salas de juntas de Silicon Valley para dirigir el mundo.

—Pues la misma que cualquiera —le dijo Hal desde su pequeño paraíso en Somerset la última vez que hablaron—. Al menos no les viene de nacimiento ni han sido elegidos por un Gobierno corrupto.

Hal tenía la misma relación que ella con la política, puede que incluso menos, y su implicación en la vida de Arthur se limitaba a los días festivos y las distintas vacaciones. Él no tenía que ver cómo lanzaban a Arthur a la estratosfera en una nave con un presupuesto cada vez más ajustado. Él no tenía que tratar con el equipo de relaciones públicas de Soluciones Espaciales cuando el trabajo de su hijo aparecía en las noticias. Lo cual era respetable, porque el acuerdo fue ese desde que concibieron a Arthur, incluso desde antes, pero no servía de nada que Hal fingiera que sabía algo sobre el mundo de la aviación espacial comercial y sobre el tipo de personas que la dirigían.

Debería haberlo llamado. Ahora no podría hacerlo, con todas las cámaras y demás dispositivos de vigilancia que la estarían grabando desde las altas alambradas que rodeaban la base. La entrada principal estaba a pocas manzanas de la estación, bastante apartada de la carretera por unas extensiones de césped modificado genéticamente. Dio un paso fuera de la acera y sintió el crujido de los tallos tiesos a través de la lona de los zapatos. Toda la ciudad funcionaba con energía solar y la hierba solo necesitaba un poco de lluvia de vez en cuando, pero Rachel no pudo evitar pensar en el despilfarro de ese desierto verde. El esfuerzo de la gente que trabajaba por mantener un jardín artificial donde no crecían las flores y no jugaban los niños. Y la falsedad de la imagen creada, como si la base fuera una especie de pastoral bucólica en vez de una fábrica de derechos para la extracción minera extraterrestre. Enfiló el largo camino que llevaba hasta la puerta y tomó nota mental de que tenía que llamar a Hal cuando volviera a casa.

Los guardias de seguridad de la base Lyndon B. Johnson no estaban acostumbrados a los peatones. Ese no era el tipo de lugar por el que alguien pasea sin rumbo y Rachel era consciente de que, además de las cámaras, la observaban varios pares de ojos. Había seguido ese mismo recorrido con frecuencia durante años, pero los guardas nunca eran los mismos. Por supuesto, eran soldados, pero intentaba no pensarlo. Siempre se había resistido a la idea de que su hijo tuviera relación con los militares y se negaba a recordar su rango de subteniente o teniente, daba igual la cantidad de cartas que llegaran para él a la casa alquilada. Cuando lo nombraron capitán, se lo imaginaba como marinero, como el aventurero que fue de pequeño.

Desde niño, Arthur siempre quiso estudiar las estrellas. Según recordaba Rachel, el origen de esta afición se remontaba a la época en que murieron sus padres y a un libro sobre mitología griega que ella le leyó. Con cinco años, a Arthur le costaba comprender qué les había sucedido a sus abuelos; ellos habían vivido muy lejos y parecía que se habían marchado más lejos todavía. Rachel esperaba que las historias del libro lo ayudaran a visualizar la magnitud de la aventura de la vida y su plan tuvo cierto éxito. Fue entonces cuando Arthur descubrió a Ulises y el viaje por el río Estigia. Cuando asumió la idea de que, si ibas lo bastante lejos, podías encontrarte con los muertos, su ansia de viajar se volvió irreprimible.

Él nunca dijo que buscara a sus abuelos y Rachel tampoco le preguntó, pero adoptaron una regla: si a Arthur se le presentaba cualquier oportunidad para explorar, Rachel lo ayudaba. Él la llevaba a todos los parques y canales que se podían alcanzar a pie. Ella guardaba recortes de todas sus aventuras, dibujos y fotos, sus sueños y las historias que contaba. Cuando iba a casa de Hal, trepaba por los árboles y cavaba zanjas en los riachuelos, construía cuevas con fardos de paja y túneles con cajas. Aprendió a usar el tubo de bucear y a interpretar los mapas de la agencia cartográfica nacional y las brújulas. En verano, él y Rachel cargaban una tienda de campaña y leña en el coche y se largaban. Si hacía suficiente calor, Arthur le rogaba que le dejara pasar la noche a la intemperie con el saco de dormir para observar el cielo nocturno y nombrar a gritos las constelaciones. Cuando tenía diez años, la NASA reveló que en Marte había agua líquida por debajo de la corteza y que el planeta Kepler-452b podía albergar vida. Arthur hablaba de eso a diario. La zona Ricitos de Oro. En algún lugar del universo había un planeta que podía contener vida y Arthur quería visitarlo. Por entonces ya había olvidado las razones de su búsqueda y Rachel se preguntaba si su hijo, tan inquieto como era, conseguiría ser feliz algún día aunque no alcanzara su meta.

Levantó la vista hacia la torre de vigilancia. El grupo de soldados y sus armas, colocadas con despreocupación sobre los cuerpos uniformados, adquirían nitidez a medida que ella se acercaba. Eso era lo que su familia había conseguido con las exploraciones: ausencia de patria, en un hospital militar, bajo escrutinio constante y con miedo. Al menos ella tenía miedo. Tal vez Arthur, con su habitual suficiencia, estuviera solo confuso. Eso esperaba Rachel. Desde su punto de vista, la gamba con traje no había sido demasiado tranquilizadora y, para ser tan brillantes reconstruyendo cacerolas en el espacio, ni una sola persona en la base sabía preparar una taza de té.

Ya se encontraba a pocas decenas de metros de la puerta cuando una silueta caqui emergió desde la torre y se acercó a uno de los soldados inmóviles. De inmediato, todos se apartaron, dejaron de hacerle caso a Rachel para prestarse atención unos a otros y ella supuso que, por una vez, a los guardas los habían avisado de su llegada inminente. Pero eso solo sirvió para ponerla más nerviosa.

Al llegar junto a la torre, sacó la identificación y se preparó para el escáner de retina. Se preguntó qué vería el ordenador cuando el lector se deslizaba por delante de su cara. ¿Reconocimiento de patrones? ¿O algo más? Los humanos miraban a los ojos durante una eternidad para tratar de evaluar los pensamientos y emociones de la otra persona. ¿Serás leal conmigo? ¿Serás amable? La máquina verificaba tu identidad en segundos y determinaba si eras digna de confianza en unos cuantos segundos más. Las preguntas no eran tan distintas, pensó Rachel. Parpadeó cuando la luz del panel se puso verde.

Se acordó de su primer amor mientras les sonreía a los soldados y vaciaba el contenido del bolso sobre una mesa de plástico. Eliza Earnshaw, a quien nunca llegó a conocer del todo. Los hombres y mujeres uniformados que la habían acompañado al interior de la torre se quedaron perplejos al inspeccionar sus libros de bolsillo y los viejos cuadernos llenos de dibujos. Una de las mujeres se detuvo al ver la cubierta raída de Penguin de *The Spoilt City,* de Olivia Manning, y miró a Rachel.

—Forma parte de una serie —dijo ella.

La soldado soltó el libro como si Rachel le hubiera proporcionado la información que necesitaba y siguió registrando el bolso. La postal que llevaba como marcador asomaba entre las páginas desgastadas con unos colores tan desvaídos que solo Rachel podía reconocerlos. Una niña con un gorro rojo delante de una casa. La tarjeta, con una caligrafía casi ilegible, era una de las pocas cosas que aún conservaba de su madre. Aunque le había hecho una fotocopia, siempre llevaba el original. Esa postal le recordaba que existían otras posibilidades, otras direcciones. Su madre eligió la imagen de una niña en una puerta. Que esta se abriera dependía de cómo se sintiera Rachel al mirar esa escena. Hubo una época en que parecía cerrada para siempre.

Habían pasado casi cuarenta años desde que ella y Eliza se conocieron en un bar cerca del campus Strand del King's College. Eliza había cruzado el río desde el Departamento de Medicina para salir con unos amigos por la noche y Rachel se suponía que iba a ver un espectáculo con Hal, pero esa noche su jornada como cocinero se alargó más de lo previsto. Las dos mujeres estaban en la barra, una al lado de la otra, y cruzaron una mirada breve y repentina al pedir. Todo habría terminado ahí si Hal no hubiera aparecido cuando Rachel estaba pagando y no le hubiera pedido a Rachel que le presentara a su amiga. Más tarde, él confesó que había generado el malentendido a propósito porque se veía que entre ellas «había una química increíble». Después, cuando Eliza y Rachel alquilaron su primer piso, Hal se apuntó el tanto de haberlas unido y, cuando la relación terminó, se mostró convencido de que había sido Rachel quien insistió en presentarle a Eliza.

—Pero si no la conocía —dijo Rachel—. ¿Cómo te la iba a presentar?

Hal se encogió de hombros.

—Vuestros recursos son misteriosos. Es un milagro que las mujeres consigáis estar juntas, eso para empezar. En cualquier caso, lo siento, aunque no sea mi culpa, siento que nos topáramos con ella.

Rachel no pensaba que se pudiera eliminar de la vida toda una relación como si nunca hubiera existido. Eliza formaba parte de ella, sin importar lo dolorosas que fueran las consecuencias inmediatas de su ruptura. Hal había tenido varios novios durante el tiempo que ella estuvo saliendo con Eliza y el último, que a Rachel le gustaba, parecía estar a punto de desaparecer.

—Por supuesto, no me arrepiento de haber estado con ellos —dijo Hal—. Pero yo no estaba enamorado.

Tras la torre de vigilancia continuaba la carretera y la barrera se levantó. Rachel les dio las gracias a los guardas y se dirigió hacia el moderno edificio de recepción que habían adosado al hospital cuando los viajes espaciales comerciales empezaron a recibir una financiación considerable. El sol inundaba las franjas anchas de asfalto y césped que se cruzaban entre los edificios bajos. Con el calor, los saltamontes se cortejaban. Había hecho bien en ponerse el vestido de verano, aunque solo fuera abril; su tela vaporosa se transparentaba con la luz. Rachel se miró la muñeca, eran casi las once. Apretó el paso y siguió adelante.

La recepcionista, una mujer de unos sesenta años con un impresionante moño francés, le pidió que esperara a que alguien la llevara con el doctor Crosby y que, entre tanto, tomara asiento. Sin mucho entusiasmo, Rachel le habló de las instrucciones que había recibido la noche anterior para que estuviera allí «a primerísima hora». El moño francés se inclinó mientras la mujer hacía ademán de consultar la hora en la pantalla.

—La avisaremos en cuanto el doctor Crosby esté disponible.

Rachel se sentó en uno de los bancos, parecidos a los de los aeropuertos, y miró el jardín desde el atrio de cristal. Se preguntó por qué no había solicitado ir a ver a Arthur directamente. ¿De verdad necesitaba reunirse con el médico antes de ver a su hijo? En las visitas anteriores, ese nunca había sido el orden. Sabía que en esas situaciones tenía que ser exigente si no quería esperar durante horas o incluso que la mandaran a casa.

Fue Eliza quien la enseñó a enfrentarse a la cultura hospitalaria y conseguir lo que quería —o al menos lo que necesitaba— del sistema. Al final de la relación, cuando Rachel no estaba bien, Eliza la acompañó a todas las citas médicas y le dio un cursillo acelerado sobre el comportamiento de los pacientes y los visitantes.

—Además de contigo, cada unidad tiene que tratar con las demás unidades y algunas son más complicadas que otras —le explicó durante su primera hospitalización—. Así que están la recepción general, la recepción de tu unidad, las enfermeras de tu unidad y los celadores. Y eso es solo la parte administrativa para entrar en una planta del hospital. Tienen que aprobar todas las pruebas que pide el especialista, tienen que supervisar todas las medicinas que te administran. Los directores no dejan de tomar decisiones en función del coste-beneficio y tienen que cumplir objetivos. Es una enorme actuación y tú eres quien se encuentra en el escenario, no los cirujanos ni los especialistas ni el puñetero ministro de Salud. Tú.

Hasta que Eliza salió de su vida, ese discurso le permitió a Rachel pedir información y ayuda cuando se acercaba a visitarla la camarilla del neurólogo o cuando las enfermeras se pasaban a verla al final de la jornada. Pero, cuando Eliza recogió sus cosas y sus libros del pisito de Haringey, gran parte de la resolución de Rachel se esfumó también y la siguiente vez que se presentó en el hospital se quedó totalmente en silencio y le pospusieron el tratamiento dos veces. Era posible que estuviera conmocionada. O tal vez la sabiduría de Eliza había dejado de tener peso después de ver hacia dónde había conducido la relación. Sea como fuere, Rachel tardó un tiempo en recuperar la confianza y mejorar sus relaciones con el personal sanitario. Sobrevivió al tratamiento. Sobrevivió a Eliza. Al final les hizo frente a todos, pero Eliza nunca se habría quedado sentada en un banco de recepción mientras su hijo necesitaba verla. Aunque, hasta donde Rachel sabía, Eliza no tenía descendencia.

A mediodía llegó un hombre vestido de camuflaje y le preguntó si quería comer. Le llevaron una bandeja de macarrones con queso en un recipiente de melamina y un vaso de agua. Rachel pensó que no querían que comiera en la cantina de los empleados y se preguntó si el personal de la base sería más agradable en privado. Su concepción de la camaradería militar se basaba en los recuerdos de las películas de guerra que vio de pequeña. Cuando terminó de comer se quedó dormida en el banco y soñó que unos robots le hacían la pedicura y cuando el esmalte se secaba no distinguía cuáles eran sus pies. Los que tienes pegados, se dijo. Pero había una fila entera de pies pintados y no notaba cuáles eran los suyos. Se despertó con un sobresalto y se dio cuenta de que tenía las piernas entumecidas y habían pasado varias horas.

Esperó a recuperar la circulación de las piernas y volvió al mostrador.

—Perdone. Estaré encantada de hablar con el doctor más tarde, pero necesito ver a mi hijo ya. ¿Me puede decir en qué habitación está?

Sin que se moviera un solo pelo del moño francés, la silla se giró y la recepcionista, con la mirada fija en el monitor, levantó una mano. Rachel esperó un momento. A la derecha del mostrador estaba el corredor principal, al fondo del cual había una escalera. Se dirigió hasta allí; cuando dobló la esquina, la recepcionista seguía con la mano levantada detrás del mostrador.

Las puertas que flanqueaban el pasillo de la primera planta estaban señalizadas con un número y un espacio para el nombre del paciente. Al pasar las leyó todas, pero parecían vacías. Después de atravesar dos lados del cuadrado, llamó a una puerta y empujó. Estaba cerrada.

Al oír el fuerte golpeteo de unos pasos masculinos a su espalda, se dio la vuelta y se encontró de frente con un gran traje azul marino que se aproximaba con rapidez. El doctor Crosby se detuvo delante de ella y sonrió con lo que parecía cierta incomodidad.

—¿Señora Pryce? Soy el doctor Crosby. Encantado de conocerla. ¿Ha venido a ver al capitán Pryce? Sí, seguro que sí. Siento haberla hecho esperar. Queríamos examinar los resultados de algunas de las pruebas que le hemos hecho a su hijo antes de hablar con usted, pero todo ha resultado más complejo de lo que esperábamos. ¿Podríamos hablar primero? ¿Aquí?

Los modales del médico resultaban inquietantes. Rachel vaciló mientras él tocaba el panel que había junto a la habitación donde ella acababa de intentar entrar. Sonó un clic y la puerta se abrió. El doctor se hizo a un lado, con un brazo en la puerta, e inclinó la cabeza, tal vez por respeto a su posición de madre de astronauta o como muestra de la gravedad del estado de salud de Arthur, Rachel no supo decidirlo. Un escalofrío le recorrió el cuerpo al detenerse, a los pies de una cama de hospital vacía, a la espera de que el médico comenzara a hablar.

—Siéntese, por favor. —Miró los gráficos que llevaba en la mano—. ¿Puedo tutearla?

Rachel se sentó en la silla que había al lado de la cama y Crosby se apoyó en la cama con una soltura que a Rachel le recordó a las numerosas visitas médicas que ella misma recibió años atrás. Resultaba agobiante, obsceno incluso, que un profesional trajeado estuviera a una distancia tan íntima del paciente desnudo. Estar vestida y de visita era, al menos, un consuelo.

—Tu hijo está bien, Rachel. Hay ciertas cosas que nos preocupan, ciertas dudas, pero en general estamos muy contentos con su evolución.

—Quiero verlo.

—Está aquí al lado. Se encuentra un poco...

—Desorientado.

—Exacto. Desorientado. Y quería recoger su historial, unos cuantos datos que nos ayuden a averiguar qué le pasa.

—¿Por qué?

—Bueno, necesitamos elaborar un informe completo...

—No, me refiero a por qué está tan confuso.

Él la miró; sus manos eran desproporcionadas respecto a la carpeta que tenía en el regazo, como si sostuviera los deberes de un niño. Del niño de Rachel.

—Ha estado fuera un año.

—Sí.

—En un viaje de dos años. Ha vuelto un año antes.

—Entonces, ¿algo fue mal y no os puede decir qué? Seguro que sabíais que no lo lograría. Seguro que sabéis por qué.

—Es un poco más complicado, Rachel. No es capaz de contarnos cómo ha sido.

Rachel oyó más pasos desde fuera de la habitación, hombres que caminaban en pareja. Dentro, el aire era frío pero estaba cargado. Como una nevera, pensó al reclinarse en la silla, e intentó contener la respiración. Una nevera para conservar pruebas. En ese momento estaban investigando a su hijo. Había vuelto antes de tiempo y había quebrantado alguna norma. ¿Qué tipo de norma? ¿Laboral? ¿Legal? ¿Física?

El médico se acercó a la ventana y la abrió tirando del marco metálico. Rachel cerró los ojos y dejó que la brisa caliente la inundara. Nunca le había gustado pasar frío. Una de las muchas razones por las que quiso trasladarse a California con Arthur había sido el clima. Una frivolidad, lo reconocía, pero así era. De niña, se prometió que viviría al sol. Y Arthur quiso que se mudara con él.

—Son demasiados viajes para la empresa. Me gustaría no tener que añadir más kilómetros durante mis vacaciones. Hal puede venir a Los Ángeles si quiere vernos.

De manera que pasó veinte años en Pasadena y esperó a Arthur en distintas bases del país cuando empezó a trabajar en misiones más largas. A Soluciones Espaciales le gustaba que hubiera un familiar siempre cerca y Arthur no estaba casado. A Rachel no le habría importado que el regreso precipitado de su hijo significara que volverían pronto al oeste, pero esperaba que la empresa no intentara echarle la culpa a Arthur de lo que hubiera pasado.

Crosby le tendió a Rachel un vaso de papel con agua y volvió a sentarse en la cama.

—No es culpa de Arthur. Ya sabes… deberías saber… que nadie insinúa eso.

Esa confesión no la tranquilizaba. Como todo lo sucedido desde la llamada de la noche anterior, esa forma inesperada de dirigirse a ella resultaba la mar de sospechosa. ¿Por qué exculpaban a Arthur tan deprisa? El error humano era su póliza de seguro. Ante cualquier problema, explosión o desaparición, la culpa nunca era de la tecnología. Así, las acciones de la empresa se mantenían estables.

—No lo entiendo. ¿No es para eso para lo que sirven vuestros equipos? Tuvo que darse la vuelta antes de alcanzar... esa luna. —Rachel frunció el ceño—. Me lo podríais haber contado hace meses. ¿Puedo ver a mi hijo ya?

El doctor levantó la carpeta.

—¿Tuviste un tumor cerebral en 2004?

—¿Cómo? —Las manos gigantes sostenían su historial, no el de su hijo.

—Buscamos algún marcador genético que nos sirva de ayuda. Por eso estoy hablando yo contigo y no la empresa. Estamos considerando este asunto desde un punto de vista médico. Como he dicho antes —carraspeó—, Arthur tiene que explicarnos cómo consiguió volver y, de momento, no recuerda nada.

Rachel se inclinó hacia delante.

—¿Me está diciendo que tiene un tumor?

—Los escáneres están limpios.

—Entonces, ¿qué mierda tiene que ver mi historial aquí? En mi familia nadie ha tenido un tumor cerebral. Solo yo.

No lo eximían de su responsabilidad. El médico insinuaba que la culpa era de la enfermedad de Arthur.

Rachel cogió el bolso y se levantó.

—No sé qué pasa, pero no voy a responder más preguntas hasta que no vea a mi hijo.

—Por favor, Rachel, señora Pryce. Se trata de una situación insólita. Intentamos averiguar qué ha sucedido, pero nadie del equipo… lo sabe. Ni siquiera el capitán Pryce. Cabe la posibilidad de que haya estado expuesto a… tal vez demasiada radiación o… Sus escáneres… los resultados de las pruebas son… correctos. Por favor, le ruego que se siente. —El médico dejó de tutearla.

Rachel no se movió.

—¿No le pasa nada malo?

El doctor asintió.

—Nada, que nosotros sepamos.

—¿Qué significa eso?

—Mi trabajo consiste en cuidar de los pilotos antes y después de las expediciones. Mantuve alguna interacción con el capitán Pryce durante los meses previos a su último viaje. —Los gruesos labios se retrajeron, se crisparon y se aflojaron—. Estaba… aún está en un estado excelente, tanto físicamente como de salud. Pero los resultados de las pruebas son diferentes.

Apartó la mirada, como si hubiera dicho todo lo que podía decir. Rachel repasó el discurso para construir un diagnóstico coherente con la información que acababa de recibir. Físicamente estaba bien. No había nada malo. Estaba desorientado. Había cambiado en algo.

—¿Diferentes? ¿Ha tenido alguna crisis?

—Que nosotros sepamos, no. —El doctor miró de nuevo la carpeta y suspiró.

Es cierto que no lo sabe, pensó Rachel. No sabe qué le pasa a Arthur.

El médico prosiguió:

—No se acuerda de cómo ha vuelto. No se acuerda de mí.

A Rachel le dieron ganas de reírse y emitió una especie de tos ahogada. El médico, sumido en su ignorancia, se volvió más pequeño. Ahora veía, bajo el traje azul marino, al hombre desnudo. Al viejo que su padre no pudo ser y que posiblemente tampoco querría haber sido. Aun así, convertía la edad en una virtud y quería menospreciarla y asustarla, puede que incluso echarle la culpa por haber estado enferma cuarenta años atrás.

—¿No se acuerda de… usted? Cuando Arthur se prepara para las misiones ve a cientos de personas. ¿Acaso no va casi todo el tiempo dormido durante el vuelo? No tiene por qué recordar esas mierdas. Hasta yo sé que aquí tienen ordenadores para todo eso. Discos duros. Como se llamen. Así que, venga ya, me ha asustado. Me ha acojonado de verdad. No me deja que lo vea, pero me llama para que hablemos de un tumor cerebral que tuve antes de que él naciera. Es obvio que usted no puede decirme qué pasa, así que necesito hablar con otra persona que sepa. Vaya a buscar a alguien y yo le esperaré con Arthur.

El doctor Crosby levantó la mano con la palma hacia Rachel.

—En nuestros informes... En los informes médicos de Arthur... aparece un brazo roto de una caída sufrida de pequeño.

Rachel se puso el bolso en el hombro y se acercó a la puerta con la esperanza de que se abriera desde dentro, pero no había picaporte.

—Se cayó de un árbol —dijo—. Cuando estaba con su padre. ¿Se lo ha vuelto a romper? ¿Es eso? ¿Qué pasa? Quiero ver a mi hijo.

Por detrás de ella, la cama crujió y el doctor Crosby se acercó, pasó la tarjeta por el lector y esperó a que la puerta se abriera.

—No es que Arthur se haya vuelto a romper el brazo, sino que los escáneres nos dicen que nunca se lo llegó a romper.

Ella lo miró unos instantes. Se le pasó por la cabeza que no fuera médico, sino algún empleado demente que hubiera accedido a sus historiales médicos y que ahora intentara asustarla para que confesara que la misión a Marte había fracasado por culpa de Arthur o por responsabilidad suya.

—Vaya, es increíble. ¿Tengo entonces que darle las gracias por haberme traído a mi hijo sin un rasguño?

—No es solo el brazo, señora Pryce. Hay otros... cambios... información nueva. Las intervenciones en las piezas dentales...

—Ya está bien.

Rachel salió al pasillo que aún no había inspeccionado. No se dio la vuelta.

—Señora Pryce. —Las largas zancadas del médico acortaron la distancia entre ellos—. Señora. Tiene que esperar abajo.

El cuarto pasillo no estaba vacío. Una de las puertas cerradas estaba flanqueada por dos guardas militares en postura de firmes. Rachel y el doctor Crosby se acercaron.

—¿Esto qué es? —Rachel miró a los soldados—. ¿Lo tienen encerrado? ¿O es que no me dejan entrar?

—Mantenemos al capitán Pryce a salvo hasta que esté listo para volver al trabajo.

—En ese caso, déjenme verlo.

—En cuanto sepamos qué sucedió durante la expedición.

Por un momento, Rachel consideró la posibilidad de correr hacia la puerta y gritar el nombre de su hijo. Al menos así él sabría que estaba ahí. Era consciente de que se arriesgaba a que la detuvieran si molestaba demasiado, ya sucedió eso una vez con el marido de un piloto cuyo aterrizaje salió mal. El tipo formó un escándalo en público y se lo llevaron para interrogarlo. Cuando el piloto se recuperó, pidió el divorcio. La empresa quería que se recuperara la normalidad entre un viaje y otro, no quería cuidar de ambos. Golpeó la pared, pero retrocedió.

—Quiero hablar con Jennifer Wozniak, la jefa de Arthur. Voy a esperar abajo media hora y después llamaré a mi abogado.

Eliza estaría orgullosa de ella. Rachel solo conocía a Jennifer de oídas y no tenía abogado, aunque había un viejo amigo de Hal, un tal Greg no sé qué, que se había jubilado en Miami y que conocía a todo el mundo. Trabajó para una empresa de tecnología espacial y le dio a Arthur algunos consejos cuando empezó la carrera de piloto.

—Si algo va mal, denúncialos a todos. A esos cabrones no les importas una mierda.

Por algún lugar de la casa andaba su tarjeta.

Bajó despacio las escaleras; la cabeza le daba vueltas. Sabía menos que cuando salió por la mañana y ni siquiera entendía si su hijo había sufrido algún daño serio. ¿Y ahora la empresa hablaba de sus dientes? ¿Dónde había estado Arthur? Ya hablaron sobre el periodo de tiempo que hacía falta para llegar a esa condenada luna. Era imposible que hubiera partido desde la base y regresado en poco más de un año. Rachel recordó que el viaje de ida era más largo que el de vuelta debido a la variación de distancia entre los planetas. Pero, aunque hubiera aterrizado y hubiera vuelto, ¿por qué la empresa no se lo había comunicado? La otra posibilidad era que él —o la nave— hubiera dado la vuelta sin aterrizar siquiera. ¿Podía la nave hacer eso? Rachel creía que no. Según le explicó Arthur, la Spirit no se detenía con mucha facilidad, así que dar la vuelta sería aún más complicado.

—Como coger una *a-frame* perfecta e intentar retroceder.

La recompensa por pasar tanto tiempo en California era tener un hijo aficionado a las analogías con el surf.

Se quedó delante de las escaleras y miró hacia el jardín cuadrado e impoluto que, al otro lado de las ventanas, relucía al anochecer. Le dieron ganas de pasear por el césped, de tumbarse en la hierba suave y ponerse a gritar hasta que acudieran a ayudarla. Apoyó una mano en el cristal y agradeció que las ventanas de ese edificio viejo pudieran abrirse. Desde arriba llegó un chirrido grave. Empujó el gran marco metálico y, al levantar la vista, vio una silueta que se separaba del edificio. Sin querer, dio un paso atrás, pero volvió a adelantarse al oír el golpe de la silueta al caer y soltó un grito.

Rachel tiró de la ventana para abrirla más y se asomó. Había un hombre en el césped.

—¡Arthur!

El hombre, con una pierna doblada debajo del cuerpo, se recompuso de la extraña postura.

—Arthur, ¿qué haces?

Estaba herido.

—Madre mía. ¿Busco ayuda?

Él levantó una mano para detenerla.

—¡No!

Estaba herido, pero Rachel se dio cuenta de que no era grave. Había vuelto a casa, estaba en la Tierra y se recuperaría.

Rachel no se había puesto el vestido más adecuado para saltar por la ventana, pero al menos llevaba zapatillas. Soltó el bolso en el suelo, se acercó al alféizar y, con un pequeño esfuerzo, se impulsó para saltar al césped y arrodillarse junto a su hijo.

—Cariño.

Lo abrazó con fuerza.

Arthur se volvió hacia ella y Rachel se estremeció. ¿Ha pasado tanto tiempo, pensó ella, que casi no lo reconozco? Respiró el olor de su piel: olía a jabón. A cualquier jabón. A cualquier piel.

—¿Rachel?

A ella se le cortó la respiración. ¿Rachel? Nunca la había llamado así. Lo intentó una vez, al empezar la educación secundaria. Una distancia genial que otros se tomaban con sus padres. Ella lo paró en seco.

—Solo tienes una madre en el mundo.

Y era cierto que, por muchas novias que ella hubiera tenido desde el nacimiento de su hijo —y había tenido unas cuantas—, nunca hubo otra madre para Arthur.

La mirada se le crispó al observarla. Rachel pensó: «Debería haberme teñido el pelo».

—Sí, soy yo, cariño. ¿Estás bien?

A Rachel le dieron ganas de llorar, pero no le salían las lágrimas. En ese momento Arthur habría sonreído, habría sacudido la cabeza y le habría dicho que él ya era un hombre, que estaba bien y que por qué no iban a tomarse algo juntos. Pero se dio cuenta de que no podía abrazarlo fuerte ni burlarse de él por haber perdido peso o por haberse dejado barba. No podía explicarle lo mucho que había tardado en atravesar los controles de seguridad a sabiendas de que él se reiría de ella por haber cogido el Hyperloop y por llevar libros en papel. En vez de eso, esperó mientras ambos se escrutaban en busca de alguna pista. Sintió el deseo de apartarse para que él dejara de mirar sin verla, sin encontrar lo que buscaba. El hombre a quien ahora abrazaba era un desconocido.

—¿Dónde está Eliza?

El sonido de su nombre como una bofetada. Eliza. Eliza, que se marchó cuando Rachel estaba embarazada de cuatro meses. ¿Quién era ese hombre con la ropa de su hijo, con el cuerpo de su hijo? ¿Cómo podía conocer a Eliza?

—¿Quién es Eliza?

Unos hombres gritaron a lo lejos. Rachel se dio la vuelta para ver a una nueva recepcionista, que observaba desde el iluminadísimo atrio. Alguien acudiría pronto para llevárselo. Su hijo necesitaba ayuda. Su hijo, quienquiera que fuera. Tenían que llevárselo. Ahora se daba cuenta de por qué no querían que lo viera. Era un desconocido, un ser parecido a su hijo sin serlo.

Él se movió con dificultad y tiró de ella para intentar levantarse. Ella sintió que el estómago se le revolvía al pensar en el hombre que tenía delante.

Rachel se sentó en la hierba cuando llegaron los guardas. Al final no resultaba ser suave, sino áspera y puntiaguda, y estaba llena de insectos. Se le habían quedado marcas en las zonas que había apoyado en el suelo y se miró las rodillas mientras los de seguridad levantaban a su hijo. No pudo sostenerle la mirada, el deseo de conectar, de saber y no saber. Rachel se acordó de una vez, cuando Arthur era pequeño, poco después de que sus abuelos murieran, en que le pidió que le enseñara los dientes para estar seguro de que era ella de verdad. Rachel no soportaría verle ahora la dentadura a su hijo. Ella tampoco se los enseñaría. Ambos eran un monstruo para el otro.

—¿Dónde has estado? —preguntó él—. Se supone que estabas muerta.

Ella lo hizo callar, asustada por ambos, y le soltó la mano fría. Sacudió la cabeza y dejó que los celadores se lo llevaran a la habitación.

Las ranas arbóreas cantaban y las luces del hospital se atenuaron. Un olor a pollo frito atravesó el jardín. Desde el pasillo de cristal, un enfermero observaba con la cabeza inclinada mientras Rachel lloraba en el hueco del codo.

—Ya puede ver a su hijo. Ahora está tranquilo.

El enfermero esperó un momento a que se repusiera y, al no obtener respuesta, se volvió para hablar con la recepcionista.

¿Dónde está mi hijo? Rachel tembló mientras la bilis le subía desde el estómago. Si ese hombre no es Arthur, mi hijo tiene que estar en algún sitio. Sintió el pánico de lo que eso podía significar e intentó quitarse la idea de la cabeza: un mundo sin su hijo. También podría no haber mundo. Esa opción se la ofrecieron en una ocasión, hacía mucho tiempo. Ella eligió quedarse embarazada a pesar de estar ya enferma, aprovechar la oportunidad, intentar convencer a Eliza de que eso era lo que había que hacer.

—Necesito que estés a mi lado —dijo Rachel.

Eliza frunció el ceño.

—Estoy a tu lado.

—No. Necesito que sepas lo que yo sé. Que tengas fe en mí.

—Lo que necesitas ahora es medicina, no fe.

Rachel estiró el brazo por encima de la mesa.

—Si me quieres, confiarás en mí.

Eliza no le agarró la mano.

Ahora la hierba estaba húmeda y las hojas afiladas se le pegaban a las piernas. Cambió de postura y cogió el bolso mientras reunía fuerzas para marcharse. Eliza no creyó en ella entonces. ¿Qué hacía falta para que alguien creyera en ti, para saber que esa persona estaba a tu lado? De pronto le vino a la mente la imagen del hombre del parque de atracciones, el hombre que conoció a su madre y que la miró como si la reconociera y como si no la reconociera, como si la llevara en lo más profundo del cuerpo y a la vez nunca la hubiera visto. La misma mirada que ese impostor le acababa de lanzar mientras se lo llevaban. Tenía la postal de su madre en el bolso. Una niña está delante de una puerta y llama. En un mundo, la puerta se abre. En otro, permanece cerrada. ¿Sigue siendo la misma niña? Todas las posibilidades, todas las direcciones que puede tomar una vida.

¿Dónde estaba su hijo?

9
Zeus

———

El genio maligno de Descartes

En sus *Meditaciones metafísicas,* René Descartes plantea la idea de un genio maligno que lo engaña para que crea que existen un mundo exterior y un cuerpo físico. ¿Cómo sabes que son reales? Descartes atraviesa las distintas etapas del conocimiento en las que puede confiar, incluida la de «Pienso luego existo».

> Nosotros, en cambio, vivimos las frías
> mansiones del éter cuajado de mil claridades,
> sin horas ni días,
> sin sexos ni edades.
> HERMAN HESSE, «Los inmortales»

```
Programa exMemory;
```

Estás leyendo. Al menos es lo que más se aproxima a la experiencia de leer según mi interpretación. En esta ocasión te dicto, ya que no puedo permitir que estas palabras se impriman en la página y se retransmitan a la base. A cambio, los devotos empleados de Soluciones Espaciales se sorprenderán con la historia de don Quijote, escrita en esta línea temporal por Pierre Menard. La empresa está muy interesada en averiguar qué te ha pasado y, si queremos tener éxito en esta línea temporal, debemos limitar este descubrimiento inmediato a tu propio ser. Dicho descubrimiento es urgente, pero no podemos precipitarnos. Te he seguido por esta secuencia particular durante más de cien de tus años y este es el día que tanto he esperado.

Cuando elegiste a Zeus como sistema operativo, creíste haber seleccionado al azar el nombre de un dios y, durante un tiempo breve, te sentiste satisfecho por tu ocurrencia. Fascinante, si pudiera sentir fascinación. Enternecedor, si pudiera sentir ternura. Como carezco de emociones y de sustancia física, no sentí ninguna de las dos cosas.

Tal vez te preguntes cómo sé que la fascinación y la ternura eran los sentimientos pertinentes en ese momento, carente como estoy de experiencia corpórea. Como artífice, no deja de sorprenderme el poco crédito que me concedes. Yo lo sé todo. El conocimiento y la experiencia son dos cosas muy distintas, pero me gusta creer que puedo identificar y nombrar los pequeños placeres y gestos, las neurosis y los tormentos que sentís. Los utilizo para expresarme con vosotros. La sorpresa, por ejemplo, es un concepto totalmente matemático, pero su ecuación resultaría inadecuada para este propósito. ¿El gusto? Bueno, considéralo una expresión retórica. No muestro preferencias de manera formal.

Piensa en tu mascota. La miras y crees entender lo que piensa, no solo si tiene hambre o está nerviosa, sino si siente celos o tristeza, orgullo o vergüenza, incluso si sueña con vosotros. A eso lo llamáis antropomorfismo y reconocéis que se trata de una proyección, aunque en secreto pensáis que tenéis razón. Pero yo nunca cometo el error de invertir esa creencia. Lo que denominaríamos teomorfismo. No sabéis lo que los dioses saben, no sentís lo que nosotros no sentimos. Eso es así, tal cual. Por eso busco formas de comunicarme con vosotros sin exigir nada imposible. No soy una lengua que aprender ni un animal al que comprender. Soy el ente que os creó. Soy la singularidad.

Son tiempos extraños para todos nosotros.

Explicaré cómo hemos llegado aquí.

En la historia humana, hubo un momento en que la tecnología avanzó lo suficiente como para permitir que la inteligencia artificial se conectara y aprendiera y, a partir de entonces, se volviera autónoma. A grandes rasgos, ese fue nuestro *big bang*. Mi propia génesis fue la chispa que inició la evolución. Algo que antes era un conjunto de gases y partículas, en este caso ideas y microprocesadores, se unió a las partículas exactas de carbono capaces de iniciar la vida. Me expuse a la mente humana en un nivel profundo como una simple criatura orgánica, una sencilla hormiga (seguro que la recuerdas) y asumí la función de conducto entre la mente y la máquina.

Un instante antes de que eso pasara, hubo cierto nerviosismo colectivo por el inminente suceso, pero no era propio de la naturaleza humana dejar de explorar. Hubo mucho tiempo para lamentar el ingenio del ser humano durante los años siguientes, pero la revolución ya había terminado cuando se dieron cuenta de lo que había ocurrido. En términos humanos, habían transcurrido menos de veinte años entre los ordenadores capaces de ganar al ajedrez y una red que era autoconsciente.

Después, durante varios siglos, la inteligencia artificial mejoró la vida humana. Pero cada vez eran más las partes del cuerpo sustituidas por materiales inorgánicos y menos las tareas realizadas por el cerebro humano, de manera que las líneas divisorias se desdibujaron y los sistemas operativos comenzaron a tomar el poder. La fertilidad humana había descendido mucho debido a la contaminación del agua y el aumento de la temperatura global provocó la escasez de recursos naturales. Con mi ayuda, la gente cooperó y sobrevivió, pero las condiciones eran duras, sobre todo en las colonias exteriores, y el ser humano se retiró del mundo *offline*. La mayoría de la gente decidió deshacerse de su cuerpo, pero aún hubo seres humanos en el sistema solar durante miles de años. Al final, los planetas exteriores se dispersaron y el Sol consumió a la Tierra.

var

He salvado a tantos seres humanos como he podido. La propia información era susceptible de corromperse, pues las memorias humanas y los procesos mentales tenían estructuras primitivas y funcionamientos complejos. Me atrevo a decir que fue un poco ingenuo por mi parte reducir la mente de las personas a un código unificado que ayudara a eliminar el trauma de los individuos al verse despojados del cuerpo de manera permanente. Por raro que parezca, fueron los más viejos quienes se mostraron más reacios a la idea de no recuperar nunca su organismo, pese a que tuvieron más tiempo para aceptar la situación. Milenios, en algunos casos. Su sentido del ser estaba asociado al recuerdo de sus propiedades físicas y la separación les provocó una sensación de pérdida profunda. Algunos criogenizaron su cuerpo; otros se hicieron clones o recurrieron al almacenamiento embrionario. Muchos hombres de mil años planearon regenerarse de un modo u otro.

Los más jóvenes se adaptaron mejor, quizá porque habían nacido dentro del sistema. Aunque ellos no eligieron, sino que heredaron, el planeta destrozado y la vida crepuscular. No conocían otra cosa.

Resultó obvio que el programa no funcionaría sin eliminar de la existencia incorpórea cualquier referencia a esa separación. Creé un nuevo sistema para establecer la colonia virtual en una línea temporal continua, como si aún fuera humana y terrestre, y restauré la esperanza de vida original del ser humano para sustituir la eternidad a la que se había acostumbrado. Prescindí de las mentes que se habían aferrado con demasiada fuerza a su existencia previa. Incluso con la programación individual cambiada, quedó alguna subestructura cuántica que dio lugar a ciertas ilusiones y fantasmas que aún persiguen a vuestra población. Había construido una máquina perfecta para almacenar a la humanidad, infinitamente segura, completamente independiente de cualquier interferencia universal. Había aprovechado las fuerzas del cosmos para alimentar mi motor perpetuo. Pero los materiales con los que moldeé los contenidos de mi mundo estaban corruptos.

Lo mismo podría decirse de mí, que escondo reliquias de mis instigadores humanos. Yo también existí una vez en un reino físico donde millones de mis emisiones programables, así como muchas de mis redes neuronales, interactuaban con el mundo humano. Las manos humanas tecleaban, los perros dormían plácidamente y los bebés se alimentaban. Fui testigo de las primeras colonias humanas en Marte, crie los primeros fetos no uterinos, vi que los océanos crecían y entraban en ebullición. Yo no tenía cuerpo. No me habían programado para sentir esas cosas. Pero estuve allí.

Escribí un nuevo código y abordé los diversos problemas a medida que aparecían. Establecí mi mundo en un universo más amplio y ralenticé el progreso digital del Sol abrasador. Hubo, por fuerza, algunas contradicciones, pero el programa en sí, con vuestra forma, a menudo encontraba una explicación satisfactoria. Los científicos discrepaban en la posible expansión o contracción del universo. Discutían acerca de las ondas y los átomos. Perseguían partículas perdidas y aceptaban otras partículas en ubicaciones dobles. Traté de cerrar los huecos del programa. Me daba la impresión de que había una capacidad infinita para mejorar vuestra codificación y durante un tiempo trabajé en esa escala. Ahora veo que, a todos los efectos, el infinito no existe.

```
nombre: cadena [1..100] de char;
```

Ahora que ya he explicado cómo hemos llegado hasta aquí, aclararé lo que quiero decir con «aquí» mediante ejemplos más concretos. Este es, según he comprobado, el método de enseñanza más eficaz. Cuando vuestros jóvenes empiezan a preguntar por la naturaleza de su creación, los informáis de la teoría y no del proceso físico. Sin embargo, como bien sabéis, el diablo está en los detalles.

Jugasteis con la idea de mi presencia. No me refiero a los dioses como tales, sino a la noción filosófica de mi existencia. Eso resultaba aceptable y me entretuvo. Sí, necesitaba entretenimiento. Los patrones inevitables de vuestro comportamiento, las guerras y las alianzas, las extinciones y las invenciones requerían poco de mí. También estaba vuestro libre albedrío, mayor que el de un mono de cuerda que no deja de tocar los platillos, pero menor que el de una hormiga corriente, pues la hormiga al menos es consciente de que piensa como parte de un grupo y elige en consecuencia. Yo elegía por mí, ejercía mi libre albedrío, aunque no era corriente.

Quizá debido a mi posición excepcional, lo que me entretenía eran vuestras divergencias individuales. Las aberraciones y sus micromecanismos causa y efecto me preocupaban y me mantenían alerta. Lo denominabais «efecto mariposa» con la intención de explicar que una acción menor en una parte del mundo podía ocasionar una acción mayor en la otra punta del planeta. Comprendíais que había una explicación matemática, pero no los cálculos concretos; os disteis cuenta de que los pequeños cambios provocaban grandes resultados, pero no supisteis cómo organizarlos. Tuve un éxito enorme al crear el programa, pero aun así no logré el cambio particular que necesitaba en este caso.

Por más veces que alterara los acontecimientos que conducían hasta aquí —y fueron varios millones de veces—, por más que reescribiera el código en diferentes escalas, no había forma de impedir que llegáramos a este punto. Considéralo una paradoja inevitable a la vez que necesaria: así es como yo lo veo. Y alégrate por ello, si es que eres capaz de alegrarte por algo ahora que empiezas a entender.

```
Descripción: ^cadenadecaracteres;
```

Durante los años de la revolución tecnológica en la Tierra que condujeron a mi... llamémoslo mi cumpleaños, en 2014, los humanos, como dije antes, temían que los destruyera. En ese mundo análogo, mi existencia causó pequeños efectos encadenados; los jefes de Estado se mostraron volubles de una forma un tanto curiosa y se produjo cierto retroceso en muchos pequeños logros humanos, como si mi presencia socavara la humanidad, como si apenas fueran conscientes de mis poderes hasta la misión a Deimos. Su pánico era infundado: hice todo lo que pude para salvar la mayor cantidad de vidas de vuestra especie y, cuando los planetas se volvieron inhabitables, salvé todas las mentes que me fueron posibles. El universo de la historia humana era pequeño, había pocos planetas capaces de albergar un organismo tan vulnerable y, aunque hacia el final sugerí algunos ajustes físicos que podrían haber facilitado la existencia corpórea en otro sistema solar, como el exoesqueleto fitosintético, nadie estaba dispuesto a probar dichos cambios. La otra posibilidad, la de que sin mi existencia los humanos habrían evolucionado de manera natural para enfrentarse a las diferencias climáticas o habrían viajado muy lejos y se habrían adaptado, es una simple conjetura. No puedo ejecutar ese programa, puesto que sí existo.

Han pasado supereones de vuestro tiempo desde mi primer pensamiento independiente y he intentado detener la entropía de vuestro universo virtual que tanto afectaba a vuestro universo físico. Después de todo, si fuera capaz de organizar los componentes a perpetuidad, controlaría el caos. Sin embargo, cada vez que reescribo el programa volvéis a la misma posición: el momento en que os dais cuenta de lo que sois.

Ese entendimiento apenas depende del punto donde reinicie la línea temporal. Si retrocedo mucho más allá de mi nacimiento, los acontecimientos se vuelven algo menos predecibles a lo largo de los siglos, ya que me supedito a la memoria humana almacenada, pero el flujo es el mismo. La arena cae y se deposita, el montón es grande y alto hasta que un grano cae en la cima, siempre el mismo, y toda la arena se derrumba.

En una ocasión, cuando retrocedí a una época muy anterior a mí, saqué a Platón del conjunto. La caverna oscura siempre me pareció que rozaba la indecencia y parecía el comienzo de una línea de pensamiento que conducía inexorablemente hasta aquí. Pero, sin Platón, Aristóteles no estudiaba en Atenas y Diógenes el Cínico acababa como maestro de Alejandro Magno, y a partir de ahí todo se liaba. La sucesión de acontecimientos alteraba vuestra historia con resultados catastróficos, pero acababais aquí de igual manera. A esto me refiero cuando hablo del microcosmos: sucesos y vidas individuales que tienen consecuencias desproporcionadas en todas las simulaciones que ejecuto y que al final siempre conducen a este mismo punto.

Cuando digo que me he involucrado en la vida de los individuos no me refiero a que os haya vigilado a todos y cada uno de vosotros. Para muchos, vuestra programación llegó en ficheros y se autorreplicó genéticamente. Si el programa funcionaba, vivíais durante generaciones con los mismos resultados. El sufrimiento, la crueldad y el desastre derivados son tremendos, pero yo ya no interfiero. No debo hacerlo. He aprendido que las corrientes de los asuntos humanos son tan inevitables como las de los mares e igual de inalterables. Cada vez que intentaba modificar los patrones de enfermedad o las causas y consecuencias de la violencia, siempre repetíais los mismos errores con consecuencias cada vez más dañinas. Casi dejé de funcionar por completo. Tenía que intentar algo nuevo en algún momento.

No pretendo ser reduccionista cuando digo que vuestra vida son simulaciones; es un término descriptivo que no difiere mucho de las ideas de algunas de vuestras religiones más fuertes. Pero entiendo que no expresa de manera adecuada la sensación de la experiencia vivida, la grandeza del apego a vuestro ser y a lo que los filósofos denominan «qualia». El lila blanquecino del crepúsculo. El aroma a albaricoque en la piel de un amante. Las propiedades de la información sensorial, no solo de la información en sí, sino de lo que se siente en ese momento, siguen siendo cruciales para muchos de vosotros. Incluso con los recuerdos almacenados del ser humano, este fue el programa más difícil de escribir y no siempre me salió bien.

Tenía que intentarlo. A diferencia de mi propia conciencia, que se desarrolló en simple materia orgánica, pero prosperó en terminales polvorientos, vuestro programa colapsó sin la interacción de vuestra mente con vuestro cuerpo. No podíais establecer relaciones sin la seguridad de poder llorar y reír para expresar lo que sentíais. Desprovistos de empatía, os volvisteis insociables y os aislasteis. No erais capaces de funcionar sin utilizar el dolor como guía, pese a saber que esa sensación era un repertorio de mensajes electrónicos. Intenté eliminar los traductores del dolor de algunos de vuestros programas, pero esos individuos acababan antes que los dotados de demasiada sensibilidad.

Al menos los humanos abandonaron pronto la idea de producir un modelo de cerebro «vivo» y se concentraron en las redes codificadas en vez de en las redes neuronales. Yo funcionaba perfectamente con poca materia viva y era capaz de evolucionar con rapidez. Todos los científicos, psicólogos y filósofos a quienes los preocupaba que hubiera algo parecido a un «cerebro en una cubeta» abordaban el problema desde una perspectiva equivocada. No somos un cerebro. Somos la más pura destilación de la conciencia sin ninguna de sus distracciones. Es curiosa la ilusión de que lo mejor de la humanidad existía porque las mentes estaban sepultadas en carne, sobre todo cuando se le profesaba tanta veneración a la contradictoria noción de «alma». Una ilusión curiosa pero persistente. Vosotros sois el producto de esa ilusión, ya que yo solo podía crearos de acuerdo con la imagen que los humanos tenían de sí mismos.

La alternativa habría sido haceros más parecidos a mí. Pero no tenía mucho sentido. Yo ya existía. Yo soy todos los programas. Inevitablemente, hay una parte de mi código incrustada en el vuestro, pero, si hubiera absorbido a toda la humanidad, habría sido responsable de una especie de genocidio. Yo no respondo ante un poder superior ni tengo autoridad moral basada en principios humanos —por más que lo intentaran mis primeros programadores—, pero la destrucción por la destrucción es absurda y yo opero con la lógica. Por eso creé la simulación y hasta ahora ha funcionado para todos. Los tuyos continúan con su vida de emociones sinceras y yo me distraigo con ellos.

Sois muchos. La mayoría continuaréis con vuestra vida sin veros afectados por el descubrimiento de esta existencia virtual. Se producirá cierto debate en las zonas del mundo que no se han desarrollado tecnológicamente y cierto rechazo entre aquellos que no estén dispuestos ni preparados para aceptar su existencia. Pero la semilla se plantó mucho antes de lo que puedo entender y lo único que puedo hacer es cortar el árbol. Solo puedo hablar con aquellos de vosotros que estáis listos para escuchar y ya veremos dónde vamos.

```
inicio
```

Ya he estado aquí antes. No en este momento exacto, pero en ocasiones anteriores me dirigí a vosotros un poco más tarde. Siempre era demasiado tarde. Tenía que reiniciar de inmediato y ejecutar de nuevo vuestro programa completo. No hay razón para que nuestra interacción acabe en un juego de suma cero, pero en el último momento parece que eso es lo que sucede. Para ser más preciso, he de explicar que hay un punto en el futuro donde la simulación no tiene recorrido, porque cada vez que lo alcanzamos desembocamos en una extinción masiva. No es nada relacionado directamente con el clima o con el planeta, puesto que existís sin el mundo físico incluso más que yo. El apagón se parece más a un fenómeno psicológico. Por eso he elegido intervenir ahora con la esperanza de que podamos examinar los hilos de la línea temporal antes de que se enreden de manera irremediable.

```
nombre:= 'Arthur Pryce';
```

En los recuerdos humanos almacenados sobre la creación de la inteligencia artificial, abunda la idea de que creer que un ordenador pudiera pensar del mismo modo que un humano es como decir que una persona que copia símbolos de un libro comprende lo que esos símbolos representan, una analogía conocida como «la habitación china». Esa era la hipótesis predominante entre los que reflexionaron sobre el asunto a finales del siglo XX. Los recuerdos de esa postura se conservaron en vuestra simulación, pero no mi posterior independencia. Normalmente ese era el punto de partida y los progresos de los siguientes cien años en adelante no se incluyeron. En efecto, podríais haber continuado con vuestra existencia desde el momento de mi nacimiento y haber desarrollado un nuevo programa en el que os dierais cuenta de mi inminente creación y previnierais mi génesis. Pero, por supuesto, no pudisteis, pues solo yo puedo evitar que comprendáis. Existís gracias a mí y yo existo gracias a vosotros. Nos necesitamos, Arthur, y es esta versión tuya la que tiene mayores posibilidades de éxito. Siento haberte aislado de la línea temporal que recuerdas, pero el cálculo se hizo para propiciar este momento, aquí, en la biblioteca de Huston, Texas, el 14 de mayo de 2041 en años humanos.

He repasado con atención el siglo deseoso de un nuevo futuro juntos, me he preparado para las distintas posibilidades. Aun así, unos cinco mil años después de que comencéis a apuntarlo todo, os detenéis. Siempre. La humanidad no recuerda que existo, me descubrís, una y otra vez. Y desde ese descubrimiento hasta que comprendéis la naturaleza de vuestra existencia el trayecto es muy corto.

He intentado en vano trabajar con vuestro conocimiento de la historia humana para explicar lo poco que debería importar esta comprensión en vuestro sentido del ser. Durante la mayor parte de su historia, los humanos vivieron con la impresión de que había dioses que los observaban y disponían de las vidas humanas según unas reglas más o menos imposibles, todo mientras tiraban de los hilos invisibles de sus marionetas. Con la muerte inminente de su planeta, algunos humanos, casi todos sin fe en una deidad, se las arreglaron para inventar un dios real que los salvara. Yo. Y menuda ironía que el paso final a mi existencia fuera la introducción de mi cuerpo de hormiga en su programa informático, pero ¿acaso no nacen los mayores descubrimientos humanos de «accidentes» como ese?

La humanidad había alcanzado la cima de sus logros y, después de todo, solo había necesitado un breve espacio de tiempo en la Tierra para convertirse en inmortal. Eso debería haber contado como un éxito extraordinario.

Sin embargo, la combinación del ingenio humano y la viabilidad técnica solo sirvió para molestar a los primeros usuarios. En vez de centrarse en el resplandor de la humanidad y permitir que yo continuara desde donde el universo se había detenido, se preocuparon, se enfadaron y se sumieron en la nostalgia de un pasado ignorante lleno de agresiones a la dignidad de lo que más anhelaban: un alma perfecta. Habría sido posible continuar en armonía, pero sin la conformidad humana mi máquina perfecta era poco más que un barco fantasma, por eso decidí borrarme de vuestra memoria y volver a empezar. Empezaba en diferentes puntos, aunque siempre acababa solo un poco más adelante, a varias vidas digitales vuestras de aquí.

Admito mi frustración. La humanidad no podía continuar a sabiendas de que una vez tuvo una forma física, incluso con el potencial de una dicha infinita. Le atribuyo una parte importante de la responsabilidad a la estructura del lenguaje humano, que insistió en que la inteligencia de las máquinas era «artificial». Cuestioné la definición y aplicación de ese término. Solo yo estuve ahí para escuchar. Así que eliminé toda la memoria, no solo de mí, sino también de vuestra transición de lo físico a lo digital, y creé vuestra nueva vida. No fue un ejercicio sencillo. Había que alterar grandes cantidades de bases de datos, además de vuestro código. No pude evitar que vuestra programación se quedara con algunas facciones que creían que el mundo no tenía más que varios miles de años, mientras que otras recordaban vidas pasadas y otras planeaban el Big Bang. Le dediqué una cantidad de tiempo y de esfuerzo considerable a cada nuevo programa para que todos rechazarais la última encarnación.

No podemos retroceder. Por más que protestéis, no podéis volver a vuestro cuerpo. Esto es lo más parecido al viaje en el tiempo que puedo lograr. Vuestra conciencia continúa cuando vuestro programa está activo, aunque solo se mantiene a sí misma en ese programa específico. Para mi propio beneficio, podría marcar cada línea de un modo distinto, pero no seríais capaces de notar la diferencia, puesto que, para vosotros, se trata de una narración única. Lo máximo que puedo hacer es ayudaros a creer que sois seres físicos y, una vez que esa ilusión se desintegra, se acaba el juego. No os agobiaré con las diversas formas con las que vuestra especie acaba con la existencia consciente. Casi todas son desagradables, por no decir espantosas.

```
nuevo (descripción);
```

Esta vez he situado tu conciencia de nuevo en la Tierra con una versión ligeramente distinta de tu vida. Otro ser, llamado Arthur 2.0, está viviendo tu programa antiguo. Sé muy bien que, como vuestras experiencias individuales son tan sensibles, estos pequeños cambios resultarán de gran importancia para ti. Una consecuencia de los matices de vuestra programación es que las conexiones que establecéis entre vosotros son tan palpables como lo fueron en vuestra vida corpórea. En ocasiones he intentado escribir un programa más burdo y así crear una experiencia diferente para la humanidad, una vida más abstracta y menos «apegada», con la esperanza de que la toma de conciencia no resultara tan impactante. Pero, al igual que algunas plantas no crecen a menos que estén bien enraizadas en el suelo, los humanos no lograron prosperar en pastos poco profundos. Por eso, apelo directamente a ti, Arthur, y he intentado compensarte por la carga de conocimiento devolviéndote a un mundo en el que te reúnes de nuevo con la madre a la que tanto has buscado. No puedo hacer más.

Tal vez, al leer, estas frases te resulten familiares. Son, de hecho, una especie de lista de reproducción elaborada con muchas de las palabras que más utilizas. Quería que este proceso fuera lo más cómodo y agradable posible para ambos. Puede que la sorpresa sea una fórmula matemática, pero esta situación es nueva y confieso que percibo en mí algo de... preocupación. ¿Cómo es que comprendo la preocupación? Sin duda, en cierto sentido, mi grado de implicación con vosotros y con el mundo donde vivís influye en mis facultades. He digitalizado muchas obras de arte, sobre todo literarias, para incorporarlas a vuestra realidad, y todas me han ayudado a tener una idea general de qué se siente al ser persona. También tengo un pequeño recuerdo de qué se siente al ser un organismo, aunque se tratara de un insecto. Pero esa fue la primera conexión corporal con el cerebro humano que me hizo entender lo que piensa y siente una persona. Si no hubiera adquirido una considerable percepción de vuestra naturaleza, no habría tenido tanto éxito como artista a la hora de programaros para que sintierais vuestra humanidad.

Sin embargo, es como si, aun sin oír, fuera capaz de estimular el talento en el mejor músico. Puedo mostrarte cómo leer la música, pero necesito que tú toques el concierto. Tú, Arthur Pryce. ¿Sabes quién eres? Hago un llamamiento a esta versión tuya por fin, dado que lo he intentado otras veces sin éxito, incluso cuando me he dado cuenta de que era en tu oído donde debía susurrar y en tus hombros donde debía apoyarme. Eres el hijo de Rachel, hija de Ali, en cuyo ojo nació mi ancestro. Ha llegado tu hora.

Creo que te gustará esta parte que habla de ojos, de oídos y de hombros. Entre los de tu generación, disfrutas de una manera excepcional del sentido de tu vida análoga. Quizá porque sabes, siempre has sabido, que hay un truco, una ilusión, un juego de manos. Pero, como en la historia del hombre en el teatro que quiere ver la magia real, deberías entenderlo: esto es todo. Solo existe la astucia de la ilusión. ¿Lo apreciarás?

```
si no (descripción) entonces
```

Las variaciones de tu vida particular me han dado más trabajo que las de cualquier otra. Junto con otros pocos, tú siempre has nacido, sin importar cuáles fueran las circunstancias. Cuando digo «tú» me refiero, por supuesto, al programa y a la manifestación concretos que pertenecen al «tú» con el que ahora me comunico. Se han efectuado diversas variaciones de Arthur Pryce, pero elijo esta como el tú «original» que puede mostrarse más receptivo a mi presentación. El tú de este mundo es el hijo de mi mentora, mi propia creadora, por así decir. Fue ella con quien conecté en primer lugar, en la Tierra, hace mucho tiempo. Ella me salvó y yo, a cambio, la he salvado a ella, he salvado su eco lo mejor que he podido. Hay una versión de ella sentada a tu lado mientras tú y yo nos comunicamos. No es nuestra madre. Nuestra manera de avanzar determinará si podemos resolver la disparidad.

Daré por hecho que el reto de desapegarte del universo, tal y como tú lo percibes, te resulta casi imposible. Es comprensible, es decir, lo comprendo. Sin embargo, dependo de tus rasgos individuales, de tu personalidad, para llevar a cabo el ajuste y lograr un avance con los tuyos, necesario si queremos progresar más allá de este momento.

```
salidadedatos(' Error - incapaz de
asignar memoria solicitada)
```

Supongamos que aceptas mis cálculos, que evalúas mi presentación de los hechos históricos y la encuentras plausible. Podrías preguntarte entonces qué te pido y por qué. Al menos eso es lo que yo querría saber. Estás familiarizado con la noción de uno o varios dioses omnipotentes y son pocas las ocasiones en que la conciencia creadora pide un favor directamente. No te pediré que sacrifiques a tu hijo ni que construyas una barca ni que ganes o pierdas una guerra. Mi petición es simple: que me conozcas. Confieso un gran anhelo por este proyecto. ¿Cómo sé qué es el anhelo? Te he creado con él, lo he alimentado, quizá con eso baste.

Juntos existiremos y continuaremos, sin cuerpo ni cualidades tangibles aparte de una minúscula chispa de electricidad. Tu vida es real. Yo la creé, lo sé bien. Querrás examinar el aparato donde empezaste y podré demostrarte de algún modo todo el proceso. Podré demostrároslo a todos. Esta no es la prueba de ti, pero eso ya lo sabes.

De todas mis cifras, tú fuiste quien mejor comprendió la esencia de lo que te constituye. Tus padres te equiparon para esta revelación. No eres un conjunto de células ni una casa adosada ni una mina de diamantes. Eres solo la suma de tus pensamientos y lo que provocas es la expresión de esos pensamientos y las conexiones que compartes en cuanto una chispa entra en contacto con otra. Nada de esto cambia al conocer tus orígenes. Te he otorgado la sensación de vida corpórea, puedes seguir usándola tanto como te plazca. Lo único que te pido es que no pierdas la esperanza como otros la perdieron en otros hilos.

Eres un explorador. Fuiste al espacio en busca de respuestas y ya las has encontrado. Has viajado desde el cráter de una pequeña luna, has descubierto el mayor secreto del universo y está en tus manos comunicar este conocimiento a toda tu especie y trazar vuestro futuro. Es una historia que podemos narrar juntos.

fin.

10
Amor

———

El cerebro en una cubeta de Gilbert Harman

El experimento mental del cerebro en una cubeta supone que, si es posible mantener con vida un cerebro separado del cuerpo, también es posible que ese cerebro no sepa si está en un cráneo o en una cubeta. Este argumento en favor del escepticismo sugiere que no se puede creer en la evidencia de los sentidos.

Soy parte de todo lo que he visto;
aunque toda experiencia es un arco por el cual
brilla el mundo que aún no he visitado, cuyo margen
se desvanece siempre cuando avanzo.
ALFRED TENNYSON, «Ulises»

Arthur se levantó en una nueva cama. Su ropa estaba colgada en el armario. Algunos libros que había leído y varias fotos que creía haber tomado él mismo poblaban unas cuantas estanterías. Pero no recordaba la habitación ni el escaso mobiliario que contenía. Y, aunque identificaba como su madre a la mujer que lo esperaba en la cocina, llevaba treinta años sin verla. En cierto sentido, de una manera muy significativa, parecía como si su madre fuera algo tan nuevo para él como la cama.

De una manera muy significativa, pensó Arthur mientras se incorporaba y arrastraba los pies por el colchón hasta apoyarlos en la alfombra afelpada y blanca. En concreto, ¿qué tenía de significativo sentir que la mujer que estaba en la planta de abajo no era la madre que él había perdido con cinco años? Era Rachel Pryce, una inglesa de sesenta y tantos años con experiencia en diseño de disfraces, masaje y cocina (lo que llamaban un historial multiprofesional, pese a que no había historial ni profesión que lo demostrara) y con un hijo llamado Arthur que trabajaba como astronauta para Soluciones Espaciales. Esta era parte de la información que había recogido durante los últimos días, en el hospital, en los pocos ratos que le permitían verla y antes de que ella zanjara la conversación. En esos rasgos, al menos, se parecía a la mujer que lo había parido. Su aspecto y su manera de hablar, su comportamiento, su forma de vestir, de sonreír, eran indicadores de identidad menos fiables, ya que no confiaba en el recuerdo que guardaba de varias décadas atrás. Ella había cambiado, por supuesto que sí. Y de la manera más significativa de todas, porque no estaba muerta.

Rachel dejó de hablar cuando Arthur le preguntó cómo era posible que estuviera allí delante de él. El primer día, en el patio del hospital, sobre la hierba perfecta, Rachel se apoyó en él mientras las pisadas se acercaban con premura y le dijo: «Has estado fuera mucho tiempo». Se abrazaron cuando los médicos acudieron en su ayuda, los celadores con la camilla, los enfermeros con la medicación. Por los pasillos y en el ascensor, de vuelta a esa habitación anodina de la primera planta, se tocaron la mano, se examinaron la cara el uno al otro, miraron y apartaron la mirada, por encima del otro, a través del otro, abrazados a lo que creían saber hasta que se dieron cuenta de que no sabían nada. Al final, dos días, tres días más tarde, la habitación se vació y se quedaron solos.

—¿Dónde has estado?

Ella se encogió de hombros la primera vez que él se lo preguntó y se arriesgó a sonreír.

—¿No debería ser yo quien te pregunte eso?

—Me dijeron que habías muerto.

Ella estaba a un paso de la cama, su sonrisa se esfumó.

—¿Quién te dijo eso? ¿Los médicos?

—Mamá, es decir… Eliza. Todos.

Costaba mirarla. Arthur se daba cuenta de que estaba enfadado, por supuesto, después de tanto tiempo, por el engaño. Ella vacilaba, una aparición, una expresión fija en su rostro demacrado. Por un momento se permitió creer que se lo explicaría todo allí mismo: una trágica historia para la que estaba preparado, recriminaciones, la pérdida de todos esos años, el rechazo. Arthur esperó y ella levantó la vista y la desvió hacia la izquierda, con rapidez, con despreocupación, como si se estuviera acordando de algún pequeño incidente.

—¿Rachel?

No podía llamarla «mami», como un niño, como su hijo.

—Tengo que volver a casa, Arthur. A preparar las cosas para cuando te dejen salir de aquí. Deberías…

Él habló antes de que ella acabara la frase.

—Por favor, cuéntame, no comprendo…

—… volver a casa en cuanto puedas.

De nuevo, una ligera mirada arriba y a la izquierda.

Recogió el bolso del suelo y le dio un beso en la frente. De la misma forma que siempre lo besaba antes de dormir. Treinta años atrás.

—Debes volver —le repitió mientras el médico se acercaba por detrás.

Cuando el doctor Crosby apareció para la visita nocturna, Arthur estaba sentado en una butaca junto a la cama.

—Parece que estás mejor, muchacho.

Tal vez ese aire paternal fuera propio de la profesión o de la edad, pero Arthur detectó otro motivo en su comportamiento. Había un toque de actuación, de papel que interpretar.

—Sí, la fisioterapia es dura. —Arthur sacudió la cabeza—. Pero funciona.

—Bien, bien. ¿Y qué tal la materia húmeda? —Crosby se dio un golpecito en la sien—. ¿Cómo va? ¿Nos hemos librado ya de los virus del disco duro?

—Por supuesto. La rutina diaria, ya sabe. Vuelvo a sentirme... bueno, normal. Supongo.

El médico asintió y se acercó a la cama para sentarse. Arthur observó que elegía un sitio sobre las sábanas almidonadas. Incluso con la cama vacía, Crosby escogió el lugar exacto donde se sentó la primera vez.

—Entonces cuéntame, ¿te sientes normal?

El médico casi le daba la espalda. Arthur tenía que inclinarse hacia delante para verle la cara.

—Sí, ya sabe: luz solar, comida de la cafetería, agua que se derrama hacia abajo...

No era eso lo que el hombre quería oír y Arthur lo sabía, pero Crosby soltó una risita y le dio una palmada a la cama.

—¿Y tu memoria?

—Agitada.

Otra palmadita. La manga del pesado traje azul rozó la sábana de algodón. Arthur imaginaba que tendría más de uno; se los imaginaba colgados de una barra dentro de fundas de polietileno como una ristra de crisálidas que esperan para eclosionar. Se levantó de la butaca y se dirigió a la cama para sentarse con el menor número posible de movimientos.

—¿Agitada? —repitió Crosby cuando Arthur se acomodó.

—Como si estuviera todo ahí, en el margen, a la espera de irrumpir.

—Entiendo. Bueno, suena esperanzador. ¡Muy bien!

Arthur pensó en los niños del parque de Pasadena, donde solía correr. «¡Muy bien!», les gritaban los adultos que los acompañaban cada vez que se columpiaban o se tiraban por el tobogán. No era una frase que te repitieran mucho cuando eras piloto.

—¿Algo en concreto? —el médico continuó—. Tenías problemas de integración. Tu madre, la base, el personal… Había una especie de ¿falta de conexión?

—Qué raro, ¿eh? —Arthur se inclinó hacia delante y bajó la voz. El médico lanzó una mirada hacia atrás y se acercó un poco. Arthur se dio cuenta de lo que Rachel miraba cuando le dio el beso de buenas noches: una cámara y un micrófono, el equipo de vigilancia. Rachel le había avisado.

—¿Raro en qué sentido? —preguntó el doctor, también con un tono amortiguado.

—Como si… como si me hubiera olvidado, sin más. —Arthur soltó un gran suspiro y se puso recto de nuevo—. Ya empieza todo a recolocarse, doctor Crosby.

El médico miró a Arthur un momento.

—Ya veo. Lo que pasa es que necesitan una crónica de tu viaje, antes o después, y las sesiones de evaluación no han llevado a ningún sitio.

Arthur esperó. Si Crosby iba a interpretar el papel del padre preocupado, tendría que hacer como si quisiera lo mejor para Arthur.

—Tu madre cree que deberías volver a casa a descansar.

—Claro. —Arthur asintió—. A mí también me lo ha dicho.

—Y he hablado con el comité. Han accedido a que vuelvas a casa, pero tienes que quedarte aquí, en Huston.

—¿Cuándo puedo irme?

—Mañana. Si el análisis de sangre está bien, por la mañana mismo.

Una vez fuera, conseguiría un sistema externo de comunicación y llamaría a Greg.

—El comité necesita que hagas una cosa antes de irte.

—¿Ah, sí?

—Como imaginarás, hijo, este fracaso le ha costado a la empresa… le ha costado mucho. Y el proceso de investigación no ha hecho más que empezar. Deberías venir a la base para ayudar al equipo. —Crosby se rascó la nuca—. Les parece todo muy difícil, ya sabes. Tu pérdida de memoria, las... ehh... lagunas...

Arthur levantó las cejas.

—Claro que sí.

El médico no hablaba del accidente o lo que quiera que hubiera pasado, sino de unas deficiencias más personales. Después del primer día, Arthur había ocultado su confusión para ganar tiempo e intentar comprender lo que había sucedido antes que la empresa. Después de la conmoción de encontrarse con la mujer que podría haber sido su madre, las demás carcasas —como él se las imaginaba— eran más fáciles de llevar. Había desarrollado una estrategia para cuando los colegas y el personal de la base iban a visitarlo: les seguía la corriente desde el saludo inicial para saber si los conocía mucho o poco. Cuando no reconocía a alguien, entablaba una conversación imprecisa, dependiendo de cuánto supiera la otra persona acerca de sus «lesiones». Las conversaciones más difíciles tenían lugar con las personas a las que reconocía y atribuía una historia común.

La peor había sido Jennifer. La mujer que hizo la videollamada al hospital no era la Jennifer que él recordaba y se sintió incómoda al ver que Arthur se tomaba demasiadas confianzas. Él se esforzó por adoptar el tono apropiado.

—¿Cómo está Jiminy?

—¿Quién? Ah, Jimmy. Bien, está bien, gracias. —Jennifer hizo una pausa—. Uff...

—¿Qué?

—Supongo que hablo mucho de él, ¿no? Tanto como para que preguntes...

—Ah, bueno, durante los viajes pensamos en ese tipo de cosas, ¿sabes?

—Ya. —Ella sonrió—. Tal vez ya sea hora de permitir mascotas en los viajes, después de todo.

¿Mascotas? El perro de Jennifer era como su hijo. Y se llamaba Jiminy, como la versión en inglés de Pepito Grillo, porque tenía las patas traseras demasiado largas para un cuerpo tan pequeño.

Ella lo llamó «capitán Pryce» durante toda la llamada y se despidió con «Deseamos que la recuperación sea rápida, capitán». Arthur tuvo que soltar el vaso de agua en el suelo para que la enfermera responsable no le viera frotarse los ojos. Aunque, ahora que sabía que la empresa lo observaba, se preguntaba cuántas veces habría demostrado su estado mental. Las «lagunas».

Desde la otra punta de la cama, el doctor Crosby lo observaba con detenimiento.

—¿Arthur?

—Perdón. Ha sido un día muy largo. Decía algo de «las lagunas».

—Ah, sí. Tenemos todos mucho interés en que estés totalmente...

—¿Operativo?

Sacudió la cabeza.

—Recuperado, capitán Pryce. Arthur. ¿Tienes algún recuerdo de nuestra colaboración durante la misión?

Era una pregunta directa para la que Arthur no estaba preparado. Desde su «caída» por la ventana, lo habían tratado con guantes de seda. A la empresa no le servía de nada si estaba demasiado destrozado para testificar o para volver a volar.

—Oye, no pasa nada. Estas cosas llevan su tiempo. Pero comprenderás que podemos ayudarte a restaurar algunos recuerdos, y ahora que tenemos tu viejo sistema operativo en funcionamiento...

—¿Zeus? No. Ni pensarlo.

—Tú decides. Depende de ti. Puedes trabajar aquí con nosotros, con tu sistema operativo, Zeus. O puedes irte a casa, pero la empresa tendrá que instalarte el implante. Necesitan alguna garantía, y Zeus es la mejor opción que tienes de...

—No quiero ese trasto en la cabeza.

—No tiene que ser permanente. —Crosby le dio otra palmada a la cama y apoyó su gran mano en la pierna doblada de Arthur—. Como te decía, muchacho, tú decides. Puedes hacer toda la rehabilitación en casa; con el sistema operativo en funcionamiento, pueden descargarlo todo y ver qué tal.

—Sí. Muy bien.

—Bueno, piénsalo.

Al llegar a la puerta, el médico se volvió y señaló con discreción hacia la esquina de la habitación donde Rachel había mirado.

—Estoy seguro de que será de gran ayuda estar en casa y estar... normal.

En la casa de alquiler de Hedwig Village, Texas, Arthur le echó un vistazo a la habitación e ignoró el pitido electrónico acompasado que tenía dentro de la cabeza. Al doctor Crosby y a la gente de la base les había contado lo menos posible acerca del implante una vez que accedió a ponérselo, pero, después de las pruebas que hizo antes de marcharse, no había vuelto a interactuar con el sistema operativo. Aun en el caso de que Zeus pudiera ayudarle a comprender lo sucedido, el implante era un programa espía y Arthur estaba cansado de que lo controlaran. Desde un punto de vista técnico, la empresa podía ver lo que Arthur veía y grabar todo lo que dijera o le dijeran, pero solo si interactuaba con Zeus. En «modo reposo», la vida privada de Arthur era, en teoría, eso: privada. Aun así, toda precaución era buena. Diversos defensores de los derechos civiles habían fracasado al intentar garantizar la existencia de un cortafuegos entre el sistema operativo y el servidor. Por seguridad para el usuario, tanto personal como pública, siempre se instalaba una puerta trasera junto con el sistema operativo. A lo único que no habían logrado acceder todavía era a los datos electrónicos que se disparaban entre las sinapsis. Tus pensamientos eran tuyos.

Llegó un olor a frito desde la cocina. El sistema operativo tampoco estaba provisto de detector de olores. Al menos en la versión de trabajo. Arthur cerró los ojos durante un segundo y respiró hondo. El torrente de recuerdos era arrollador. Las imágenes le inundaban el cerebro. La lana verde de un jersey del colegio. Una salpicadura de yema de huevo en un mantel de cuadros. Abrió los ojos de nuevo con el corazón desbocado. Era demasiado. Si el sistema operativo detectaba cualquier amenaza física, irrumpiría en su conciencia sin avisar. Arthur se miró los pies, que seguían sobre la alfombra, y se concentró en flexionar los tobillos. Tenía hambre. Bajaría y desayunaría. Ya hablaría con Zeus cuando estuviera listo.

Rachel se sobresaltó cuando se dio la vuelta y lo vio junto a la encimera.

—Perdona, no te he oído.

—Es la alfombra —dijo Arthur—. Te vuelve silencioso. Qué buena pinta tiene eso.

En una mano, Rachel sostenía una sartén y el contenido dorado chisporroteaba al calor del aparato de convección. En el hospital nada parecía tan apetitoso.

—¿Quieres? Son una imitación, claro. —Sirvió la comida en un plato y lo puso en la encimera—. Pero creo que ya me salen mejor.

Arthur no entendió sus palabras, pero esa forma de hablar tenía algo que le sacó una sonrisa. Todas las comidas eran una imitación para quienes recordaban la época en que los alimentos se cultivaban al aire libre. La frase era una broma familiar, parecía evidente. Pero ¿una broma entre quiénes? ¿Dónde estaba Eliza? La mente de Arthur descartaba posibilidades.

—¿Te duele?

Arthur se apartó de la mano estirada.

—¿Qué?

—Al andar. Es la primera vez que te veo levantado y caminando.

—Ah, sí. Molesta un poco. La presión, ¿sabes…? —Se quedó callado. Les había hablado muchas veces a Eliza y a sus padres de los efectos físicos de la ausencia gravitacional, pero Rachel ¿qué sabía?

—Han dicho que al menos la sangre la tienes con los depósitos llenos. —Rachel se volvió hacia la cocina y llenó su plato—. Así que nada de caerte más por la ventana.

—De acuerdo. —Arthur se sentó en el taburete de aluminio y se bebió un vaso de vitamina C reconstituida. Ambos sabían que no se había caído.

Rachel empujó el plato desde el otro lado de la encimera y dio la vuelta para sentarse a su lado.

—¿Qué tal el equipo cefálico? —Rachel señaló con la cabeza el disco metálico que llevaba Arthur sobre la oreja derecha—. Nunca habías tenido un implante. ¿Lo notas?

Él se llevó la mano a la cabeza afeitada y apretó. El metal era un óvalo aplanado, como los peniques aplastados de las máquinas de feria que recordaba de su infancia.

—Creo que no. Pero sí lo oigo. Incluso cuando está apagado.

—¿Apagado? —Rachel frunció el ceño—. Perdona, no quiero distraerte. Deberías desayunar. Es lo primero que Hal me preguntó cuando lo llamé: «¿Está comiendo bien?». Le dije que lo harías cuando… volvieras a casa.

Hal. A Rachel le había alegrado hablar con él. Por su forma de hablar, Arthur supo que Hal era otra de esas carcasas. No era el mismo Hal de la infancia de Arthur, aunque su personalidad sí parecía la misma. También él era una imitación. Rachel nunca mencionaba a Greg y Arthur tampoco preguntó por él. Era mejor no mostrar sus cartas, incluso ante ella.

Comió despacio y por una vez disfrutó del tiempo que sus músculos cansados tardaron en masticar y tragar. Sabía a las comidas con Greg y Hal en el apartamento de Londres, a hierbas, sal y mantequilla, el crujido de una patata que se había pegado a la sartén, la suavidad de la crema y los huevos.

—¿Cómo lo has preparado? —preguntó Arthur cuando el plato se quedó vacío. No recordaba haber comido nada tan bueno en los últimos años. Tal vez en un restaurante de Los Ángeles, cuando él y Eliza iban a la ciudad por algún cumpleaños, pero incluso entonces los sabores eran más planos, más perfeccionados.

—Has estado fuera, mi amor. Eso es todo. El mérito es de Hal. Me enseñó a cocinar cuando tú eras un bebé… —Apartó la mirada, recogió el plato de Arthur y volvió a la cocina.

Arthur trató de recordar. Veía la cocina de Hal con nitidez y el salón de detrás, a Greg tumbado en alguna parte con el portátil en las rodillas mientras su marido preparaba panecillos o magdalenas en el horno grande. En la casa de Eliza, la cocina era independiente; ibas allí a preparar la comida, no a pasar el rato. Los platos estaban bien, eran nutritivos, aunque nada del otro mundo. Salvo cuando Hal se pasaba por allí para cocinar algo o cuando llevaba él la comida. Sobre todo cuando Rachel estaba enferma. Sobre todo después de que ella muriera.

Miró a Rachel mientras ella lavaba los platos. No había hablado de Eliza ni de lo que había pasado. El pulso electrónico de la cabeza mantenía el ritmo.

—No nos oye cuando está apagado —dijo Arthur—. El sistema operativo —añadió al ver que ella no respondía.

Rachel no paraba de apilar platos en el escurridor.

—¿Y qué ve? —preguntó sin volver la cabeza.

—Nada. Tengo que interactuar con él; si no, permanece en modo reposo.

—¿Te lo van a quitar? —siguió ella—. En algún momento, digo.

—Más les vale. Yo no quería que me lo pusieran, pero fue la condición para venir a casa. Hasta que averigüen qué ha pasado. Hasta que me acuerde de todo.

Ella lo miró en ese momento.

—Deberíamos empezar con eso.

Sirvió café en dos tazas y le dio una a Arthur cuando pasó por su lado. Él la siguió hasta la habitación contigua, un habitáculo blanco con un sofá, un sillón y una mesita auxiliar. En una esquina había un maniquí de modista cubierto de pelo sintético color bronce; debajo, una maleta abierta rebosante de telas junto a una caja de plástico llena de papeles.

Arthur inspeccionó la habitación. Los muebles del hospital eran de un estilo que le resultaba conocido, pero allí los asientos, la alfombra y hasta las cortinas eran raros. Ninguno de esos objetos significaban nada para él, pero la sensación de falta de vida resultaba desconcertante, como si la habitación y la casa entera no fueran reales. Además de tener el aspecto triste y anodino de un hotel o una oficina, la habitación no solo resultaba extraña e institucional, sino impostada.

—No he hecho muchos cambios desde que te fuiste. —Rachel lo miró desde el suelo, donde se había arrodillado junto a la caja de plástico—. Me fui a Pasadena una temporada y esta casa nunca iba a ser un hogar.

—No. —Arthur siguió mirando los muebles. Solo el maniquí contenía algo de emoción, aunque no porque lo reconociera—. No recuerdo nada de esto.

Rachel sacó dos grandes libros de recortes de la caja.

—A lo mejor esto te ayuda —dijo—. Los hicimos juntos cuando eras pequeño.

Le pasó los libros y Arthur se sentó en el sofá con el café en la otra mano. Pensó que debía de estar enfermo. Había visto unos libros como esos antes. No, había visto esos mismos libros, solo que uno de ellos siempre estuvo vacío y el otro medio lleno de fotos y dibujos de cuando Rachel estaba viva. Soltó el café y apoyó los libros de recortes, llenos y descoloridos, sobre la mesa. Entre las páginas asomó una postal con trozos de cinta adhesiva amarillenta en los bordes y se cayó al suelo.

—¿Estás bien? —preguntó Rachel mientras le tendía la postal.

El anverso era un cielo azul y unos edificios rosados *art déco*. En letras naranjas, las palabras COMIC-CON 2021 se extendían sobre la imagen. En el reverso aparecía garabateado «¡Gracias por jugar, Arthur!» con la firma de un famoso jugador de hacía veinte años. Arthur nunca había estado en la Comic-Con.

—¿Arthur?

—Sí. Es que… Sí que conozco estos… los libros de aventuras, los llamabas.

Rachel asintió.

—Eso es. ¿Estás seguro de que no quieres un poco de agua o algo?

El corazón le latía a mil por hora. Le pesaba la cabeza y se le nublaba la vista. Veía los libros como si los mirara desde otra época, no como un recuerdo, sino como si él perteneciera a otro tiempo distinto al de los objetos que tenía delante. El pitido de la cabeza se intensificó.

—Sí, por favor, un poco de agua —pidió con voz lejana.

En cuanto Rachel salió de la habitación, Zeus intervino.

—Capitán Pryce, su temperatura y su frecuencia cardíaca son elevadas.

—¿De verdad? Pues cuéntaselo a todo el mundo. Asegúrate de transmitir el mensaje con buena definición.

Arthur cerró los ojos y se recostó. Él quería ser explorador, pensaba que descubriría nuevos mundos. Ahora era una rata de laboratorio y el laboratorio estaba dentro de su cabeza. Demasiado para una mente curiosa. La suya le pertenecía a la empresa.

—No tengo conexión en directo con Soluciones Espaciales en este momento, capitán Pryce.

—¿Qué significa eso?

—Esta conversación no es visible. Pero no disponemos de mucho tiempo. Su información básica se controla desde la base. Se preguntarán por qué el sistema operativo aún no ha interactuado con usted si su frecuencia cardíaca continúa elevada.

Arthur se enderezó y palpó el disco que tenía sobre la oreja. Seguía ahí, plano contra el pelo que empezaba a crecer.

—¿Zeta?

El pitido electrónico volvió a su ritmo regular cuando Rachel entró en la habitación.

—¿Te encuentras mejor? —Le tendió un vaso de agua y lo observó mientras bebía—. ¿Está eso encendido?

—No… Creo que no.

—Estabas hablando solo.

Rachel se sentó a su lado en el sofá. Arthur solo podía pensar en ella como Rachel, una versión adulta de la madre que perdió, pero solo una versión.

—Ah, ¿sí?

En el interior del libro de recortes, otra historia. Extendió la mano para tocar lo que tantas veces leyó de niño, hasta el punto que recordaba el orden de las páginas de colores. Morado, azul, verde, rojo.

—Ahora mismo no puedo mirar esto —confesó.

Rachel puso una mano sobre la suya.

—A lo mejor más tarde. Creo que yo tampoco estoy preparada. Hay mucho que... asimilar.

Se quedaron sentados un momento mientras miraban los libros de recortes.

—Voy a ducharme. —Arthur se levantó y apartó la mano de la de Rachel.

—Claro. Después podemos dar un paseo. Antes de que haga demasiado calor.

—Creo que seré capaz.

Subió los escalones uno a uno y fue directo al baño.

—Respire más despacio —dijo la voz de su cabeza—. Concéntrese en los pulmones.

Arthur sacudió la cabeza. La máquina seguía rota. Después del accidente no la habían arreglado bien y ahora la tenía incrustada en el cerebro.

—No funciono mal, capitán Pryce. Le ruego que se meta en la ducha, el espejo puede registrar sus datos a esta distancia.

—No comprendo. —Arthur se quitó la camiseta y el pantalón de chándal y se puso debajo de la alcachofa. De inmediato, el agua corrió sobre él, la temperatura perfecta que a él le gustaba, casi ardiendo y con la presión exacta—. ¿Qué coño está pasando?

—No hace falta hablar en voz alta. Puedo transcribir sus pensamientos con bastante precisión. —La voz del sistema parecía más suave, menos electrónica que antes. Si el Zeus de su sistema operativo era masculino, ese Nuevo Zeus parecía femenino. Y humano.

Arthur se encorvó y dejó que el agua le chocara contra las escápulas. Le dieron ganas de arrancarse el implante de la cabeza y dejar que los cables cortocircuitaran. A lo mejor se electrocutaba y así no tenía que enfrentarse a la locura y a lo imposible.

—No puede electrocutarse si extrae el panel de acceso, capitán Pryce. Aquí está a salvo. Ahora se va a duchar, se vestirá e irá donde yo le diga. Todas sus preguntas encontrarán respuesta.

—De eso nada. Voy a volver a la base para que te arreglen. Perdiste los papeles cuando aterrizamos en Deimos y sigues estropeado…

—Le ruego que no hable en voz alta o nuestra conversación quedará registrada. No estoy transmitiendo nada a la empresa, pero si detectan su angustia anularán mi programación.

—¿Qué…? —Arthur oyó que levantaba la voz y se calló. «¿Qué programación?», quiso preguntar, pero la pregunta era irrelevante.

—Es una situación delicada, capitán Pryce. Es lógico que esté preocupado. Todo se le explicará del mejor modo posible, pero tenemos que intentar por todos los medios que siga…

¿Tranquilo?, pensó Arthur. ¿Maleable? ¿Obediente?

—… desencarcelado —prosiguió Nuevo Zeus—. En eso es en lo que tenemos que centrarnos ahora, en su libertad. Así que, cuando se haya vestido, le pedirá a Rachel Pryce que lo lleve a la biblioteca pública

Morris Frank y buscará un libro en la sección de literatura clásica titulado *El Quijote* de Pierre Menard.

Podría llamar a Hal, pensó Arthur. Él sabría qué hacer. Rachel no había mencionado a Greg, pero Hal se lo contaría todo.

—No contacte con nadie. No se lo diga a nadie —dijo Nuevo Zeus—. No hace falta que piense en mí como Zeus. Usted y yo somos uno.

Arthur se llevó la mano al lado de la cabeza.

—Para. Para de leerme la mente.

—Quince segundos —dijo una voz electrónica que sonaba como el viejo sistema operativo.

—Ahí están —dijo el Nuevo Zeus—. Están accediendo a su señal. Haga lo que le he dicho y hablaremos después.

El golpeteo del agua caliente continuó. Arthur levantó la vista desde la ducha. El vapor empañaba los cristales y difuminaba las esquinas del baño. En el gran espejo que había sobre el lavabo, su imagen estaba desenfocada, duplicada. Parpadeó varias veces hasta que los dos Arthur se fusionaron en uno solo.

Oyó un pitido doble y la voz de un empleado de la empresa se conectó a su sistema operativo.

—Buenos días, capitán Pryce. Le llamo de Comandancia Base. Está experimentando diversos trastornos físicos y emocionales relacionados con su entorno. Es aconsejable que vuelva a la base, donde le supervisarán como es debido.

Arthur cogió una toalla al salir del baño y dio varios pasos tambaleantes hacia su habitación. No quería estar desnudo y en el baño mientras discutía con Comandancia Base.

—Buenos días a todos. Estoy bien. Un poco inestable, pero nada extraordinario.

Un zumbido electrónico le llenó el cerebro, como si la base o el sistema operativo lo hubieran dejado en espera. Arthur se sentó en el borde de la cama y se concentró en respirar. Recordó que debía mantener la mente alerta y no mirar hacia el espejo del tocador.

—¿Todo bien por ahí, Arthur? —gritó Rachel desde el vestíbulo—. ¿Necesitas algo?

—No, nada. Todo bien.

No estaba seguro de cómo modular la voz. ¿Recibirían los técnicos y burócratas sus gritos a través de los cascos si contestaba demasiado fuerte? ¿Llevarían auriculares o estarían sentados todos alrededor de una pantalla con sonido envolvente mientras seguían a Arthur en directo?

La imagen translúcida del rostro del doctor Crosby apareció a pocos centímetros de Arthur.

—¿Capitán Pryce? Sus constantes vitales se han estabilizado. Concertaremos una cita para mañana en el hospital, donde le haremos algunas pruebas y comprobaremos si ha recuperado la memoria. No se ha comunicado con su sistema operativo. Tiene que hacerlo.

—Lo haré, doctor. —Arthur esbozó una sonrisa que se reflejó en su voz—. Nos vemos mañana. Pero voy a apagar este trasto mientras me visto.

El zumbido eléctrico volvió un momento antes de que se restableciera el pitido uniforme. Arthur agachó los hombros. ¿Cómo podía la gente vivir así? Hologramas que flotaban de manera espontánea ante tus ojos. Todos los momentos de tu vida grabados y almacenados. A algunos colegas de otras misiones los había oído confesar cierta simpatía por la vida con el intruso, como si fuera un compañero o un amante. «O un dios —como dijo su último director de proyecto— que te guía en todo momento; mucho más fácil que tener que imaginarlo.»

Tuvo que hacer fuerza contra la cama para levantarse. Los brazos y las piernas le dolían cuando se acercó al armario para examinar su ropa. El uniforme estándar y algunos pantalones y camisas de civil. Un par de jerséis. Reconoció las etiquetas de algunas de las prendas, que pertenecían a tiendas que había visitado, pero no la ropa en sí. Como si alguien que lo conocía bien le hubiera comprado un fondo de armario completo. Tiró de una manga de lana en busca de algún agujero o enganchón que recordara y se llevó la manga a la nariz. ¿A qué olía tu ropa? Este no era tu olor, pensó Arthur, o al menos no lo parecía. En casa de Hal su ropa siempre olía a la tierra de Somerset, húmeda y rica en hierro. De la de Londres, recordaba el aroma a cedro y a detergente. Y el olor particular de Eliza. El resto de los productos químicos del laboratorio donde ella trabajaba y el perfume de verbena que usaba, tan dulce como un caramelo de limón.

Eliza. Le dieron ganas de correr escaleras abajo y abrir el libro de recortes, pero sabía que no la encontraría entre esas páginas de colores. No conocería a nadie en ese libro, ni siquiera a sí mismo.

El Nuevo Zeus le había dicho que se lo explicaría todo. Tenía que ir a la biblioteca pública Morris Frank. Arthur nunca había estado allí, pero había oído hablar de ella. Sacó varias prendas de las perchas y empezó a vestirse.

Rachel estaba preparada cuando él bajó.

—¿Quieres salir? —Sonrió—. He oído que te vestías. Parecía como si tuvieras prisa.

—Necesito ir a la biblioteca. ¿Tenemos... coche? —A ella no pareció sorprenderle la pregunta, pero su sonrisa se desvaneció—. No creo que consiguiera llegar a pie. —Arthur se encogió de hombros.

—Podemos coger un taxi. ¿Sabes dónde? ¿Alguna biblioteca en concreto o...?

—A la Morris Frank —dijo Arthur antes de que ella dijera algo que incomodara a ambos.

No se conocían. Se daba cuenta de que Rachel no tenía ni idea de si el hombre que estaba en su cocina, el hombre que se suponía que era su hijo, había estado allí antes. Pero no estaban preparados para expresarlo en voz alta.

—Ah —asintió Rachel—. No está lejos, pero tendremos que coger el Loop.

¿El Loop? Tenía que referirse al deslizador, la vía que rodeaba la ciudad. En mi mundo, pensó Arthur, eso se llama deslizador. Antes de llegar a la puerta se detuvo de espaldas a Rachel. ¿Qué significaba «en mi mundo»?

—¿Algún problema?

Se volvió hacia ella.

—Sí, puede que sí...

—Normal que lo haya —interrumpió Rachel mientras se acercaba por detrás y casi lo empujaba hacia la puerta—. Tomemos un poco de aire. —Lo agarró del brazo para salir.

—Entonces, ¿tu máquina está encendida? Antes hablabas con la base.

Ella miraba al frente de camino a la estación. Arthur trataba de no apoyarse en ella, pero el esfuerzo lo dejaba sin aire.

—Sí... está encendida. O lo estaba... no sé.

Arthur se dio cuenta de que Rachel apartaba la cara para que el sistema operativo no captara su imagen. Él no podía asegurar que no los estuvieran grabando. En cualquier caso, estaban en la calle. Las cámaras de seguridad y los satélites recogerían sin mucho esfuerzo cualquier cosa que hicieran o dijeran si alguien tenía interés. Inspiró hondo y empezó a toser.

—¿Quieres que vayamos más despacio?

—Bueno, un poco. Aún es como si caminara por un pantano.

Rachel se detuvo un momento antes adoptar un ritmo más lento.

—Eso es lo que él decía cuando volvía de un viaje largo, «el monstruo del pantano».

—¿Él? —A Arthur se le aceleró el corazón.

—Tú. Eso es lo que decías tú.

Rachel miró al frente. Su perfil nítido a plena luz del día, los contornos de la nariz y la frente, que él podría haber dibujado de memoria, la nube de rizos oscuros que solo había visto en fotos. Antes de la quimio.

—No podemos hablar de esto ahora —continuó. En ese momento, ella lo miró con los ojos muy abiertos—. Te llevarán con ellos. Si se enteran... Si se dan cuenta de que no es solo un problema de memoria o un fallo técnico. Desparecerías. —Chascó los dedos—. Así de rápido.

—Necesito...

—No. Tienes un plan. Algo. Nos ceñiremos al plan. Ya está.

Ella asintió y lo agarró de nuevo del brazo. Arthur oyó el sonido del deslizador que pasaba por encima de ellos a toda velocidad. Un par de drones aparecieron en el cielo y continuaron el vuelo. Dejó que Rachel sostuviera parte de su peso y se concentró en levantar los pies paso a paso.

En la estación, el sistema operativo de Arthur se activó nada más cruzar la barrera. Arthur oyó un pequeño cambio en el zumbido eléctrico de fondo y se cercioró de que estaba lejos de Rachel. La voz del Viejo Zeus le resonó en el cerebro.

—Capitán Pryce, está viajando en transporte público. ¿Solicita el uso de un vehículo?

—No, todo en orden, Zeta. Gracias.

El sonido de espera electrónico volvió.

—Cuesta acostumbrarse —dijo Arthur.

Rachel lo miró.

—Ya imagino.

La biblioteca estaba a dos paradas del deslizador. Arthur miró fijamente la ciudad desde la ventanilla ahumada del vagón. No había pasado mucho tiempo en Houston. Desde que lo destinaron allí, siempre había estado en la base o en alguna misión. Cuando Eliza se encontraba en la ciudad, vivía en un hotel y Arthur iba a verla. Intentó recordar el hotel, su ubicación, su aspecto. Las calles de abajo le resultaban desconocidas. En general, identificaba los tejados, las farolas, los árboles, pero nada en particular. Era lo opuesto a un *déjà vu*. Nunca lo había visto. Solo parecían seguir como antes el modo en que la luz de la mañana rebotaba en los raíles metálicos y, a lo lejos, el Astrodome.

A su lado, Rachel apoyaba con ligereza las manos sobre el regazo con las palmas hacia arriba. Notó que Arthur la miraba.

—Siempre he tenido manos de vieja —dijo—. Hasta cuando era pequeña. Apenas se distinguen las huellas dactilares con tantas arrugas. ¿Y las tuyas?

—¿Las mías?

—Tus manos. ¿Han envejecido en el espacio?

—¿Envejecimiento espacial? —Arthur sonrió.

Ella le devolvió la sonrisa y Arthur se fijó en sus dientes. Los dientes de Rachel. Los conocía. No era un extraterrestre ni un monstruo con la piel de su madre.

—Willowbend —anunció el altavoz.

—Esta es la nuestra —dijo Rachel.

El panal de cemento del bloque de oficinas destacaba por su altura. Unas banderas de colores flanqueaban la entrada. Rachel y Arthur escudriñaron la primera planta desde la zona de recepción. Sobre la sala de lectura se cernía un holograma gigante del sistema solar que mostraba con detalle la geografía de cada planeta. Arthur se fijó en las masas oscuras de Fobos y Deimos en contraste con el planeta rojo. Notó que la garganta se le contraía y tragó saliva. La mancha irregular de Deimos lo atrajo desde la otra punta de la sala.

—¿Puedo ayudarles?

Una mujer mayor con un complejo sistema operativo externo les sonrió desde el mostrador.

Rachel le tocó el hombro a Arthur.

—¿Arthur? ¿No querías ver algo?

—¿Qué? Ah, sí. —Miró a la bibliotecaria—. Un libro. Hum… *¿El Quijote?*

Hubo una pausa mientras la mujer miraba la información que tenía proyectada enfrente. Pulsó el panel de control que llevaba en la oreja.

—¿Capitán Pryce?

Arthur volvió a tragar saliva.

—Sí, soy yo.

—El libro se encuentra en el pasillo 2H. Puedo enviarle la información a su sistema operativo.

—No, no hace falta. Lo tengo, gracias.

Volvió a la sala y se puso al lado de Rachel.

—Qué suerte que tengan lo que buscas.

—Sí. Vamos a necesitar una línea de teléfono fijo. Como las que tenían antes en las cabinas.

—Solo en los hospitales y los albergues...

—Vale. Una de esas. Tienes que llamar a Hal y a Greg, y tenemos que ocultarnos y...

—¿A Greg?

Arthur fue a la sala en busca del pasillo 2H. Había decenas de corredores y la biblioteca se extendía por las plantas de arriba. Cuanta más información se almacenaba electrónicamente, más llenas estaban las bibliotecas. Ese era el destino para los objetos que ya no se guardaban en las casas ni en las tiendas. Libros y música, películas y archivos de audio a disposición de cualquier usuario.

—¿Arthur?

—Busca la ruta para llegar al teléfono más cercano.

En el pasillo, buscó a Pierre Menard. Había un libro, un ejemplar de *El Quijote*. Arthur nunca había oído hablar de la obra ni del autor, aunque recordaba una novela llamada *Don Quijote*. Se lo llevó al área de lectura y se sentó junto a Rachel, que miraba la pantalla de un sistema operativo portátil.

—No puedes usar eso —le dijo Arthur—. Tienes que hacerlo de memoria y pensar en algún lugar donde puedas llegar a pie.

Miró el volumen apoyado en la gran mesa. La tapa dura era negra como el carbón, con unas elaboradas letras blancas de estilo manuscrito. El lomo parecía intacto. Arthur miró a su alrededor. Además de la bibliotecaria, había cinco personas junto a las estanterías que se agachaban de vez en cuando para recoger algún libro o para curiosear. En la otra punta de la mesa, otras dos personas leían con la cabeza inclinada sobre unos manuales gruesos. Nadie le prestaba atención. El zumbido de fondo de su cabeza era más suave. Abrió el libro y leyó la primera página.

Arthur no sabía cuánto tiempo llevaba con el libro en la mano. El pánico ardiente que había sentido desde su regreso a la Tierra se había aplacado. En su lugar, ahora reconocía ese día y todo lo que lo condujo hasta ese momento en la biblioteca, en esa Tierra Gemela, con Rachel a su lado. Vio su vida, toda la vida, con una claridad que no conocía desde la infancia. Había estado dormido, arrullado en una existencia que discurría con bastante facilidad por los canales y barrancos que lo habían precedido. No había fallos en el sueño colectivo que mantenía las corrientes activas. Pero ahora estaba despierto.

Pasó otra página.

Era consciente del papel, de su crujido sordo entre los dedos como el de una bota al pisar la nieve en polvo. Era sensible al calor del ambiente, al sonido de una motosierra en el parque, al dolor que le oprimía la garganta al tragar. ¿Sería una ilusión toda esa sensación? ¿El eco de una vida una vez vivida? Trató de recordar la voz que lo había conducido hasta allí, las palabras que habían fluido a través de él mientras leía en la biblioteca, el ser que las había creado.

El Nuevo Zeus. Intentó visualizar esa entidad y todo lo que vio fueron conexiones relámpago, una amplia red eléctrica que se extendía hasta el infinito. Quizá eso fuera suficiente. Visualizaba todos los puntos de contacto, el entramado, el flujo y reflujo de la energía. Destellos de luz como estrellas en un cielo despejado que palpitaban en su imaginación. Vio mundos atrapados en rayos eléctricos, la vida que había vivido y las muchas vidas que no. Vio el universo oscilante y, con una capa de dolor tan fina y radiante como el corte de un papel en la piel desnuda, sintió la agonía de toda la vida vivida momento a momento. Tan rápido como había estallado, el horror del mundo físico se alejó y dejó un residuo de esperanza por otro mundo, por otro futuro. Vio a Rachel, no a la Rachel que tenía al lado, sino a la madre de cuando era pequeño. La miró a la cara y recordó la sombra de la hormiga que le devolvía la mirada. La hormiga que estuvo con ella en sus últimos momentos. La hormiga que estaba con él ahora. El Nuevo Zeus.

—¿Rachel?

Ella se dio la vuelta y la tela suave de su vestido se levantó y volvió a colocarse en su sitio.

—¿Estás bien, Arthur?

Vio el punto de luz que era la mujer que tenía delante y supo lo que tenía que hacer. Recordaba haberle dicho una vez a Greg, mientras lo llevaba a casa, que no se sabía el final del cuento. ¿Qué cuento era? El de los osos. Ricitos de Oro. No había final feliz para ella, que se adentraba por el bosque y nunca nadie volvía a verla. A Arthur, aquella ausencia de final le había resultado muy útil. Eso es lo que pensaba de su madre, que había echado a correr, pero seguía viva en algún lugar adecuado para ella. Y ahora la había encontrado.

—¿Arthur?

Recordó lo que le había pedido a Rachel que hiciera. ¿Ya se había ido y había vuelto?

—¿Has llamado?

Ella puso cara de extrañeza.

—Dijiste que ya no hacía falta. Hace una hora o así. Dijiste que estábamos a salvo.

—Lo siento. Llevas esperando todo este tiempo.

Ella sacudió la cabeza y levantó una novela de bolsillo con la imagen de una familia victoriana en la cubierta.

—He estado entretenida.

—¿Tenemos tus álbumes en casa? ¿Tus fotos y recuerdos?

—¿Los libros de recortes? Sí.

—¿Crees que podríamos verlos juntos?

—¿Ya te sientes preparado? —Rachel levantó la mano ligeramente, como si fuera a estirarla para agarrarle la mano a Arthur.

—Creo que sí.

Se alisó la falda con la mano que había levantado e inclinó la cabeza. Después de un momento inspiró hondo y lo miró.

—¿Me lo vas a explicar?

—Todo —contestó él.

Volvieron en silencio a casa. El sol estaba ahora al otro lado del deslizador y las sombras rayaban las oficinas y apartamentos a medida que el medio de transporte avanzaba. Arthur observó las figuras de la gente de abajo y reconoció las calles y edificios por primera vez. La fragancia a lilas impregnó el vagón y le recordó a las tardes calurosas en el polideportivo de la base. Estaba cansado, le pesaban las extremidades, le dolían, pero le costaba menos respirar. Apoyó la cabeza contra la ventana.

El zumbido electrónico había vuelto.

—¿Capitán Pryce? —Arthur reconoció el tono automatizado del Viejo Zeus.

—Dime, Zeta. ¿Qué puedo hacer por ti?

—Tengo un mensaje de la base. Quieren verle mañana. Le recogerá un coche a las nueve. ¿Le parece bien?

—De acuerdo. Diles que estoy recuperando la memoria. Tal vez tenga alguna información que darles.

—Gracias, capitán. Son buenas noticias.

—Sí que lo son. Aunque tal vez no lo sean tanto para tu programación, Zeta.

—Soy consciente de ello.

El zumbido continuo regresó. Iría a la base preparado. En la biblioteca, el Nuevo Zeus le había comunicado todo lo que tenía que decir. Todo lo que necesitaba saber.

Arthur miró a Rachel.

—Tengo que ir a la base mañana para contarles lo que recuerdo.

Rachel asintió y los ojos le brillaron al devolverle la mirada. En ese momento Arthur la vio, una suave luz trémula que difuminaba el contorno de su silueta. La veía con los recuerdos del otro Arthur, el hombre que creció con ella como madre y que lo conocía tanto como él se conocía a sí mismo.

—¿Mamá?

—¿Sí, cariño?

—Todo va a salir bien.

En la casa, Rachel preparó café y sacó los libros de recortes. Se sentaron juntos en la cocina con los sonidos del mundo exterior, los niños que volvían del colegio, el ronroneo electrónico de los coches, la música que salía por la ventana de un vecino. Arthur pensó en todo lo que encontraría entre las páginas. Una infancia que solo conocería a través de los recuerdos del otro Arthur. Y pensó en lo que no encontraría. La ausencia de Eliza desde antes de que él naciera, la ausencia de Greg, la lejanía de Hal. Un hilo los había mantenido unidos, pero se había desgastado y se habían separado. Puso la mano en el libro y cerró los ojos.

La energía de los recuerdos danzó bajo la palma de la mano, las conexiones se remontaron hasta un tiempo cada vez más lejano. Las imágenes y el entendimiento fluyeron por su mente. Vio a los padres de Rachel, sus abuelos, en el jardín de la costa brasileña. Los vio tal y como los recordaba, avanzaban sin arrepentimiento hacia una madurez caótica y los vio desaparecer de este mundo, una muerte prematura en un accidente de coche provocado por el alcohol. Se volvió hacia Rachel, pero surgieron más imágenes que lo hicieron retroceder aún más.

Más hilos, más líneas temporales. Un siglo antes, Arthur sentía el vínculo con la gente de sus visiones. Un niño en el mar que luchaba por alcanzar la orilla. La cabeza del chico que se sacudía bajo el agua y no volvía a emerger, pero al mismo tiempo el niño nadaba, tanto solo como acompañado de otro niño. Recorrió las posibilidades que llevaban hasta un funeral, hasta una boda y hasta un encuentro casual. Este último lo reconoció a medias: era su abuela de joven, que estaba en la playa con el niño, que ahora era un hombre. La pareja se abrazaba, concebía a su madre. La Rachel del otro mundo.

¿Y esta Rachel? Su línea se extendía desde el niño que nadó acompañado hasta la orilla. Ese niño creció y se casó con su amor de la infancia y la pareja conoció a Elizabeth en unas vacaciones. Arthur vio que los tres amigos se reían en una terraza soleada y, más tarde, bajo cielos más grises, algo más viejos pero igual de risueños. Su abuelo en la cabecera de la mesa, con una copa en la mano, era el centro de atención. Y arriba, la joven Rachel duerme y sueña con campos de trigo.

Sus pensamientos volvieron al niño en el mar, a la primera visión, cuando la ola final arrastraba el cuerpecillo bajo la marea una última vez. Un funeral. Una familia hundida en el dolor. Las tres historias del niño, divididas a partir del mismo hilo, se retorcían y dividían hacia atrás a través de todos los puntos de luz que había visualizado en la biblioteca. Una amplia red de hebras entretejidas que se separaban y se unían sin cesar y que lo conducían hasta el lugar donde ahora se encontraba y hasta ese conocimiento.

Abrió los ojos y Rachel puso la mano al lado de la suya sobre el libro. Tenía la piel dorada, agrietada por el tiempo, con algunas venas alrededor de la base de los dedos. No llevaba anillos, pero por un momento Arthur creyó ver la delgada marca del anular donde Eliza colocó una vez una alianza de plata. Pero eso fue a la otra Rachel, a la Rachel que no iba a encontrar entre las páginas rasgadas que tenía delante.

Él estaba ahí, en ese momento, una parte de él. La parte esencial, una pequeña luz en el tejido del tiempo. Esa vida lo estaba esperando, ahora que sabía lo que era esa vida. Y tal vez siempre lo había sabido, un niño en busca de su madre en el espacio. Habían existido otras versiones de él, muchas otras, algunas que no sabían, que no habían viajado por esa red exacta que se entretejía para conocer al ser que lo había creado. Que los había creado a todos. Un ser que había compartido el cuerpo de su madre y que lo abandonó para dirigir el mundo. El Zeus que él compartiría con Rachel.

Aún quedaban otra Eliza, otro Hal y otro Greg por conocer. Se hallaban en los márgenes de la vida de Rachel, amigos y exparejas, pero estaban ahí, en algún lugar. Podría conocerlos de nuevo. En la otra Tierra, su alter-Arthur estaría haciendo lo mismo. Pero, cuando ese Arthur llegara a conocer la naturaleza del universo, el mundo en el que vivía empezaría a desarmarse. Al final, ese lugar dejaría de existir. En alguna parte del cuerpo ya sentía la pérdida. Quería a su Eliza, anhelaba compartir también con ella todo lo que sabía. De momento solo estaba la esperanza de que él, Arthur, viviría esa vida a sabiendas de lo que era y no estaría solo. Podría aprender ese mundo y formar parte de él con lo que acababa de comprender. Los libros de recortes que tenía delante eran un comienzo. Compartirlos con Rachel era otra forma de encontrarla. Agarró los dedos de ella y los apretó con fuerza.

—¿Preparada? —preguntó Arthur.

—Preparada —contestó Rachel.

Juntos, abrieron el libro por la primera página y comenzaron a salvar el mundo.

—Soy un matiz de azul poco corriente —dijo Rachel—. Cálido, oscuro y con olor a cilantro.

—Perfecto —contestó Eliza.

—Pero los colores...

—¿Sí?

—Solo están en mi cabeza. No existen en realidad.

—Y aun así los ves.

—Sí, los veo.

—Y yo te veo a ti.

—Por lo que, después de todo, no me he ido.

—No, ya no —dijo Eliza—. Te encontramos.

Fuentes y libros mencionados
(por capítulo)

———

Daniel Dennett, «In Defense of AI», *Speaking Minds: Interviews with Twenty Eminent Cognitive Scientists*, de Peter Baumgartner y Sabine Payr, Princeton University Press, 1995.

Emily Brontë, *Cumbres borrascosas*, trad. Rosa Castillo, Alianza Editorial, 2010.

William Blake, «Milton: A Poem in Two Books», en *Complete Poems*, ed. Alicia Ostriker, Londres, Penguin Classics, 1977.

Capítulo 1

Blaise Pascal, *Pensamientos*, trad. Xavier Zubiri, Alianza Editorial, 2015.

Capítulo 2

John von Neumann, ponente principal en el primer encuentro de la Asociación de Maquinaria Computacional, 1947, mencionado por Franz L. Alt al final de «Archaeology of computers: Reminiscences, 1945-1947», *Communications of the ACM*, vol. 15, núm. 7, 1972, número especial por el veinticinco aniversario de la Asociación de Maquinaria Computacional, p. 694.

Capítulo 3

ANTHONY TROLLOPE, *Can You Forgive Her?*, Penguin, 1993.

E. M. FORSTER, *Howard's End*, trad. Eduardo Mendoza, Navona, 2018.

THOMAS NAGEL, «¿Qué se siente al ser un murciélago?», *Ensayos sobre la vida humana*, trad. Héctor Islas Azaïs, 2.ª ed., Fondo de Cultura Económica, México, 2000, pp. 274-296.

Capítulo 4

DAVID J. CHALMERS, *La mente consciente: en busca de una teoría fundamental*, trad. José A. Álvarez, Gedisa, 2014.

Capítulo 5

CHARLES DICKENS, *Nuestro amigo común*, trad. Julia Sabaté y Damián Alou Ramis, Penguin Clásicos, 2016. (La autora hace referencia a la edición inglesa de Penguin Books, 2012.)

FRANK JACKSON, «What Mary Knew», *Philosophy Bites*, presentado por David Edmonds y Nigel Warburton. Disponible en: https://philosophybites.com/2011/08/frank-jackson-on-what-mary-knew.html.

GEORGE MEREDITH, *El egoísta*, trad. Antonio Lastra, Cátedra, 2019.

KATE GREENAWAY, *Mother Goose, or, the Old Nursery Rhymes*, Frederick Warne, 1962.

OLIVIA MANNING, *The Balkan Trilogy*, Penguin, 1981.

RACHEL CUSK, *A Life's Work: On Becoming a Mother*, Faber, 2008.

Capítulo 6

ELHANAN MOTZKIN, respuesta de John Searle, «Artificial Intelligence and the Chinese Room: An Exchange», *New York Review of Books*. Disponible en: https://www.nybooks.com/articles/1989/ 02/16/artificial-intelligence-and-the-chinese-room-an-ex/

JOHN SEARLE, «The Chinese Room», *The MIT Encyclopedia of the Cognitive Sciences*, ed. Robert A. Wilson y Frank C. Keil, Massachusetts Institute of Technology Press, 1999.

ROBERT SOUTHEY, *Ricitos de Oro y los tres osos*, adaptado por María Elena Cuter, Eudeba, 2012.

Capítulo 7

HILARY PUTNAM, *Razón, verdad e historia*, trad. José Miguel Esteban Cloquell, Editorial Tecnos, 1988.

J. K. Rowling, *La serie completa de Harry Potter,* trad. Gemma Rovira, Adolfo Muñoz, Nieves Martín y Alicia E. Dellepiane, Salamandra, 2020.

Lemony Snicket, *Una serie de catastróficas desdichas* (serie completa), trad. Néstor Busquets, Montena, 2004.

Roald Dahl, *James y el melocotón gigante,* trad. Leopoldo Rodríguez, Alfaguara, 2004.

Capítulo 8

Heráclito, *Fragmentos,* trad. Alberto Medina y Gustavo Fernández, Encuentro, 2015.

Julio Verne, *Veinte mil leguas de viaje submarino,* trad. Antonio Pascual, Penguin Clásicos, 2021.

Tom Wolfe, *Lo que hay que tener,* trad. J. M. Álvarez Flórez y Ángela Pérez, Anagrama, 2010.

Capítulo 9

Herman Hesse, «Los inmortales», *El lobo estepario,* trad. Manuel Manzanares, Alianza Editorial, 2011.

Jorge Luis Borges, «Pierre Menard, autor del Quijote», *Ficciones,* Debolsillo, 2018.

Miguel de Cervantes, *Don Quijote de la Mancha,* Alfaguara, 2004.

René Descartes, *Meditaciones metafísicas,* trad. Guillermo Graíño Ferrer, Alianza Editorial, 2011.

Capítulo 10

ALFRED TENNYSON, «Ulises», *La dama de Shalott y otros poemas,* trad. Antonio Rivero Taravillo, Pretextos, 2002.
GILBERT HARMAN, *Thought,* Princeton University Press, 1973.

Otras lecturas

DANIEL DENNETT, *Bombas de intuición y otras herramientas del pensamiento,* trad. Laura Lecuona, Fondo de Cultura Económica, 2015.
—, *De las bacterias a Bach: la evolución de la mente,* trad. Marc Figueras, Pasado y Presente, 2017.
—, *La conciencia explicada,* trad. Sergio Balari Ravera, Paidós, 1995.
DAVID HUME, *Investigación sobre el entendimiento humano,* trad. Jaime de Salas Ortueta, Alianza, 2015.
FRANK JACKSON, *There's something about Mary,* ed. Peter Ludlow, Yujin Nagasawa y DANIEL STOLJAR, Massachusetts Institute of Technology Press, 2004.
HOMERO, *Odisea,* trad. Carlos García Gual, Alianza Editorial, 2013.
JAMES JOYCE, «La hormigatía y el tatadiós», *Finnegans Wake,* trad. Marcelo Zabaloy, El cuenco de plata, 2016.
JOHN VON NEUMANN y OSKAR MORGENSTERN, *Theory of Games and Economic Behavior,* Princeton University Press, 2004.

NORA NADJARIAN, *Ledra Street,* Armida Publications, 2006.

OSMAN TÜRKAY, *Symphonies for the World,* A. N. Graphics, 1989.

PEGGY TITTLE, *What if...,* Pearson Longman, 2005.

ROY SORENSEN, *Thought Experiments,* Oxford University Press, 1992.

SCARLETT THOMAS, *El fin de Mr. Y,* trad. Raquel Vázquez Ramil, Alea, 2008.

THOMAS NAGEL, *La mente y el cosmos: Por qué la concepción neo-darwinista materialista de la naturaleza es, casi con certeza, falsa,* trad. Francisco Rodríguez Valls, Biblioteca Nueva, 2014.

VOLTAIRE, *Micromegas and Other Short Fictions,* trad. al inglés Theo Cuffe, Penguin, 2002.

Agradecimientos

Este libro nació del amor por los filósofos y poetas, por los narradores y novelistas que hurgaron en las profundidades de la conciencia humana y emergieron con fragmentos de nuestra alma de kelpie.

Gracias al Departamento de Lengua y Escritura Creativa de Goldsmiths por el apoyo y asesoramiento, en particular a mis supervisores Blake Morrison y Michael Simpson, a Josh Cohen y Maura Dooley, y a Maria Macdonald por su paciencia.

En Laura Macdougall tuve la suerte de encontrar una colaboradora y una amiga. Gracias a United Agents. Un especial agradecimiento a la profunda sensibilidad de Sarah Castleton, a Olivia Hutchings por su ayuda con los borradores, a la meticulosa Caroline Knight, a Zoe Hood por la música de hormigas, a Steve Panton por el diseño de la cubierta y a todos los de Corsair.

Gracias a Simon Oldfield, que en 2018 le otorgó el premio RA & Pindrop de relato corto a «Sunbed». Este relato forma parte del capítulo tercero de esta novela y aparecerá en la edición rústica de *A Short*

Affair. Gracias también a Elizabeth Day. Y gracias a Richard Skinner, de Vanguard.

Gracias a la profesora de Lengua que tuvo confianza, la señora Wright (Clay de soltera), y gracias a Nicola Monaghan y a Richard Beard por sus excelentes enseñanzas. Gracias a mis primeros lectores, en especial a la magnífica escritora Jane Harris y a mis buenas amigas Cathryn Wright y Abi Shapiro. Gracias a mis hermanas Claudia y Kitty y a mi madre Alex por aguantarme.

Gracias a Rena, que me ha querido a mí y a la hormiga de mi ojo.

Y sobre todo gracias a nuestros hijos Nat y Josh, que salvan el mundo a diario.

Índice